马齿菜

MACHICAI

管喻——著

山西出版传媒集团

山西人民出版社

图书在版编目（CIP）数据

马齿菜 / 管喻著. -- 太原 ： 山西人民出版社，
2025.4. -- ISBN 978-7-203-13830-3

Ⅰ. I247.81

中国国家版本馆 CIP 数据核字第 2025TT4942 号

**马齿菜**

---

著　　者：管　喻
责任编辑：翟丽娟
复　　审：李　鑫
终　　审：梁晋华
装帧设计：太原市华胜图文设计工作室

---

出 版 者：山西出版传媒集团·山西人民出版社
地　　址：太原市建设南路 21 号
邮　　编：030012
发行营销：0351-4922220　4955996　4956039　4922127（传真）
天猫官网：https://sxrmcbs.tmall.com　电话：0351-4922159
E-mail：sxskcb@163.com　发行部
　　　　　sxskcb@126.com　总编室
网　　址：www.sxskcb.com

---

经 销 者：山西出版传媒集团·山西人民出版社
承 印 厂：山西精睿印务股份有限公司

---

开　　本：787mm×1092mm　　1/16
印　　张：23.5
字　　数：300 千字
版　　次：2025 年 4 月　第 1 版
印　　次：2025 年 4 月　第 1 次印刷
书　　号：ISBN 978-7-203-13830-3
定　　价：83.00 元

---

如有印装质量问题请与本社联系调换

# 娘

不见了门墩 / 不见了炊烟 / 来时的路找不到了 / 陌生的风撩我衣衫 / 草长大像树 / 树探进云彩 / 生命之旅 / 逆行向前 / 已经远去的 / 偏是最留恋 / 娘 / 在前在后 / 在左在右 / 在我头顶 / 在我心中 / 像神 / 像天 / 叫一声娘 / 回声仍在耳畔……

——管　喻

作者母亲李俊英

全家福（前排中间站立者是作者）

# 传承优秀　披好人皮

每一个人都有母亲。

每一位母亲都有故事。

每一位母亲的故事都感动心灵。

"人皮难披，人头难顶。要鼓劲披好人皮。"我娘常用这句话给我们励志。她说："人活一世不容易，要活个正经人、活个好人，那就更难。"她要我们一辈子都要拿起精神，不能泄劲，全心全力把"人皮披好"。纵观我娘的一生，她始终都在忠实地坚守着这 4 个字：披好人皮。

我娘李俊英，1919 年出世于山东，2014 年辞世于山西，活了 95 岁，亲历了百年之间的历史沧桑，身经了不同时代的社会生活。

我娘是中国芸芸众生之中的普通一员众生，也是中华血脉链条上的一个自然环扣。她吃苦耐劳，坚韧顽强，勤快节俭，厚道善良。我娘具有许多在中国老百姓身上都能看到的优秀品格。

我娘一生产生了许多可讲可听的好故事。本书刊出的我娘故事，实际是撷取了我娘漫长人生逆旅中的一部分生活片段。这些故事似一池静水，映照出我母亲那一代人为人处世的道德品行，这是中华民族最基本的一些道德品行；这些故事像一面明镜，折射出我母亲那一代人所秉持的家风家教，这是自古以来中国家庭代代相传的家庭文化。

我娘故事，讲述了我娘在她生命历程上所相遇的艰难困苦和喜怒哀乐，有血，有汗，有泪水，也有幸福和欢笑。它记录的是已经过往的家事家史，镜映的是真实的社会生活样貌，宣扬的是那些值得赓续的精、气、神。

时光不歇脚步，岁月推陈出新。这些故事如果不变成文字和数字而妥善珍藏，将会很快湮灭在历史的长河之中而不为人们所知了，就如同从来也没有发生过一样。

我为我母亲写故事，其实也是为我们20世纪五六十年代出生的这一代人的母亲写故事；我为我母亲著书，其实也是为我们母亲这一代人著书。我相信许多的读者，都能从我娘的故事里看到自己母亲的影像。因为我们这一代人的母亲都很相似。她们是一大群既有共性，也有个性的"一代母亲"。

就请大家一起来阅读我写的我母亲的故事，一起来重温您那存储在自己心底里的母亲的故事吧。母亲所给予我们的和我们能够记得的，总是那些金子般闪亮的东西。这是一笔不可估价的精神财产。

作家叶梅说过一句话，人间的许多善行良品，将会由文学流传。

留住我们母亲的故事，留住我们最深情的记忆。

讲述我们母亲的故事，承接我们前辈的优秀。

愿中华民族的优秀传统文化传之久远、发扬光大。


管　喻

2024 年 5 月 28 日

# 目录

马齿菜

马齿菜

马齿菜

# 我所见的娘

不见了柴草，不见了炊烟，不见了土屋，不见了老院，温馨的往事全被时光掳走，越去越远。我拼命追，一日万里，直追进时光的幕帐里。蓦然见娘，喊娘，拽住她的布衫。娘，笑容璀璨……

# 梦里机杼声

"唏——嗵——吱儿！唏——嗵——吱儿！"这是我娘织布的声音。很有节奏，很有韵味，夜深人静的时候，自远处传来。一会儿响在耳边，一会儿又移到外间的屋子里去，一会儿似乎又响在半天空。但等我醒过来侧耳听时，它却不响了。

哦，我最熟悉的机杼声！

我娘会织布。我上小学的时候，就记得娘就在织布了。那时我家还住在帝君庙巷紧靠东城墙根的11号院。娘在我家一进屋门的地方支了一架织布机。房子很窄小，是老式四合院的东厢房。一架织布机几乎就把一间房子占满了。进了屋要小心翼翼地从织布机旁边绕过去。常常是我出门上学时，娘已经坐到了织布机上，而等我午间放学回来，娘还在织布机上坐着。别的同学回家就有现成饭吃，而当我回到家后，水在水缸、面在面瓮、炉子还封着、铁锅冰手凉。娘看见我就说："你都下学了？这一上午又过去了！群儿呀，你赶紧把炉火捅一捅，再搭上锅添上水。你爹也快下工了，娘把梭子里这半个穗子织完就做饭。"

我又饥又渴又乏，回到家还得干活，于是就很不高兴。娘瞅我的小嘴撅得老高就边穿梭织布边说："娘一上午都没下机子了，腰都挣得酸疼，可是这线不织又成不了布。群儿，你就帮娘干点活吧。"看娘已经疲惫的样子和有点散乱的头发，我一肚子的不高兴霎时间就没有了。

娘织布不用平机而习惯用小机子。她说平机太占地方，这屋里搁不下。小机子灵巧好用，可织起布来很费劲。因为小机子的这头由一条布带扣在织布人的腰上，织具和线、布的重量全靠腰杆拉平拽展。

小机子的梭子很大，织起布来很好听。梭子从这边穿过去——唦儿，然后一拉杼——嗵，然后再推杼踩交——吱儿！我很喜欢看娘织布。有时候我趁她去忙别的活的时候，学她的样子上机去织几梭子，不是把线弄断了，就是没有把杼拉紧，因此织下的布总像纱布似的。这其实是把这段布给毁了。但娘也没怪过我。她总是说："你是个女儿多好，是个女儿就快能帮我纺线织布了。"

我不是女儿，我只能铺床睡觉聆听母亲在油灯下发出的富有韵律的机杼声，听着听着我就进入梦乡去了。一觉睡醒机杼声仍在响。

娘总说她腰疼，可她一上了机子就是半天不下来。我觉得娘一开始织布就不是娘了——她没明没黑地在织布机上穿梭推杼，简直就是玩命。记得夏天时，娘的布衫总是汗淋淋得像从水里捞出来的一样。每次我从外面回来，娘都会说："群儿，快给娘拿毛巾来，我这汗啊都流到眼窝里啦。"娘擦了脸上和脖子周围的汗，还把她胸前的汗也略微擦了擦，之后长舒一口气。

我说："娘，看你累的，下来歇歇吧。"娘说："织布还能不累？只是这天太热。"说完，继续织她的布。

娘一织布，全家的生活节奏都被打乱了。饭不能照常吃了，大家还得多干许多家务活。因此父亲最不喜欢让娘织布了。他说："一人织布忙全家！"可他又挡不住。娘的理论是：我也不想织布。可不织布拿啥给你们做衣裳？拿啥换盐腌咸菜？

小机子织的布幅面较窄，但由于娘选的棉花好，线纺得结实，又浆得好，加上她织得致密，所以娘的布厚墩墩、光堂堂的，卸下机子用清水一漂，再搁到青石板上用棒槌咚咚一槌，嘿，瓷光瓷光的，

马齿菜

婶子们见了都啧啧称赞说："瞅李家姐这布！"

而这么好的布娘时常把它卖了。那时家里没有一点现金收入，粮食又不够吃。娘用卖布钱买盐、灌醋、买粮食。大多数的布给我们缝制衣裳。我小时的衣服大多是娘用她亲手织下的粗布缝的。她还会把白布染成各种颜色，每次她染一回布，她的手都要很长时间才能洗白，我们做饭的铁锅也要好几天才能颜色褪尽。

我娘还能织各种花道道和花格格布，我家的被里、褥里和床单、门帘，以及毛巾、抹布都是娘织的布做的。娘做的布衫十分结实，但同学们总是笑话我穿手缝的粗布衣裳，尤其笑话我穿的是大裤裆的中式裤。他们都是干部或工人子弟，当然能穿得起用缝纫机做的洋布衣裳。我知道我身上的衣裳不好看，但它是娘用血汗给我做的呀。因此我不以为耻，反以为荣，谁笑话我穿得不好，我就用拳头收拾他。娘知道我常常在学校为这事打架就说："我儿有种！在学校论的是能学好还是学不好，笑话人家穿得好不好算啥本事？"这样，粗布衣服我一直穿到上中学的时候。我初中毕业时全班同学合影，我穿的还是娘用她织的布煮染了以后给我做的黑棉袄。

从20世纪60年代初到70年代末的20年间，我娘的织布机就没有停过，也不知她织了多少机子布。我听月仙婶说过，你娘织的布，都能绕着运城城墙转好几圈哩！娘不仅给自己家织布，还给亲戚朋友织布。1969年，我娘给西花园的舅舅织了两个月的布。每天吃过早饭娘就去他家，织到傍晚才回家给我们做饭。每天累得筋软骨麻，但没听娘说过一句怨言。街坊四邻的婶婶姨姨们也常常请我娘教她们织布。娘总是尽心尽力地帮助她们。

1979年我参加了全国高考。高考结束的当晚娘就对我说："群儿，娘前些日子把这几个月纺的线都拐成桃了，那不是，整整一大瓮呢。鸡儿上窝早，明儿天气好。你明个没事儿，帮娘浆线吧。"

我问："娘，您这是又要织布呀？"娘说："你不是要去上学了么，总得给你准备铺的盖的吧。你的被里床单都好几年没有换了。"

我说："娘，您又纺又织都几十年了，身上落下了多少毛病？我不想叫您再吃这份苦。再说，还不知道我能不能考得走哩。"娘说："娘觉得你肯定能考走。到时候你拿上通知书要上火车站了，娘再去搭机子织布，不是就跟不上了吗？"娘还说，"不多不少，娘今年整整 60 岁了。别说以后还能织得了织不了，现在这手都笨了。今年不织，娘怕这辈子也织不了了。"

这是娘的心里话。但是这心里话她只说了一半，另一半没说，可我知道：娘是要再织一机子好布为儿子庆贺哩。

第二天果然清风皓日，忙了一天，我和娘把她要浆的棉线全都浆好了。晚饭吃得很晚，娘给我们炒面筋吃。面筋历来是我娘浆线的副产品。吃饭时，娘不时抬眼瞅那一堆堆在大炕上的棉线。刚浆好的棉线散发着阳光和小麦面的气味。

"哧——嘡——吱儿！哧——嘡——吱儿！"在近两个月的时间里，娘总是忙着织布，有时白天织了晚上还要织。

大学录取通知书寄到我家后的第三天，娘从机子上下来了。她拿了一把她平时用的剪子说："好啦！群儿的通知下来啦，我的布也织好啦！"她把机杼上的线尾剪断说，"这辈子再也不织布了！"

娘说的是真的。从那以后直到她 95 岁时去世，娘再也没有织过布。她的那架使唤了 20 多年的织布机，从东屋倒到西屋，不断变换地方。娘 85 岁那年，她把它送给了夏县一位农村妇女。那人要给钱，娘一分钱也不要；要给粮食，娘摆摆手笑着说："啥也不要你的。这是我使唤过的机子，你只要愿意使唤它、爱惜它就行了。"

马齿菜

# 偷苜蓿

这几天的夜晚都有月亮，而今夜的月亮格外明亮。也许是老天爷特意嘱咐它给我们照明吧，我和二哥扛着竹筐翻过老城墙的时候，我心里这样想。此时已是半夜时分，四野寂静，高明低暗，春天里是听不到蛐蛐弹琴和秋虫唱歌的。明亮的月光给我和二哥提壮了三分胆量。

我俩要去哪儿？要去鳖疙瘩东边的苜蓿地里揪苜蓿。那里有一大片苜蓿，是生产队专门给牲口种植的饲草。春季的苜蓿碧绿鲜嫩，正值蓬勃生长期。二哥下午就跟我悄悄商量，说今夜等到夜深人静时，要我和他一起去揪一些嫩苜蓿回来，让娘蒸拌面菜或下锅煮汤。他说："你没见娘的面瓮里只剩下一瓮底面了吗？咱俩要帮娘弄点吃的，要不你我都得饿肚子。"嫩苜蓿我吃过，知道它能当粮充饥，于是就点了点头。

我问二哥："那咱们为啥非要等到夜深人静才出去揪呢？"二哥说："你憨，这是东街五队的苜蓿地，苜蓿就是庄稼，庄稼能让人随便揪吗？"他问我："这其实就是偷苜蓿。你敢去么？"我说："你是我哥，你敢去我就敢去。"二哥说："你行！不过可不能叫咱爹娘知道，知道了就去不成啦！"我又问："那要是被人家逮住了咋办？"二哥说："逮不住最好，逮住了也不怕。咱俩都是小娃娃，他们能把咱们鸡鸡咬了？"

看二哥一副神不惊鬼不怕的样子，我也打消了一切担忧。当时我家住在帝君庙巷的城墙根。爹娘和弟弟住在南边的一间屋子里，

我和二哥睡在北边的一间屋子里。我俩偃旗息鼓，早早吹灭了煤油灯，假装睡着了；等他们睡熟之后，就蹑手蹑脚地溜了出来。

一路上我不时地抬头看月亮，我说："哥，月亮老是跟着咱们走哩。"二哥说："别说话，黑夜里说话老远就能听到。你看，前头就到了。"二哥比我大几岁，显得很老练，他让我趴在土沟边先看看动静，还贴着我的耳朵说："要是被人逮住了，就说咱爹是朱老大。他要是不放咱们走，你就装哭。一哭闹，他们就把咱们放了。"

我轻轻点了点头，二哥起身说："走吧！"我俩提着竹筐跑进了苜蓿地里。苜蓿已经埋住脚腕了，很嫩。我左右开弓，揪住苜蓿尖使劲一拽，一把嫩苜蓿就被攥在手里了，把它投进竹筐里，再去揪第二把。苜蓿茎秆在我们手中断裂，发出咯噜咯噜的声响。虽说不怕，但这种氛围还是让人感到有些恐惧。我的心蹦得像只小兔子，慌乱中把许多苜蓿都扔在了筐子外面。

二哥揪得快，问："揪多少了？该走啦！"话音刚落，便听见树影里响起了炸雷："啊，偷苜蓿的，站住！"我被吓得发呆，膝盖都软了。

"哼，两个小家伙！快把筐子提过来！"那人背后还有一个人，他命令我们。我们乖乖地把苜蓿提到地边。这时，我才看清面前是两个可怕的男人：一个是第五生产队的队长，我见过他；另一个是他的社员，我不认识。

"你叫啥？"队长问。他当然不认得我这个五六岁的娃娃。"捣蛋猫。"这是我事先想好的。"这不是名儿，是外号。你到底叫啥？""捣蛋鬼。"我说。

他躁了，声如吼雷："你爹叫啥？"我说："朱老大。"这是刚才二哥教我的。"哦，你俩都是朱老大的儿子？"我们说是。谁知那个社员说："小家伙说谎哩。朱老大我认识，二队的，他只有个独生女儿，哪来的两个圪羝？"圪羝就是公羊，他把我和二哥比作小公羊了。不过这不算骂人，因为我们也常常这样称呼我们的小伙伴。比如他是他家的老三，我们就叫他三圪羝。

队长见我们不吭气，说："不说就不放你们走！你爹是谁？"我说："朱老大。"二哥也说："朱老大。"

"把他们的筐子提走，叫他们不说实话。"于是那个社员就来提我们的竹筐。在我看来，给他命也不能给他筐子。他一手提我们一只筐子，我和哥哥双双夺住决不撒手。他一使劲，我的两只脚就离地悬空了。

队长骂："这俩娃真有点死牛劲儿！"他也跑过来夺我的筐子。我看过小画书，也仿照小画书里的小英雄，像咬坏蛋的手一样"哇"地扑上去咬住了他的手背。他没有提防我来这一招，疼得连喊："哎呀呀，松口，松口！"

我松了口，他也松了手。我感觉咬得不轻，因为我满嘴都是血腥味。于是，我放开嗓门大声号叫起来，边号边喊："你不要拿我的筐子嘛！你不要拿我的筐子嘛！"寂静的月夜，哭喊声显得很大，传得很远。

队长挨了我一口，又听我大哭大叫，他愣在那里，半晌不语。我继续大哭大喊。他突然说："不要哭啦！"接着问二哥说，"黑更半夜，你俩也真胆大。揪这苜蓿干啥？"二哥说："吃。"

队长冲我说："你哭叫啥哩？好像是我咬了你！我问你：你揪这干啥？"我说："就是吃嘛。谁不知道你家面瓮里还有面哩！"听了这话，他说："放他们走吧，苜蓿也给他们拿上！"

我后悔刚才不该咬他一口，就是咬也不该咬那么狠。可是，我要是不咬他，他肯放了我们吗？

那个年轻的社员不肯罢休，说："队长，这俩娃这么顽强，小家伙更凶！咋能轻易放了他们？"队长说："一个十来岁，一个五六岁，如果有三分奈何，谁家的孩子这个时候会摸到野外偷苜蓿？"他还对我说，"你这小家伙够狠的：一口咬得我手背上长血流！长大了肯定是个狠人！"

当我和哥哥提着苜蓿上了城墙坡的时候，远远看见城墙上有一个熟悉的身影。那是我娘。娘踏着月光向我们快步走来，老远就说道："那是你俩吗？半夜去干啥啦？"娘接过我们的苜蓿筐说，"谁知道大人都不敢干的事情，你俩倒跑去干了！赶紧回家吧。"

第二天一早，我朦胧中就听见了娘用小笤帚扫面瓮的声音。不久，我又闻到了蒸苜蓿的香味儿。我知道娘已经把苜蓿蒸菜做好了。

我和二哥起来吃早饭时，娘目光闪闪地对我们说："人家虽然没难为你哥俩，可是不能说明你俩就做得应该啊。你爷活着的时候常说：饿死不做贼。你俩一定要记住啊，往后偷东西的事儿，咱是坚决不能再去做啦。"娘的话，我刻骨铭心。

这件事过去10多年后的一个秋日夜晚，也是月亮明晃晃的，也是香气扑鼻的苜蓿地，我们的巡夜社员在我们生产队的苜蓿地抓住了两个揪苜蓿的人，他们是一男一女两个大人，是某工厂的职工。他们求我们放了他们，并说以后再也不揪了。我问他们要苜蓿干啥，他们说："吃。"我问："现在你们还缺口粮吗？"他们说："不缺，不缺。只是小时候缺粮的时候，我们常去偷苜蓿吃。"

作为生产队政治队长和夜间巡护庄稼的负责人，我命令放他们走人，并且把他们揪下来的苜蓿也让他们带走，只是警告他们说："苜蓿虽然是牲口吃的，可它是集体的庄稼财产，今后不要再来揪了。"

而我的民兵们却不大服气，问我为啥这么痛快地放他们走了。我说："你们小时候半夜里去揪过苜蓿吗？"他们不解何意。

前些年，有一次我跟娘聊起了这次偷苜蓿的往事。老娘说："现在谁还黑更半夜去揪苜蓿呢？过去为了填饱肚子，人都是啥也不顾了！不过，做贼的事情无论如何也不能干。"

现在故乡的田野里仍种植着一片一片的苜蓿。每到三四月，田野上的风总是温乎乎的，夜晚的月亮也是明晃晃的。明晃晃的月光之下，肥嫩的苜蓿散发着馥郁的香气。我看不出这月光和苜蓿跟几十年前的月光和苜蓿有太大的区别，但我相信：不管月光下苜蓿地边的树影里有没有人在看护他的苜蓿，而苜蓿地里，都再也不会突然窜进两个偷苜蓿的孩子、再也不会发生因偷苜蓿而张嘴咬人的事情了。唯有我娘当年的谆谆叮嘱，还像钟声一样时常在我耳畔回响……

马齿菜

# 不死草

马齿苋，马齿苋科，一年生草本植物，通常伏地铺散，无毛，茎常带紫色。叶对生，倒卵状，呈楔形。夏季开花，花小型，黄色。生于原野，我国分布很广。茎、叶可作蔬菜或家畜饲料，中医学上以全草入药。

这段文字是我在《辞海》上查到的。我小时候根本没有见过《辞海》，也不知道关于马齿苋的定义。可是我对马齿苋非常熟悉，它很好吃，还能喂猪娃，甚至与我的喜怒哀乐都系在一起。

我很小就认识了马齿苋，我娘和我的所有小伙伴们都叫它马齿菜，这不是因为它红秆绿叶，鲜嫩俊俏，而是因为它十分好吃，经常是我们饭桌上的主食。

我最爱吃我娘蒸的马齿菜疙瘩。她总是从我们采回来喂猪娃的马齿菜之中，挑拣出开花但还没有结籽的马齿菜，淘洗干净之后，切碎拌上白面，然后团成一个个拳头大小的菜疙瘩放在笼里蒸，很快就蒸熟了。马齿菜的汁液黏糊糊的，菜疙瘩蒸熟后也很筋道。稍晾一下，用米醋、蒜泥和辣椒面和成汤汁，蘸着它吃，比肉都香。我一顿能吃三四个马齿菜疙瘩，吃了还想吃。

这么好吃的东西娘却不能多吃。她说一吃它就浑身乏力，没有四两劲儿，有时还泻肚子跑茅（厕）。娘说这是她那些年吃伤了。娘说："野菜是好东西，可是顿顿把野菜当饭吃可不行。吃的人跟鬼一样瘦。"我信娘的话，知道她遭受的苦难。在她们经历的人生岁月中，如果顿顿能用野菜填饱肚子，都是幸运而美好的日子呢！

我小时候，我们家里总是喂着一头或两头猪，爹娘采取家庭养猪的办法为生活弥补一点温饱。猪吃什么？吃野菜。那年月，家里总是缺面少米的，人们经常用猪吃的野菜来填充辘辘饥肠，因此更不可能让猪吃人的粮食了。每天下午放了学，我的主要任务恐怕就是给猪采野菜了。灰条菜、猪毛菜、猪耳朵菜、扫帚苗、蒲公英、白花菜，等等，野地里常见的十几种野菜，都是喂猪的好饲草。夏秋两季，田野里最多的是马齿菜。

　　马齿菜的模样很讨人喜爱。它的茎秆无论多老都很脆嫩，无需用铁铲或镰刀，只用手抓住它一揪就揪到手里了，因此采集起来很容易，不扎手也不费劲儿。它生长迅速，繁殖特快，刚刚犁过的一片白地，雨过几天后，就能生出一层马齿菜。人们把它拔光薅净之后，不几天又长出一层。马齿菜体型不大，可浑身开花，遍体结籽，种子小得像极小的黑珍珠。它长到时候，就把黑珍珠撒得满地都是。猪吃了生马齿菜，猪粪中就充满了马齿菜种子。猪粪施到地里，等于给它播种，于是，层层叠叠的小马齿菜绵延不绝。

　　正因为马齿菜生长快、生命力强，它长在庄稼地就成了农民的敌人。我们生产队是蔬菜专业生产队，蔬菜地里水肥充足，马齿菜长得更是凶猛。可以说，我们社员的锄头，一多半是给它准备的。然而你就算把马齿菜的根锄掉了、茎秆斩断了，也不能置它于死地。浇一次水或下一场雨，断茎又在地面复活，新叶又出现在茎秆上。

　　娘对我说："老人们常说'饿不死的兵，晒不死的葱'，可马齿菜才真正是旱不死、晒不死的'不死草'呢。"她曾让我把马齿菜摊到瓦房上去晒，六月的烈日像氧焊枪喷出的火焰，似乎铁钉放在那里都能晒化。一个月过去了，马齿菜被晒得叶片全脱只剩下光秆，但是它还是饱含水分。将它取下来埋在土里，不几天它就生叶开花了。

　　娘说："太阳再厉害，晒不死马齿菜。你瞅瞅马齿菜的命有多大？

做人呐，都该学马齿菜的韧劲儿！"

可是冬天里娘常用干马齿菜给我们蒸包子吃，马齿菜包子好吃到什么程度，那简直是无法言传的。我问娘："您是怎么把马齿菜晒干的？"娘笑着说："把它搁到开水锅里焯一下，它很快就晒干了。"

在我童年和少年时代的十几年间，我采割了数以千筐的马齿菜。这些马齿菜大多被我家的猪吃掉了，而猪长大又被爹爹卖掉了，卖下的钱又被我们一家人花掉了。所以马齿菜什么也没留下，只留下一些对它的记忆。

记忆中有一件事情最难以忘怀。那是上初中的时候，一天下午，我到菜地里采野菜。生产队的菜地长满了猪吃的野菜。我发现西头老菜地里的马齿菜长得棒极了：本来马齿菜都是茎秆贴地生长，可是这片地里的马齿菜全长得立起来了！因为它们生得太过密集，不竖起来长就不行了。起初，我怀疑是生产队专门种植的，后来一想：谁能傻得种它呢？快动手吧！

我激动地脱掉布衫，抓起镰刀顺畦埂割了过来，刚割了竹席大的一片，筐子已经装满了。我上到筐子上使劲用脚踩，踩瓷实了再装。正在此时，生产队的老技术员张敬亭风风火火赶来了。他看了看我割过的地方踩着脚说："完了完了，你把庄稼糟蹋啦！"我莫名其妙。他喊道："这是小葱地，不是马齿菜地！你把它们一块割啦。"我急忙到没割过的地方去看，果然发现在密密丛丛的马齿菜之间，有一根根细如锥针的小葱苗。

张老头额上青筋暴突，他一甩手走了。我像遭了雷击，坐在地埂上半天起不来。那天我只用了10分钟就采割了一筐马齿菜，可是到家的时间却比往常晚了一个钟头。

我又内疚，又害羞。娘问我怎么了，我就如实跟她说了。娘说："可不是，你这马齿菜里还有小葱苗呢！"我说："那可咋办呢？"娘说：

"割掉的葱苗怕是补不上了，可人犯的错误都能弥补。你明儿后晌不要薅马齿菜了，你去地里找你张叔去，给他要个你能干了的活儿，干完了再回家。"

第二天，我照娘说的做了。当我把张技术员分派给我的活儿全部干完时，他走到我跟前抚摸着我的脑瓢说："好孩子。"说罢就走了。走出去十来步他又忽然扭过脸说道，"都是你娘教育得好！"

这桩事情我没齿不忘。

# 捣韭花

　　每年的农历七月中旬至八月初，是家乡人采韭花、捣韭花的黄金时节。因为此时韭菜花开得最盛，采下来捣之为绿泥，最是新鲜美味。过了中秋节，韭菜花艳容渐消，姿色衰退，美轮美奂的花盘上结出了梆硬的青籽，就不好食用了。

　　我们生产队是专业蔬菜生产队，因此韭菜种得多，也种得好。到了秋季，我们的韭菜地照常浇水施肥，韭菜也照常生长发育，但韭菜却是不能再割了。因为开春以来韭菜已经割过 3 刀了，此时必须"养根"。不然就会伤它元气，即使来年的春光雨露再好，韭菜都生而不旺了。养根的韭菜其实也没有闲着，它长大长壮后就开始出苔了，一根根韭菜苔初出时像一枝枝狼牙箭，待它箭镞似的花苞挣裂包裹着它的一层薄膜时，韭菜花便蓦然绽放，舒展为一朵雪白的花盘。世界的植物花有无数种类，但韭菜花无疑是其中最美的花朵之一。

　　每年韭菜花开最炫的时候，队长王吉甫都要用山东口音发布一次口头命令："明天一大早，妇女一组、二组都下地剪韭花。后响给全体社员分韭花，每人 5 斤。"

　　我大哥在外地工作，二哥在部队当兵，我和弟弟加上爹娘一共 4 口人在生产队。因此，我家应该分 20 斤韭花。可实际上我们背到家里的韭花却是 30 斤。多吃多占了么？不是，因为有 2 家"五保户"自动提出他们的韭花由我爹代领，待这些韭花捣成韭花泥之后，再由我爹送还给他们。他们都是单人独户，喜欢吃韭花，可是却说自

马齿菜

个"光会吃，不会捣"。

我娘是捣韭花的行家，她说捣韭花很简单："只要是个人都会捣——你把韭菜花洗净了、捣黏了就行了。"

娘说得很轻巧，可实际上捣韭花也是件不轻巧的事儿。这不，韭菜花分到家里的当晚，我们一家人就坐在灯底下择韭花。妇女们采下的韭菜花都倒在地头地边，再经过搬运、集中和过秤等环节，难免沾一些草叶土气的。还有的社员干活毛糙，所以一些韭菜花上还带着半截子韭苔呢。择韭菜花，就是要把每一朵韭菜花都从手头过一遍，剥除花盘底部发黄的花萼，掐去多余的韭苔，把土屑腾净，把混在其中的草叶和其他杂质全都清理出来。

把这些韭菜花都择干净了，时候也就不早了。第二天天还不亮，爹就把清水担回来了。娘用一个很大的瓷盆淘韭菜花，至少要淘洗两遍才算干净。淘好的韭菜花摊在竹帘子上晾，过一两个钟头还得翻搅翻搅，好让韭菜花粘上的水分彻底空干。不然的话，捣出来的韭花容易变色走味。

别的家户将择韭花、淘韭花这两道工序完成之后，就该去"捣韭花"了。而我娘在捣韭花之前还加了一道工序，那就是"铰韭花"。铰就是剪，即是使剪刀把韭菜花一朵朵剪碎。娘说铰碎的韭菜花"捣起来好捣，捣出来好吃"，这是因为"多下了一道功夫，而功夫是不会白费的"。

我娘捣的韭花不光是多下了一道功夫，她还要在韭花里多搁三样东西呢。哪三样东西？鲜生姜、青辣椒、青苹果。前两样东西搁进去好理解：调味嘛，而把青苹果跟韭花放在一起捣就鲜有人懂了。我娘说这个法儿是我姥姥教给她的。姥姥是山东人，她是把山东的古老配方带到山西来了。娘说搁了青苹果的韭花吃起来有一丝甜香味儿。果不其然，娘捣的韭花味儿就是与众不同。

一切准备停当之后，剩下的就是去捣韭花了。我娘有一段让我难以忘怀的故事，就发生在这个环节上。

捣韭花，韭花放在何处捣？韭花放在石臼里捣。石臼有多大？一个石臼半人高，倒一桶水到半腰。当时人们捣韭花的石臼，都是前辈人传下来的捣米粮用的老石臼。我们家里没有这样的古董。我们住的这一片家户，也没有这样的古董。但是我们都知道去哪里能找到它们。

"冉全福院里一个，后仓巷三队马号一个，小庙场一个，东门外石匠老申家也有一个。曹家巷里也有，远，不去那儿。"爹对我娘说。娘说："是，冉家的石臼好用，也近。"娘每年都捣韭花，她最有发言权和拍板权。

傍晚时分，娘对我说："群儿，咱现在去吧。天快黑了，估摸这时候捣韭花的人该少了。"于是我担着扁担，一头是大铁桶，一头是大竹筐，把韭花、辣椒、苹果和生姜全部担上；我娘端着瓷盆，把菜刀、舀饭勺和炒过的颗盐全放在盆里，娘俩一前一后向冉家大院走去。还没进大门，就听见了咚咚咚的捣韭花声。冉家的土院很大，空旷而平坦，据说这是人家的老祖业。院子西南角有一个磨坊，磨坊门外栽着一个大石臼。有个男人正背对着大门口捣韭花。他双手攥着石杵的木把，一上一下，捣得富有节奏。石臼周围围了七八个人，有大人也有小孩。他们像是在围观，其实都是在等待——他们也是来捣韭花的，一筐一筐的韭菜花和盆盆罐罐就排在这里，只等这男人捣罢了把石杵传给他们。娘对我说："不算正在捣的这一家，咱们前头还有3家呢。人不算多，可是也得等两个来钟头哩。你在这儿排队，我回家去把猪喂饱了就来了，不耽搁咱们捣韭花。"

娘走了不大一会儿，那男人就拎着捣好的韭花走了。又过了大约一个半钟头，又有两家人先后拎着捣好的韭花走了。我心里一阵轻松，因为我前面的喜喜妈已经开始往石臼里抓韭菜花了。她的韭菜花不太多，再过半个多钟头，就能轮到我们上场了。

此时，大门外进来一个人，他右提韭菜花左提盆，右脚的一只鞋还趿拉着。他姓黄，住在姚家巷，没有老婆也没有儿女，他和他母亲相依为命。人们都叫他"谎谎"，说这人爱诌谎话，是个"懒干手"。平时我见了他不敢叫他谎谎，总是喊他黄叔。他大声说："嗨，天都这会儿了人还这么多！都急着捣捣捣，好像过了今儿个就不让你捣啦似的！"我说："黄叔，您也来捣韭花啦？"黄叔说："不捣韭花我来这儿看西湖景哩？喂，谁是老末尾？"

我告诉他我是最后一名。他说："现在你不是了，我才是老末尾。倒霉，捣个烂韭花还得排溜溜！"黄叔显得焦躁不安，绕着石臼一个劲儿转圈。正在捣韭花的喜喜妈停住杵子对他说："你转啥呀转，就像狗旋油葫芦似的，转得人头都晕！离人远一些不行吗？也不怕我这杵子把磕住了你的下巴颏！"喜喜妈还说，"你这还叫排溜溜哇？我们从后半晌都等到现在了也不吱声，你才来了几分钟就乱叫唤。哼，急死猴！"在场的人都笑了。不过黄叔却没在意，他嘿嘿笑了两声说："嫂子，我不是有意挨着你转的——我心里窝着事儿呢！"我心想：这人讨厌。

正嘀咕呢，我娘来了。我娘刚站到石臼这边，亮堂堂的月亮就从房脊那边跳了出来，把银辉镀了我们一身。难道月婆婆也知道我们就要开始捣韭花了么？

黄叔似乎没有关注月亮，依然在那里低着头转圈。他转着转着突然瞥见了我娘，急忙扯住脚步，不然就撞到我娘身上了。我娘说："他黄叔，你也来捣韭花呀？"他嘿嘿笑着对我娘说："嗯嗯，李家姐。你们都知道我是个懒干手，要是我妈不出事儿的话，这事儿哪儿能轮到我呀。可是今后晌我妈过门槛时栽倒了，把脚腕给崴啦。我打

马齿菜

听到张家巷有个捏骨的捏得好，就把她背到那儿去啦。现在大夫正给她摆治呢。我妈嘱咐我回去把韭花捣一捣，她最爱吃热蒸馍夹鲜韭花了。所以我不出马都不行啦。"我娘说："你妈的脚腕不要紧吧？"黄叔说："肿得老粗了，不过大夫说没伤着骨头。"

说到这儿，黄叔忽然哎呀了一声说："李家姐，韭花我今儿个是不捣了——我要赶紧去背我妈哩。那捏骨大夫说要我10点以前接她回家，回了家还要给她熬草药呢！"说着，他弯腰把他拿来的东西——一拿起来，重现了刚才进来时的"右提韭菜花左提盆"那一幕。

他急匆匆地就往门口走，刚走了几步，趿拉的那只鞋就掉了。就在他低头找鞋的当儿，他提韭菜花的筐把被我娘攥住了。娘对她说："他黄叔，你去接老人吧。韭菜花你不要提走了，待会儿我给你捣好，叫群儿送到你家去。"

我娘说这话时声并不大，可是在场的人都听见了。就连正在咚咚咚捣着韭花的喜喜妈也听见了。喜喜妈向来口舌没遮拦，她停住石杵说："我说李家姐，你别听谎谎的话——他嘴里有几个字是真呢？他说去背她妈，他就真的去背她妈？说不定又是诌个谎，哄你给他捣韭花哩！"

"背我妈就是背我妈嘛，谁哄人是小狗！"黄叔发着咒说，"李家姐，你松开手吧，省得人家说我又诓人哩！"

娘说："我听说你以前诓过人，可是我相信这一回你不是。"黄叔哽咽着说："李家姐，你相信就好。不过我不想叫你娘俩给我捣韭花了。眼看到半夜了，谁不累谁不乏呀？"娘说："不说啦，把韭菜花给我吧！明儿早上叫你妈吃上热蒸馍夹鲜韭花。"

此时喜喜妈已经捣好了最后一石臼韭花。娘帮她把韭花泥从石臼里盛到搪瓷盆里。喜喜妈端起盆说："李家姐，这个谎谎，他去背他妈就背他妈呗，你也不用替他捣韭花呀？"我娘说："他好说谎是好说谎，可他对他妈多操心啊。我是看着他这份孝敬劲儿才帮他的呀。"喜喜妈沉吟了一下说："是，在孝敬老人上，谎谎是没说的……"

喜喜妈提上捣好的韭花走了。娘开始捣韭花了。正在这时候，爹来了。他从馍布袋里掏出两个馍说："你俩就着韭花吃个馍，叫我先给咱捣吧。"娘说："我才捣了两杵子，哪有能就馍的韭花？再说，这还不是咱家的韭花呢。"喜喜妈耳朵尖，她已经走到大门口了却拐回来了。娘问她啥东西落到这儿了，喜喜妈说："你家韭花不是还没有捣出来吗？那就先尝尝我的吧！我捣的韭花没搁辣椒没搁姜，更没有搁青苹果，味道肯定没你家的好！"

喜喜妈让我把馍馍都劈作两半，她挖了半勺子韭花泥分别抿到我和娘的馍馍上说："好吃不好吃都是我捣的，我走啦！"

娘说："群儿，你往石臼里搁一些辣椒、姜吧，苹果也搁一些。好叫你黄奶也尝尝咱家的味道。"我照着做了。爹到底是壮年汉，他捣得快而有力。我站在一旁都感到脚底下腾腾地震动，前头那几家人捣韭花时我就没有这样的感觉。我和娘吃完韭花馍，他就把一石臼韭花捣好了。娘让爹歇一歇，她把黄叔的韭菜花全部倒进了石臼对爹说："两拨就能把他的韭花捣完了。你缓缓，叫我来。"

娘把捣好的韭花挖到黄叔的盆子里，再把盆放进他提韭菜花的竹筐里，吩咐我赶紧给黄叔送去。娘说："帝君庙巷里有一截路疙里疙瘩的，不好走。你当心些啊。"

冉家大院到黄叔家虽然是隔着一条巷，其实只有几百米的距离，我不大一会儿就走到了。恰巧黄叔也背着他的老妈回家来了。我把韭花给他提到屋子里，只听黄奶奶嘶哑着喊道："你记着跟你娘说啊——等我脚好了就去谢她！"

月光越来越亮堂了，我家的韭花终于捣好了。娘从她端来的盆

马齿菜

里拿出一只碗，盛了鼓堆堆一碗韭花放到了冉家北房的窗户台上。娘轻声对着屋里说："他婶子，天不早了，不打搅你们啦。给你挖了一碗刚捣的鲜韭花搁在这儿啦，你明儿尝尝它好吃不好吃。"

屋里传出冉婶的声音说："哎呀李家姐，不管是啥物件，你总不会白用人家的！本来那石臼子就是百家捣千户用的，可我年年都吃你家的鲜韭花……"

# 鸡儿已宿窝

　　秋天的傍晚似乎来得更早。明日大概是个好天气，因此鸡儿在傍晚来到之前就钻进了鸡窝。娘常常观察鸡儿的宿窝早晚来推测明天的阴晴。她的推测十有八九都准。娘说：每个生灵都有它的神气哩。

　　我家当时喂了 30 多只母鸡，一律像和平鸽一样雪白的羽毛，人们叫它"来亨鸡"，而我娘叫它"洋鸡"，说这是外国品种。她把黑鸡、麻麻鸡和芦花鸡叫"笨鸡"。据说洋鸡比笨鸡下蛋多、下蛋大，还比较好饲养，菜叶子也吃。但是鸡蛋呢清多黄少，没有笨鸡蛋吃着香……

　　现在这些都不重要了，有一件重要的事情此刻正发生在我家的鸡窝前面——

　　"我家的鸡儿钻到你家的鸡窝里了！"说话人是我家斜对门的妇女，她此时就站在我家院子里的鸡窝前面，我和我娘正圪蹴在鸡窝门口。

　　我娘笑嘻嘻地问："啥时候钻进去的？刚刚鸡儿宿窝时，我和群儿都一只一只地点过了。我家的鸡儿是 36 只，点的数也是 36 只，没有多也没有少呀。"

　　"我在巷里看见它跑进了你家院子，肯定上了这个窝啦！"那妇女的口气斩钉截铁。

　　"你啥时看见它跑进院的？"

　　"就是刚才我进门之前。"

　　听着她和娘的对话，我早就忍耐不住了，我说："鸡儿没有上

窝的时候我就在鸡窝跟前。鸡儿是我一只只抱进去的，根本没有你的鸡儿！"

娘说："我家的鸡儿全是一色的白，每只鸡的左腿上都缝了红布布，就是怕跟人家的鸡儿混了。再说，你家的鸡儿是麻麻鸡，不可能跟我家的鸡儿混到一块。"

说话间暮色降临，天要黑下来了。我把一块厚木板往鸡窝门口一堵，再把一块石头顶在木板上。我们平时堵鸡窝都这样，黄鼠狼都扒不开。

那妇女还不罢休，说："你把鸡儿逮出来叫我看一看嘛！"娘说："今儿天黑了，瞅也瞅不清楚啦。它宿在我家鸡窝和宿在你家鸡窝不一个样吗？要是它真在鸡窝里，那明儿一早放鸡的时候，我就捉住它给你送去。"

那妇女不依，非要马上看不行。她说："夜长梦多，我怕到明儿我的鸡都变成炖鸡汤啦。"这话说得有些恶毒！我怒不可遏，扯住那女人的衣服，一下就把她搡到了大门外面。可那女人两手扳住门框死活不走。我两手扣住她的两个手腕，只要双膀一使劲，准能把她撂到大门前的土坡底下。

此时只听我娘喊道："群儿，不要搡她走了。你把鸡窝门开开，把鸡儿一只只逮出来吧！"娘取来一个大篓子啪地往鸡窝前面一搁。我看看娘，娘一脸威严。我只好趴下身子，腮帮贴着鸡窝门，伸手抓住鸡翅膀把它们一只一只拖出来。它们惊恐地叫着，还以为要宰它们呢，有的鸡还用嘴和爪子收拾我，我的手背被抓了好几道血印子。

一只只验过之后，鸡儿就被塞进了篓子里。36只了，娘递给那女人一根棍儿，让她在鸡窝里搅一搅。她使棍儿在鸡窝里上下乱戳，弄了一袄袖的鸡屎和鸡毛，可是终究也没听到鸡儿的叫声。然而那女人嘴里还有词儿："这就日怪了！"

马齿菜

028

我爹晚上自地里回来后听说了这件事，他发火道："这是欺负人哩！"娘劝他不要说了，说事情已经过去了。娘说："叫她彻底看一看咱的鸡窝，她就没话说了。不过是咱们费了个劲儿、鸡儿受了个罪儿！"

　　但是我咽不下这口气。我说："她要是我这么大的男孩，我早把她打扁了！"娘说："这你都见了：大人要是不懂道理了，还不如小孩呢。"娘还说，她有个女婿当干部，她是个势利眼。咱让她一下就过去了，没必要在小事上跟人闹翻脸。

　　我见娘有些伤感，于是就不再说了。

　　谁知这事儿过去五六年之后，又有一件很有意思的事情发生了！

　　那也是一个傍晚，我站在我家大门外跟邻居闲聊。这时，几年前曾到我家找鸡儿的妇女也站在她家大门口。突然，巷子里一只麻麻鸡被一条顽皮的小狗追着，嘎嘎叫着窜进了我家院子。巷里很静，人很少，一眼从这头望到那头。鸡儿奔逃时的叫声很亮，所有的人都看到了这场景。

　　我回到院子里说："谁家的鸡儿被狗撵进来了。"娘说："是只麻麻鸡。除了她家，谁家还有麻麻鸡？"

　　也许明日又是个好天气吧，也许老天擘画的事情就是要这么发展呢——那只麻麻鸡在我家院里与我家的鸡儿吃了一些食儿之后，也跟着我家的鸡儿钻进了鸡窝。人们说鸡儿是最没有记性的，大约它迷路了。

　　我说："我把它捉出来扔到巷里去！"娘说："你听，人家正在巷里找鸡儿哩。"

　　那个妇女的确在巷里唤鸡儿，她嘴里咕咕咕地唤着鸡儿，听起来就像只老母鸡在叫。

　　我走出院门冲她喊道："刚才小狗把它撵到我家来了，你不是也看见了吗？快来鸡窝逮鸡呀。"她耳朵根本不笨，可是却像没听见我的话似的，依旧咕咕咕喊她的鸡儿。我又大声喊了一遍，她才如梦方醒，问："你跟我说话呢？"我反问："还有谁找鸡儿？"

她于是规规矩矩地向我家走来。我进了院子却不见她进来。等了一会儿我就出门去看，她站在门外的小土坡下面说："鸡儿不可能跑到你家去，肯定没有跑到你家去！我到巷里再找找它！"

"它就在我家鸡窝里，你快逮走吧！"我大声说。

她说："这时辰鸡儿都宿窝了，天马上就要黑了，不打搅你们啦。即便它是在你家鸡窝里，那咱两家的鸡窝还不跟一家一样吗？哈哈哈哈……"那妇女一边摆手一边轻松地笑着，很快扭动肢体回她家去了，我喊都喊不住她。

娘看到和听到了这一切，微笑了一下没有言语。倒是门口的清顺叔说："这号女人！如果你现在不是当了生产队的头儿，她不把鸡窝揭了顶才怪哩！势利眼就是看人下菜哩。"

我相信清顺叔说的话。因为那时候我刚刚担任生产队的副队长，而那找鸡的女人，正是我队里的社员。

这个事情已经过去几十年了。可直到今天，当时的情景仍历历在目。那位妇女后来老了，再后来就死了。可是她曾经演出的这一段纪录片，还不断在我眼前回放……

马齿菜

# 土窑塌了

我和母亲正在屋子里说话，忽听外面一声闷响，感觉窗户纸都微微抖动了一下。我急忙跑到院子里去看，发现我家后院 5 米多高的土崖坍塌了。土崖下有一孔土窑洞，我爹刚才就在窑洞里拾掇堆放在里面的杂物。我大声叫爹，无人应声。他肯定被塌下来的土埋在里头了！

这是 1970 年夏天发生在我家院子里的一个危急时刻！

我娘听见我的喊声匆匆来到土堆前。刚刚坍塌的虚土飘荡着浓烈的土腥味。土堆还在蠕动，有一些牛头大的土块都扑到东房的北山墙根了。

我急得快要哭了，忙抄起一把铁锨使劲挖土。娘说："群儿，窑洞在哪个位置？"我说："就在我面对着的方向。"说完又双膀用力挥锨如飞。

娘说："你忙着挖土干啥？这么大一堆土，要挖到什么时候？"我说："爹被埋在窑洞里了。我要赶紧把他挖出来呀！"

娘说："你心再急、力再大也不管用。救人可不是愚公移山，能让你慢慢来！"

我看看面前的大土堆，又看了看我手中的铁锨和刚才挖走的土，眼泪不由流了下来。我说："娘，那您说该咋办啊？有啥办法能把我爹刨出来呢？"

娘没有回答。她离开土堆走到东房的山墙根，背靠墙壁仔细打量那一大堆黄土，接着她又手脚并用地爬到土堆顶上，仔细观察那坍塌后的土崖。

　　我不知道娘观察这些有什么用，只觉得脑袋轰轰作响。此时娘已经从土堆上下来，咚咚地跑到影壁后头去了。那儿靠着一根小碗口那么粗的铁管子，娘两手抱住它，把它抱到了土堆跟前。

　　我想问娘这铁管有什么用，可是还没张口，就听娘说："群儿，窑洞口在哪里？你可得看准！"

　　我说："没问题！"

马齿菜

娘指着大土堆说："你赶快上到土堆顶上，贴紧土崖一直往窑洞口挖！"

我心里想娘一定是有了主意，于是急忙照她说的去做。铁锨在我手中翻飞，湿润的黄土也一锨一锨被我抛到一边去了。片刻工夫，我就在窑洞口的上方挖了一个小圆坑。

娘说："坑不要往大处挖，要往下面挖。"

我说："土是虚的，光往坑里溜，如果不挖大些就没法往下面挖啦。"

娘爬上来看了看说："你再往下挖上一尺多深就行啦。"

我于是又向下挖了一尺。娘问道："你挖的坑像个漏斗吧？"我说像。

娘说："咱娘儿俩上去，把这根铁管朝漏斗的底儿上插，看能不能插得下去。"

我先上了土堆，接住我娘递给我的铁管插到土坑底部，娘也爬上来了。她说："咱贴近崖根把管子往下杵吧！"

尽管刚坍塌的土是虚松的，可是要往土里杵进去这么粗一根铁管也绝非易事。尤其是当我们抱住铁管使劲的时候，漏斗周围的土就被我们踩得垮塌下来。我只好再使铁锨把它们挖出来。

如此这般折腾了五六回，我们终于一点一点把铁管插下去了。越往下面插越是觉得不咋费劲了，约4米长的铁管子插进土里足足有两三米了。娘累得气喘吁吁，满脸都是汗水和泥土，盘在头上的发髻也散了。

她说："这管子应该是已经插到窑洞口了。我刚才看了，咱这土窑只塌了前半截，后半截还在。你爹要是在没塌的半截，他还有救；如果被塌住了，那就没救啦。唉，就看他的运气啦。"

娘叫我用铁锨敲那根铁管，我可劲敲着，震得耳膜都疼。说实话，这种铁碰铁的噪声最是刺耳。敲了一阵，娘问道："你听见有啥动静么？"我仔细听了听，隐隐约约听见了敲铁管的声音。我说："有人敲铁管，肯定是我爹发现它啦。这说明我爹躲在没有塌下来的半个土窑里呢！"

娘十分兴奋，她说："你快下去取一根结实的长棍来！"

我家正好就有一根我前些日子用过的竹旗杆。娘说："把旗杆伸到铁管里，使劲往下捅！"我照此办理，不一会儿，旗杆就捅下去了，它是把刚才杵进铁管里面的泥土捅出去了。

娘说："一上一下再多捅几下！看能不能听见你爹他说话。"

两三分钟之后，我和娘果然听到了一个熟悉声音："哎呀，可把我急懵啦！这管子如果再不透下来，我非被憋死不可！"这是爹在说话呢，他呼吸到了这根铁管输送给他的新鲜氧气。

我对着铁管喊道："爹，您现在还出不来。我娘说了，我们这就到外面喊人把土堆刨开！"

爹还在窑洞里对着铁管说话。他说什么已经无关紧要了……

邻居们闻讯而至。他们轮番挖土倒土，足足忙了3个多钟头，才在土堆上开出一条壕沟。爹被人用锨把从半截窑洞拽了出来，他满身是土，活像土地爷。

见多识广的程二伯看了看土崖和土堆说道："别看这崖高土厚，可它是活土。只有死土才能打窑。"我问他啥叫死土、活土。他说："解放前阎锡山军队在这里修过地堡工事，土被挖过了就是活土。死土就是从来没有人动过的土。"

爹洗了把脸过来了，他说："去年我在这儿掏窑的时候，你咋不来看看这是啥土。哈哈哈哈……"

# 浆线杆

我娘经常织布，在搭机子织布之前，必须把上机子的棉线用小麦面煮成的浆水浸泡透彻，然后挂在一根粗木橡上拧啊搓啊，撑散晾干。这样一来，手工纺下的棉线就变得光滑硬挺又结实了。也就是说，棉线只有在浆过之后，才可以在织布机上织布。

也正是因为我娘经常织布，我才对织布的过程非常了解。而浆线作为其中的一个重要环节，我更是不可能不熟悉了。实话说，很多时候，我都是我娘浆线的小帮手呢。既然是小帮手，就要帮助娘干很多的活，比如说，抬浆线盆呀，支浆线杆呀，替娘烧火做饭呀，等等。

我总共参与过多少次浆线？不计数了。但有一次我记得很真切，它像影像一样，刻录在我心底的光盘中，可以随时打开，随时回放。这段影像的主题是一根木料，一根浆线用的木橡，人们都叫它"浆线杆"。

有句俏皮的歇后语说：大姑娘浆线——心不在杆上。杆，指的就是浆线杆。这句话的意思是：注意力没有集中在当前要做的事情上，而是心有旁骛。我见过我娘浆线时那个专注劲，也知道如果此时分心走神，那么挂在浆线杆上的线桄就会出问题——它们可能在你不经意间被日头和热风吸干水分，如果这样，线桄就出现黏结粘连，在拐线锭时就十分费事了。

听罢了歇后语这个小插曲，咱们开始演奏浆线杆这个主旋律。那大约是 1969 年的春季。一个星期六的傍晚，我放学回家后，发现我娘就在家里忙活。忙什么？忙着把她纺成线穗、又绕成线桄的棉线从一口大瓮里拿出来了。

娘说："明儿星期日不上学，你帮娘浆线行吧？"这有啥不行？我又不是第一次帮娘浆线了。睡觉之前，我和娘把每次浆线都要用的大瓷盆抬到了院子里。

爹先从门外扛回来一根又圆又直的浆线杆，把它靠在东房南山墙上，那里将是浆线的主战场。他还呼哧呼哧担了3担甜水，把门后面的大水缸倒得满沿齐口。娘还吩咐我把大铁锅搁到烧柴火的锅头上，并把一堆干树枝折断当硬柴。

不到4点娘就起来了。听爹说道："还没听鸡儿叫明，太早了吧？"娘说："咱的鸡是个懒鸡，有事可不能等它叫。"鸡懒人不能懒。我赶紧揉着涩巴的眼睛一骨碌爬起来了。我娘说过浆线必须掐时间。

一瓢一瓢雪白的小麦面被娘从面瓮里舀出来倒到大瓷盆里。她边舀面边口算，说就得这么多面，因为这回要多一斤线呢。接着，娘把面和成了面团，之后在大瓷盆中倒上温水，娘双手把面团浸在水里揉捏，直到清水变成了浆水、面团变成了面筋。我高兴地喊道："今儿又能吃面筋喽！"

生面筋放开水里锅一煮，立马变得像肉一样筋道了，一炒，比肉还香。因此，每当我们想吃面筋的时候就问娘说："娘，你啥时候还浆线呢？"娘不知道我们是醉翁之意不在酒，她高兴地说："都想帮娘浆线哩！那是啥好活儿？使得人腰疼手酸的！"

一桄一桄的棉线被放在娘捏出面筋之后的浆水里揉搓，不过，此时的浆水已经被柴火煮开而成了稀糨糊状的面汁。等所有的干棉线充分吃透了浆汁之后，娘就问道："浆线杆咋样？"

我答道："我和爹早把它支好了！"我们父子俩用6根顶结实的木棍绑了两个三脚架，把浆线杆横担在三脚架上。此时我们抬起

马齿菜

浆线杆的一头，让娘把黏糊糊的线桄穿挂在浆线杆上。阳光和风无私地抚摸着这些饱含水分的棉线。每过一段时间，娘就用一根小撵杖伸到线圈里，转着圈把线桄绞紧，直绞得棉线滋出面浆，然后腾出一只手把流出的面浆搓匀到棉线上，接着松开线桄，用小撵杖牵住线桄使劲地往下撵，发出"腾腾腾"的声音，浆线杆也跟着抖动，娘叫它"撵线"。这样反复地绞、反复地撵，直到线桄都晾干、棉线一根根光滑而硬挺为止。日落之时，就可以宣告此番浆线大功告成了。

今天浆的线又好又多，娘很高兴，她说："收了线我就给你们炒面筋吃！"

面筋好吃极了。吃完饭，娘说："群儿啊，趁着天还不太晚，你把你爹借人家的浆线杆送去吧。"我说行，扛起浆线杆就要出院门。我问："娘，这是谁家的浆线杆啊？"

娘说："你爹从外头扛回来的，他没给你说吗？"我说没有说。娘有点着急了："你爹后晌到大队部集合去了。他说大队通知他去黄河边栽树，是造防护林带。他把铺盖卷都背走了，说要过六七天才能回来呢。"

娘自责说："说你爹忘性大吧也不是，只怪我少问了一句。假如我问他在哪儿借的不就对啦！"我说："那这浆线杆就先别送啦。放在咱们家等主家来取吧。"

娘一拍手说："那可不行。早晨我听你爹说了一句，他说这浆线杆今晚得送回去，明儿都有人号下了！"

我对娘说："既然有人预订了，那他就会找到咱家来取的。我们着急啥？"

娘说："你没听说过'一根浆线杆用百家，谁借谁还没麻达'吗？咱从人家家里扛出来了，就该给人家扛回去。这才是理哩！要不，

马齿苋

人们都该笑话老管家不懂规矩哩！咱们可不能丢这种人。"

听了娘的话，我感到脸上热辣辣的。我知道自己说的不妥，于是对娘说："娘，您说得对，那咱就赶快想办法把浆线杆送回去吧。"

娘道："明天浆线，今天这时候就应该把浆线杆扛到家里去呀。看来这个主儿也是个大脾气，不急不忙的！也不打听打听找到咱们家里来！"

我说："娘，也许借浆线杆的人不知道咱家在哪儿住，也许这人正坐在主家的家里死等咱们给人家送呢。"

"也许，人家正摸着黑满世界打听哩！"娘在院子里来回走动，又搓手，又跺脚的，我从来没见过她这么着急的样子。

忽然娘说："群儿呀，你爷在世时常说：好法赖法得有个办法。娘也没有好法子，现在天不早了，咱不能耽误人家明天浆线。这样吧，你把浆线杆扛上，咱娘儿俩走一路问一路吧。如果巧的话，一问就问着了。"

于是我们出发了。那年代城墙外还没有路灯，我们翻上城墙坡又下了城墙坡，先在帝君庙巷打听，问的都是一些平时纺线织布的或者是家里有浆线杆的家户，人家都说不知道。接着我和娘又到姚家巷和丁家巷去问，照样没有问出结果。

娘叫我在街巷边的长石头上歇一歇，我说我不乏。娘说："扛这么沉一个物件能不乏？娘空手走都乏了。"

我俩稍歇了歇又起身，穿过小胡家巷走大胡家巷，又穿过阜巷拐进前仓巷。娘在出门之前曾说"如果巧的话，一问就问着了"，可是如果不巧呢？娘没说。记得我们走到前仓巷时，娘至少都问了二三十家了。不用说，结果都让人失望。

娘说："今黑夜怪了，都是纺花织布的家户嘛，怎么一问都是不知道。难道你爹是从天上王母娘娘那儿借来的？走，继续问，不信就找不到主儿。"

前仓巷又狭又长，黑咕隆咚的，还有几条狗在汪汪汪。走着走着，娘忽然停住脚步说："你在这儿等着，让娘去张浩山家里问问他婆娘。刚才从他家门前闪过去了。"

娘一脚高一脚低地折回去了，不一会儿，她的声音从黑暗中传来："群儿，快扛过来吧！人家还在这等咱哩。"

原来张浩山就是浆线杆的主家。他说："昨天晚上天都黑了，我听人在院子里喊我的名字，说要借家里的浆线杆。当时我正在锅头上烧火炒菜，就随口说道：'浆线杆就在房檐底下靠着，你扛走就对了。可记着明晚上要送回来，巷子里一家邻居后天要用哩。'但是我可没看见是你家掌柜借走啦。"

娘把情况给他一叙说，张浩山眼睛瞪得酒盅那么大说道："哎呀，李家姐，我见过不少实诚人，却没见过你这么实诚的人！黑灯瞎火的，叫我这小侄子扛着这根死木头问遍了半个城！"

那位等着借浆线杆的人也说话了，他说："刚才我们俩还在屋里说，今夜这浆线杆怕是送不来了。可没想到话音还没落，东西就送到门口啦！李家姐，你今天的事儿要是搁到了我身上，我怕是做不到！"

马齿菜

# 臭椿香

我家居住在运城县城的东城墙根。听我娘说，原来的城墙又高又厚，一圈都有护城壕。1947年底运城解放，守城的国民党兵被消灭。从第二年起，城里的人们就开始拆挖城墙了。因为当时只有东西南北4个城门可以进出，人们普遍感到不便和拘束。东城墙被拆后，城墙基变成了一条南北走向的大马路，护城壕被填平了，变成了一道宽约50米的土坡。人们在土坡上栽了洋槐、苦楝，还有榆树和臭椿等。树木通人性，它们在新中国的天地里生长迅猛。我长到六七岁时，这些树木已经很高大了。粗的树大人才能抱得住，我们只能抱住细的。

记得有一年春天，春暖乍寒。我娘去西花园看我姥姥回来时，她的细篾竹篮里提着半篮子叶稍带红的树叶，娘说："这就是香椿，是你姥姥家后院的香椿树上的。那棵香椿树老了，不肯出芽，都这时节了，才努出了一些小叶叶。就这个样，还被人们都瞅着了：你来扳一把，他来捋一把，把整个香椿树都折磨得不像树了。这不，你姥姥赶紧钩下来一点，叫我拿回来给你们尝尝。"

初识香椿，我并不稀奇，以为它不过是一把树叶，而且跟城墙上栽的臭椿树的叶子十分相似。可是等到娘在开水锅里焯它的时候，我才感受到它的魅力了。一股浓郁的香味随蒸气翻滚，瞬间弥漫整个屋子，继而扩散到整个院子，甚至越墙过户，外溢到邻居家去了。隔壁的四叔正搭着梯子取他挂在房檐底下的红辣椒，他隔墙看见了我就说："你家这香椿真香，我这边院子都闻见了！"

娘把焯好的香椿叶子切碎拌盐，着实给全家的晚饭增添了风味和色彩。可是，姥姥的香椿就那么多，这顿吃了那顿就没有了。第二天我问娘说："娘，过几天姥姥的香椿树还会长出香椿吗？"娘说："长是还能长出来，可是咱们不能再去要了。再去要，只怕香椿树都要气死了！"

我知道娘说的是什么意思，而娘也知道我问她话的意思。

娘说："群儿，娘有办法让你们再吃到香椿。可不是昨晚吃的那么一点点，而是放开肚皮尽饱吃！"我说："真的？"娘说："娘还哄你？你把你二哥叫过来。"

娘对二哥说："你去年钩洋槐花的长钩还能用吗？"二哥说能用。娘吩咐他把它找出来，看看缠铁钩的麻绳松动了没有。二哥说钩子缠得很结实。

娘说："明儿个早起你和群儿去城墙上钩樗头吧。"二哥问："钩它干啥？又臭又苦，羊都不好好吃呢！"娘说："你说的是它长老了的时候，可樗头是嫩芽芽。你俩只管去钩吧。"

我问二哥："啥是樗头？我怎么没见过？"二哥故弄玄虚说："明天就叫你见见。"

次日黎明，我扛着筐子，二哥背着长钩，我俩只用不到两分钟就来到了城墙路上。宽阔的土路两边，长着高大而粗壮的臭椿树。臭椿树树皮白中略带点灰色，它们已经十几岁了，因此树皮像裂纹瓷似的。我们沿着路走了一截，二哥就说："就在这儿钩吧，这几棵树好。"他举起长竿伸向臭椿树的枝条。这是一根比锨把略微细一点、长度有五六米的竹竿，竹竿的另一端，细麻绳把一个用8号粗铁丝弯成的钩子牢牢缚在上面。二哥用钩子钩住一根枝条顶端的叶芽，轻轻一扭，这一团叶芽就掉落下来。

二哥说："快把它拾到筐子里。我钩着，你拾着，钩满一筐咱

就回家。"我问道："二哥，你要这臭椿叶干啥？咱不是来钩樗头的吗？"二哥扑哧笑了，说："你不知道吧？这臭椿树就是樗树。咱们叫臭椿，大人们叫樗树。你看，臭椿树跟洋槐和榆树都不一样，它春天出芽时，先从每根树枝的顶头上努出来，所以叫它樗头。而洋槐和榆树是遍身出芽。"

二哥这么一说，我才恍然大悟了。抬头再向上看，那一根根硬倔倔的枝条尖上，一簇簇樗头蓬勃硬挺，活像我娘洗锅用的高粱篾刷子一样。二哥长竿上的铁钩专门奔它们而去，一下、最多两下就把樗头撸下来了。臭椿树的细枝很脆，二哥有时钩不准的话，就把枝条拉断了。它清脆地响着，我正弯腰拾樗头时，它就砸在我的头上或背上。我连躲都不用躲，因为被它砸到只会感到一点点疼，跟蚂蚁夹了似的，这算得了什么？

筐子很快满了。回家路上，二哥扛筐，我背长竿，转眼就到家。娘已在烧柴草的锅头上搭了一锅水，她揭开沉重的木头锅盖，水咯哒哒滚着。娘把樗头淘了一遍，就分成小把投入开水锅里。在锅里翻了几下，娘就用笊篱把樗头捞出来了。我一看，刚才还支棱的臭椿芽，现在已变得软不邋遢了。

娘说："焯的时候灶底下的火要旺，锅里的水要开。樗头每次要放得少一些，三翻两搅才能捞。樗头不像香椿，它必须焯好了才能吃。"

接着，娘把焯好的樗头切了放在锅里炒，当然，少不了还要搁点油盐和花椒面。炒好之后，我们不等娘把它端上桌就拿筷子吃开了。哎，真香呀！大姑娘上轿——我是头一回吃樗头，感觉到它绵绵的、面面的，同时还有点儿脆脆的！

娘满脸洋溢着自豪和高兴。她说："樗头能当饭。你们多吃些，炒了一大锅哩。"我吃了两碗还意犹未尽。

马齿菜

那年春天，气候有点冷，樗头也长得慢。这使得我和二哥能够多钩几回樗头，娘也给我们炒了好多回樗头。

那时我人生初始，就在刚刚学习和认识人间事物的时候，便跟樗头巧遇。它是臭椿树的春芽，不仅能吃，而且很香。遇见它真是三生有幸。

# 煤油红薯

　　煤油，是我们都熟悉的油料，液态，燃烧力强大，具有令人作呕的浓烈气味；红薯，是我们餐桌上的美友和人生伴侣，蒸烤为食，香甜绵软，十分可口。这两种东西都是好东西。可是如果将两者组合在一起，变成"煤油红薯"或"红薯煤油"，它们就不是好东西了。它们只能成为故事。

　　每年秋天，我家所在的生产队都要给我们分口粮，主要有玉米和红薯。我们家5口人，一年分的红薯少则五六百斤，多则千斤以上。而这红薯也不是白给的：5斤折合1斤粮食。一冬一春，我们就靠这些东西过活。

　　说分红薯，实际上每家每户分到的是一块红薯地：人多的地块大，人少的地块小。分到了地块之后，我们全家上阵刨红薯。先用镰刀将布满地表的红薯蔓割掉，不然的话不好动镢头。但是割红薯蔓也有讲究，那就是割蔓要留茬，即在每一窝红薯的上面留下几寸长的蔓根。这是标识，刨红薯的人就是看着这蔓根下镢头的，否则就容易把土里的红薯刨伤了。红薯一旦有了伤，就很容易腐烂变坏。

　　我很喜欢刨红薯的场景：百亩大的地块上，人山人海，声音嘈杂，男呼女叫，镢锨叮当，间或还有孩子们的哭喊声和大人们的呵斥声。胭脂一般颜色的红薯出土见天，一堆堆被集积在金色的土壤之上。从人们身上散发出来的汗味儿、烟味儿，与泥土的芬芳、红薯的甜香混合在一起，由清凉的秋风随意搅动。每遇此时，我就很激动。到底是为了眼前的壮观场景而激动呢，还是我已预感到这种场景会

马齿菜

在不远的将来永久地消失呢？我不清楚。

刨红薯是十分费劲的。好在爹和娘都正值壮年，身强力足，又有我们兄弟几个协助，因此我家的红薯很快就全部收获归家了。红薯归了家，娘却犯了愁。为啥？因为这么多的红薯没有地方存放。

我娘说："红薯娇气，不能放在外面。它一受冻就淌水，不能吃了。"爹出了个主意说："在后院打个红薯窖吧！"于是他奔后院去了。当时我们住在城里，几家人合住一个大院。房子古老而陈旧，少说也是明朝的遗存了。房屋的墙砖都碱得成为粉末，凹进去形成了一个个的方洞。有个狭小的后院，脏乱不堪，土质也很糟糕。爹用铁锨挖下去一两米、挖了好几处地方，所见都是黑乎乎的残土，满是碎瓦破砖，可能是明清时期的生活和建筑垃圾被填埋在这里。这样的土质，是根本不能挖土窖来储藏红薯的。

那怎么办呢？娘只好把桌子和床铺下面腾空了，再小心翼翼地把红薯摞在那里。就连娘切菜擀面的案板底下，也堆满了大大小小的红薯疙瘩。即便如此，还有几麻袋红薯没地方搁。

"活人还能叫事儿给难住？没有办法就想个办法。"娘对我们说，"这是一冬天的吃食哩，咱无论如何得保管好。"她将所有的红薯仔细过手，拣没病没伤的重新摞到桌下和床底，把有黑斑的削了洗了蒸着吃了，把带伤的和尾巴子（小红薯）切成片，扔到房瓦上去晒红薯干。这样处理之后，大部分红薯都被妥善保管起来了。

可是，正如我娘所说，红薯娇气。让这厮跟我们同处一室，整天烟熏火燎，人气蒸腾，想让它长保不坏之身，也只是一厢情愿。一个多月之后，我娘每过几天就要把桌下床底的红薯翻看一遍，把腐烂的、长黑斑的筛出来。每一次，都要筛出来不满一筐。

娘十分心疼。她说："多好吃的红薯，沙甜沙甜，就像毛栗一样，都是马家崖上那一片沙壤土里长的。烂了，太可惜了！"娘把腐烂的部分切掉，把黑斑剜了，余下好的部分蒸熟了吃。虽然有怪味儿和苦味儿，但我们就着辣椒面，还勉强吃得下去。

时光缓缓流，日子慢慢走。我们的红薯，一边吃着，一边坏着。人吃得快，它坏得慢。"能吃的红薯，咱就把它吃了，坏了不能吃的，只当它就没有。"娘对这样的状况，似乎已经默默接受了。

可让她万万想不到的是，我居然一招不慎，毁了家里的二三百斤红薯！那是早晨起床的时候，天阴，屋里很暗，我摸索到桌子跟前，又在桌面上摸索火柴盒，我想把桌上的煤油灯点亮。谁知火柴盒没摸到，却把煤油灯碰倒了。娘昨天刚灌了满满的一灯油，全倒在桌子上了。煤油滴滴答答从桌缝和桌边流到了桌下的红薯垛上。煤油扩散力很强，一个红薯上只要滴了一滴，马上这个红薯就全身都是油渍渍的了，接着它还会把它周围的伙伴也油污了。

这简直叫人抓狂！我大声喊："娘，煤油洒到红薯上了！"娘急忙拿了一件旧衣服盖在桌面上，把上面的煤油吸干净了，接着抢救红薯。可是已经晚了，二百来斤红薯全变成了煤油红薯！

娘也愣在那里了。她人生第一回看见了一种新的食品。煤油红薯还能不能吃？娘弄了些碱面放在水盆里，她想把红薯上的煤油洗掉。洗啊刷啊，娘费了半天劲儿，才洗出来几个大红薯。

娘说："这不是洗干净了么？"她把这几个红薯切成大块放锅里蒸。以前蒸红薯闻见是香甜味，可是今天闻见的却是一股煤油味。爹说："不能吃啦。你在这儿蒸红薯哩，不知道的还以为你在炼石油哩。"

娘此时已将笼盖掀开了，她说："啥炼油不炼油？这红薯不是好好的吗？"娘给了我们一人一块红薯。我吃了一口，哇一下就吐到了地上，嗨，嘴里就像喝了煤油似的，满是煤油味！爹吃了一口就说："比毒药还难吃哩。快撂了吧！"

娘一口一口吃着她手里的红薯，一直把它吃完。娘说："你们还是饿得轻！让你们3天不吃饭，看这能不能吃？"爹说："4天不吃饭我也咽不下去。比毒药还难吃哩！"

爹说着，就把一筐子煤油红薯提到了猪圈边上，他往猪圈里扔了几个大红薯，嘴里还喊着；"唠唠唠，快吃吧！"那头内江猪哼哧一声起身跑过来了。可是它嗅了嗅红薯，又没精打采地离开了。

爹说："嗨，连猪娃都不吃！埋到外面的粪堆上沤粪吧！"说着，提着红薯筐就要出门。娘急忙说："先放那儿吧。你们不吃我吃！煤油味还能没有一点点？你吃的时候不要闻它不就对啦。这么好的红薯，沤粪太可惜了！"

娘看着我们说："你们不吃，我吃，我慢慢吃。有啥吃总比没啥吃强。民国十八年闹饥荒时，如果有这煤油红薯吃就好啦。那时候树皮都被人剥光啦，我险些饿死呀。"

于是，娘执意把我们和猪娃都不可下咽的煤油红薯留了下来。她把它们先洗净后削皮，然后蒸了或烤了吃。爹和我们多次劝她不要吃了，但是她硬是把它们都吃完了。

马齿菜

# 打 架

一个夏日的傍晚，温热的晚风如绸缎般柔和。假如我们身临其境，我们肯定会说："多么美好的夜晚啊！"

是啊，确实是个美好的夜晚！然而对我和二哥来说，今夜并非美好。因为刘三他妈已经领着他来到我家的院子里了！他们的前头后头，还簇拥着一群帝君庙巷的孩子，叽叽喳喳。刘三和她妈是来找我爹娘告状的，孩子们是来看热闹的。我和二哥将被推上被告席。

果然，刘三妈在院子里大叫道："老管家屋里有人吗？"我家尚未掌灯，爹下地还未回来。娘早在屋子里听见了喊声，她急忙出了屋子。

刘三妈说："他婶儿呀，你管管你家老三吧，这娃把我家刘三的肩膀都咬坏啦！"娘说："他刚才回来我就看见他的袄扣子都开了，还没来得及问他哩，你们就来啦！哎呀乔嫂，快叫我看看咬成啥样啦！"

刘三没穿褂子，他用左手捂着右肩，哇一声放声大哭，把人都吓了一跳。我娘说："不哭不哭，叫婶婶看看，给你吹吹揉揉。"刘三哭着说："把我的肉都咬破啦，呜呜呜。疼死我了！"我娘借着邻居家映出的灯光仔细看了看伤口说："这娃下口也太狠了！看都咬出血了。来，叫婶婶给你治一治。"

拿什么给他治呢？俺家里啥也没有。我们的身上弄伤了，母亲总是给她食指和中指上沾点唾沫，涂抹到伤处。娘的唾沫就是神奇的外伤药。说来也怪，只要我们擦了它，伤口很快就能痊愈。此时我躲在屋里的大水瓮边上，还以为娘也要给刘三用神药呢。谁知娘进屋后低声对我说："看把人家咬成啥了？还好没把肉咬掉！"她在里屋外间胡乱翻了几下，轻声说："唉，哪儿有给人家抹的药哇？"昏暗中我也看见了娘焦急的眼神。

此时忽然听见西房住的小淑妈在院里喊："姐，黑灯瞎火的，你别找了。我这里有现成的二百二（红汞）呢！"小淑妈真是大救星！娘出去说："多亏你有这好药！那快给刘三擦擦吧。"娘忙点着煤油灯端过来，用一疙瘩棉花蘸了一些红药水，然后给刘三擦伤。刘三疼得乱蹦。擦好药水，娘又寻了一个长布条把他的伤口缠住说："你不哭了，明儿就好了。"然后对着屋里喊，"叫你等着吧，你爹回来了不狠狠拍你一顿才怪哩！"

事情进行到这里也就只能收尾了，于是刘三妈领着刘三走了。他们走了，我爹可回来了。他知道了我给人打架的事大怒道："让人家都找到家里来了，看丢不丢人！今儿不打你都不行了！"

爹脾气不好，他从门后头抄出一根木棍就朝我屁股上抡过来。我都听见了木棍带起的风声。我想：这一棍一定很厉害！我吓得眼睛都闭住了。只听啪的一声，我身上并没有觉得疼，而是听娘大喊道："你打他有没有轻重！要一下打残坏他！咹？"原来，是娘冲过来用右胳膊挡住了飞落的木棍！

爹当啷一声把木棍扔在地上，赶紧去看娘的胳膊。娘不让他看，说："我的胳膊都快叫你打掉了。这要是打在娃身上可咋了得！"爹狠狠瞪着我说："都是你惹的事儿！"

挨了这一棍，娘的胳膊疼得动不了了。爹忙洗了洗手替娘给我们做饭。我看着娘的胳膊不出声地哭了。娘说："可不要给人家打架了！行啦，不哭啦，你都把娘的袄袖哭湿啦！"我问娘疼不疼，娘说过一夜就好啦。

马齿菜

娘问我为啥能跟刘三打架，说他都十四五了，你才七八岁，你倒把人家咬哭了。我说我在城墙上耍哩，看见有人打架，原来是刘三打我二哥呢！二哥和狗头去盐池禁墙上刨蝎子回来，刚到城墙口就被刘三截住了。他说二哥刨蝎子的小镢头是他家的，去年弄丢了。真是胡说八道！刘三有劲儿，又比我二哥大，他两手抓住小镢头一转圈，就把它夺走了。我一看，就立刻跑上去争夺。刘三一下就把我推倒了。他还揪住我的袄襟把我提溜起来，朝我脸上喷了一口唾沫！这我才趴到他肩膀上给了他一口。他用拳头杵我我也不松嘴，直到他大哭大叫我才放了他……

娘听了说："刘三谁不知道？有名的捣蛋猫！咬他也活该。可你不该咬这么狠。"娘接着问，"你二哥呢？"刚才藏到后院柴火堆里的二哥此时出来了。他说："刘三这家伙真坏！他说我从西花园我姥姥家拿回来的小镢头是他家的。不是老三咬他一口，他就把咱家的小镢头拿走了！"娘训他说："说了半天，原来是你惹的麻烦！你快把小镢头藏起来，有时间了给你姥姥送回去。不要叫它再惹是生非了。"

第二天，我看到娘的右胳膊又青又黑，她一干活，就疼得吸溜一声。一直过了五六天，才慢慢复原了。而我的名气却传扬开了，孩子们都说我把刘三那个坏种咬怕了。是的，有几回刘三远远看见了我，他就哧溜一下转弯走了。我心想：你要是再敢凭力气大欺负我们，我照样咬你——像狼狗一样"哇呜"就是一口！

马齿菜

# 瘤 子

娘领着我到医院去给爹送饭。她说你爹住院了，今上午动手术。"住院""动手术"都是新名词儿，我不懂。想问娘，但是娘走得气喘吁吁，我也走得吁吁气喘，因此没有问。

我们来到医院的病房，记得它是平房，有房檐，能看见房坡上的瓦，瓦沟里还长着不少菇菇苗（一种类似现在的多肉植物）。我看见爹就躺在房间的一张床上，他身上盖着我家的被子。一位穿白衫的女人告诉我娘手术刚才已经做完了，说让我娘去看个东西。

我娘领着我跟她走了。到了另一处房间，那白衫女人端出一个白色的长方形搪瓷盘说："这就是从他胳膊上割下来的瘤子。"娘揭开盖在搪瓷盘上的纱布，我看见盘子中间堆着一疙瘩肉，比娘蒸的馍馍还要大。白衫女人说："2斤4两呢，可算个大瘤子。"我看了一眼，感到很害怕，于是藏在我娘身后不敢再看了。

我们又返回爹的病房，爹醒来了，说："这麻药真厉害！用上它就啥也不知道了。就跟人死了是一个样！"娘说："快别胡说啦，你没死过，咋知道跟死了一个样？来，我喂你吃饭吧。"

至于娘做的什么饭、饭盛在什么样的碗里或盆子里，我都记不清楚了。只记得娘坐在床跟前，用小勺子一勺一勺给我爹喂饭，爹躺在那里一口一口地吃。他吃了饭，我和娘就回来了。我问娘爹啥时候回家，娘说这才刚住院，医院叫他啥时候回家，他就啥时候回家。

晚上我做了一个可怕的梦，梦见我在医院见到的白衫女人，她把盘子"咣"一声掉在地上了，盘子里面的瘤子咕噜噜在地上打滚，它忽然变成了一个圆鼓鼓的大皮球，在地上一蹦一蹦的，越蹦越高，碰得房间里的顶棚都咚咚作响……

我惊醒了，天还未亮。娘在炉子上给爹做饭，案板和炉台上的锅碗瓢盆发出了叮当声响，可能是这声响传入了我的梦境，为梦境的恐怖画面做了配音。

天刚亮，娘就提着她惯用的细篾竹篮说："娘去医院给你爹送饭。等我回来了咱们再吃饭吧。"娘走了，家里只留下我和二哥。我们赶紧穿衣起床，觉得过了好长时间娘才回来。

我们吃过饭二哥就上学去了。那时他大概上小学二年级吧。娘洗锅刷碗之后又叠被子扫地，接下来娘到院子里去看了一下太阳影说："哎呀，半晌午了！叫我赶紧给你爹做饭。"

做好饭娘让我和二哥先吃，她又提着竹篮去医院送饭了。从医院回来后，娘把剩下的饭菜胡乱吃了吃，就又忙开了针线活。看看太阳落到了西房的房脊下面去了，娘又急忙搁下针线去做饭、送饭。等到娘再回到家里时，已经是月光洒地、满天星斗了。她一进门就把从医院拿回来的脏衣服泡在盆里搓洗……

这就是在我爹手术后的住院期间，我娘紧张而忙碌的日程表。研究了这张日程表，任何人都会得出两个字：辛苦。然而如果每天都是这么辛苦的话，那么我娘就要幸运得多了——事实并非如此，生活的难题不会轻易放过我娘。

在我爹走进医院之前，他虽然左臂上长了一个2斤4两的大肉瘤，但似乎并不影响他担水。他一口气担回来7担水，给屋门后面的大水瓮里倒了6担，还有一担就放在水桶里。爹对娘说："这些水不知道能不能用到我出院的时候？"娘说："不够用了我不会去担水？"爹说："纺花织布做针线，锄地割草摘棉花，哪一样你都拿手。可这担水，不管咋说也不是你干的活呀。"娘说："我知道那是你干的活。

马齿菜

可你去住医院了，我不干谁干啊？"

爹住院后家里用水更多了。一天得给他做 3 顿饭不说，每天还得给他洗衣服洗枕巾，娘说医院要求住院的人必须干干净净。两只水桶的水用完了，大水瓮里的水也眼看着越来越少。这天，娘把爹用的桑木扁担拿过来，把爹担水的大铁桶也拿了过来。她把扁担钩钩在桶梁上，把扁担放在肩头。她把腰板挺直了，可是水桶还没有离地。娘的个头不到 1.6 米，爹用的扁担钩对她来说过于长了。

这点事儿难不住我娘。她把两条钩链分别朝不同方向绕到扁担上，这样就可以担起水桶了。平时我看爹担水时，觉得水桶不过是那么大。可是当我娘担起这对水桶时，我却发现水桶原来这么的大啊！

我们这条巷子的公用水管，每天 12 点到下午 3 点开放。届时，开水管的人就开开水管房的门进去了，然后他把水龙头上面的木板窗就打开了。此时，担水的人们已经排起了长队。只见一股粗壮的水柱"哗"一下从龙头里窜出来，窜到了放在它下面的水桶里。一眨眼水桶就满了，担水人急忙提过满桶再换上空桶。水管的水不间断地喷涌，担水人也像水那般流淌。

轮到我娘接水了。我曾听爹说过："担水不难接水难。"难在哪儿？难在这水管水流很大，一桶水瞬间就满了。这桶满了就得把它提走并换上空桶；前一个人把水桶接满提走时，后一个人的空桶就要紧跟着到位。若不是这样，那么水管的水就喷流到地上了，开水管的此时就会喊道："哎，你倒是快点呀！"我曾见过爹在这里接水，他前边的人把桶提走的同时，爹的第一只空桶就接住水流了；爹把第一只桶接满水并提走的同时，第二只桶又准时准确地放到龙头下面了。

娘能像爹这样接水吗？显然不能。她没有那么大的气力，也没有丝毫接水的经验。她把第一只空桶放到水龙头底下，"哗"一下就满了，她一手提不动一桶水，只好两手提，提开这只桶，才能腾出手来放那只桶。可是桶一提开，水柱就喷溅到砖地上了。娘急忙把空桶塞上，可是两只脚和裤腿都溅湿了。看水管的本来想发火，但他看了一下我娘却没有发火，只是嘟囔着说："怎么叫她来担水？"

她不来担水谁来担水？我爹躺在医院，二哥刚有半个扁担高，我也比水桶高不了多少。真是老的上不了马，小的拉不展弓啊。

不管怎么说，水桶里接下水了。我娘把两只水桶分开，间距跟扁担一样长。她把扁担钩子挂上桶梁、扁担放在肩头，一鼓劲，两只桶就担起来了。可是她迟迟站在那里不动步。为何？因为她觉得无法迈步。鼓了鼓劲儿之后，我娘一小步一小步地往前走了。别人看来，她就像醉汉似的摇摇晃晃身不由己。实际上，一担水的重量超出了娘的负荷，她瘦小的身子根本控制不了扁担和水桶。

只听"咣"的一声，两只水桶一齐着地，水溅得老高，溅到了担水人的身上。有人认识我娘说："你担不了哇。"不认识的也说："家里担水的人呢？"娘认识一个人，就跟他说："我担不走一担水。来，你把水给你的空桶倒些，给我留两个半桶就行啦。"那人很帮忙，就按我娘说的做了。一担水剩下半担水了，我娘咬着嘴唇把它担了回来。半路她还歇了两歇。

娘把水先舀了两瓢倒进水瓮，然后再提起桶往水瓮里倒。她说："天天往出舀水，也不觉得它高。可今天往里倒水呀，它就这么高！"娘换了一双鞋，又担着扁担去担第二担水了。这一回接水时娘只接半桶，又提得动，还担得走。

半个月之后，爹扛着铺盖卷从医院回来了。那天上午，娘坐在那儿飞针走线，她在给她的青布衫补补丁。她补的是暗补丁，就是把一块布贴在衣衫里面用针线缝好。两块暗补丁分别补在她青布衫的两个肩膀头。娘缝的针脚很小，若不细看，还真看不出来那里补了补丁……

# 幽幽槐花香

3间瓦房，半亩院子，17棵树——我家房少院大树多，而且树木品种繁杂。枣、梨、李、石榴、桃；槐、樗、楝、香椿、杨。10种树木，一半果树，所有树中，槐树居多——照壁后面两棵，院子东北角一棵。不过它们不是苦槐树，而是带圪针的洋槐树。

这3棵洋槐树都是我爹从城墙壕里挖回来的"野树苗"。刚栽到院里的时候只有大拇指那么粗，我家人都叫它们"小槐树"。可是洋槐树长得快，它是有名的速生树种。1979年我去太原上大学的时候，小槐树已经像我的胳膊一般粗了。

1983年我大学毕业，被分配到山西日报社当记者。1990年，我被派遣到山西日报运城记者站工作。记者站设在地委大院，因暂时没有空出住房，我只好住在自己家里。好在上班并不远，步行15分钟就能到达。

连上学带工作，我在太原生活了11年。11年都只是春节放假才匆匆赶回家过年的，因此，我误过了11个家乡的春夏秋冬。而天地行走，时光不息，我家院里那3棵小槐树早在阳光雨露滋育中拔地而起，长成参天大树了。

春天，它无叶的枝丫让暖阳无障碍穿过，照耀得满院热气洋溢；夏天，它冠盖如云，像一把大罗伞遮挡住毒针似的烈日；秋天，它把岁月的金黄撒落一地，像是迎接冬天的礼花；冬天呢，它翘枝傲霜，静候来年春日的到来。

十年树木，百年树人。爹和娘不知什么时候就把小槐树叫作大

马齿菜

槐树了。它们在故乡成长，我在他乡发展，我们虽与岁月同行，却是隔山隔水，彼此似乎已经生疏了。

为何这么说？因为我贪夜闻到了槐花香，却不知道它就是槐花香。

那是这年5月中旬的一天，家乡的气候表此时已显示的是夏季时间了。入夜，星斗满天，闪眸眨眼。细雨初晴，清风宜人。忙碌了一天，身困人倦，我打开窗扇，吐纳着清凉的空气进入了梦乡。我梦见走进了一个文学中描述的皇家御花园，园中百花争芳，香气熏天，我的整个形骸和灵魂都沉浸在奇花异卉之中。忽然，这些缭绕的香雾化成一朵七色彩云，托着我悠然飘向天空……

我醒了，知道刚才做了一个美妙的梦。而让我奇怪的是：此时我的屋子里却充满了美妙的花香！我以为还在梦中，于是就使劲地抽了抽鼻翼，没错，是甜丝丝的花香味儿！我看了看窗外，花香就是由窗口灌进来的。

天尚早，夜未央，谁家花草弄此香？这花香味儿美妙绝伦，却似曾相识。我童年的记忆里就留着它的印痕，它是什么花的香味啊？我一时想不起来。朦朦胧胧中天渐渐亮了。

当我打开屋门时，一团更加浓烈的甜香味儿扑面而来，简直让人窒息。呵，满院都是花香味儿！借着晨曦我抬头一望，笑了。原来这美妙的花香是我家的大槐树喷放的呀！

照壁后面的两棵大槐树笔挺向上，一树繁花一树浓香，它们的身高都在20米上下，毗邻的枝丫勾连交错，酷似挽手搭肩的闺蜜，在晨风中搔首弄姿。

而院子东北角那棵大槐树则像个强壮的小伙子。它的树干比水桶还要粗了，我伸开双臂勉强能够合抱住它！再瞧它巨大的树冠，哎呀，花枝招展，重重叠叠。曙光映照，给它满树雪白的花团抹上了一层赤铜色，更加美艳夺目。我站在树下，便能听见蜜蜂们嘤嘤

马齿菜

嗡嗡地在花枝间劳作。它们一边歌唱着这美丽的花朵，一边忙着采花酿蜜。家乡的养蜂人把这个时节采获的蜂蜜叫作"槐花蜜"，槐花蜜金黄透亮、甘甜清香，最为人们所钟爱。

我正看得出神，娘来到我身边说："咱院里这3棵槐树，就像兄妹仨。这是哥哥，那两个并排的是姊妹。你小时候，它也小；你长大啦，它也长大啦。看它树尖上的槐花，都开到天上去啦！"我跟娘述说我夜里的梦和屋里闻见槐花香的事儿，娘笑着说："这些年它们开花的时候你都不在家，今年知道你回来了，所以昨夜里它们一鼓劲儿花全开了！"娘还说，"我也奇怪——昨天白天槐树枝上的花骨朵都抿着嘴儿呢！真是一夜之间，花地花天……"

娘对我说："群儿，你给咱们钩些槐花吧，我现在就给你蒸槐花吃！那不是：我把钩槐花的钩子都给你靠在山墙上了。"

一根长长的竹竿，竿头用细麻绳缠着一个粗铁丝弯成的铁钩子，小时候我和二哥就用这样的长钩钩椿头、钩榆钱，而钩的最多的是洋槐花。虽然多年过去了，可是我现在对这种长钩仍不陌生。我举起它，先把槐花枝套在钩子里，然后两手一拧，咯吧一声轻响，一枝槐花就从树上落下来了。片刻工夫，我就钩下来一大堆。因为今年的槐花还没有钩过，贴近地面的槐花枝很容易钩下来。

娘把槐花捋在一只笸箩里，淘了、晾了，拌上白面搭在笼里蒸，上了大气只需蒸10分钟，香味四溢的蒸槐花就出笼了。我拿起娘使用了多半辈子、年龄比我还要大的捣蒜锤，梆梆梆捣好少半碗蒜泥。娘用铁勺熟了些花椒油"嗞啦"一声浇在蒜泥碗里，瞬间满屋子香味儿弥漫，然后再倒些酱油和小米醋和成蒜泥汁儿。嘿，就用这蒜汁儿调蒸槐花，吃多少也吃不够啊。

我对娘说："这才是真正的人间美味呢！"娘说："好吃明儿还给你蒸。这槐花要开十来天呢，天天都给你蒸槐花！"

正跟娘说话呢，就听见院子里传来踢踏踢踏的脚步声。紧跟着就听人喊道："婶子，我们来您家钩槐花了！"我和娘急忙出屋，只见来了六七个人，有男有女，都是附近住的邻居们。

娘哈哈笑着说："昨夜这槐花才悄悄开了，我家的老三（指我）睡在这大树底下他都不知道，你们可就知道了——就跟蜜蜂似的！"

桂枝嫂说："婶子，我们都长着鼻子呀！今早上一起来，满院都是槐花香；走到巷里，满巷也是槐花香。咱近处这几条巷子，除了你家，谁家还有槐花树？"

娘高兴地对大伙说："去冬今春雪雨多，槐花比往年开得旺。来，你们都去钩槐花吧。我早起就蒸了一锅吃了。群儿夸它是人间美味儿呢！"娘把我早晨用过的长钩子递给桂枝嫂，而清顺叔手里就拿着一根他自个绑的长竿镰刀钩呢。

娘对他们说："3棵树呢，你们分开钩吧。"

于是，钩子、镰刀都动了起来。槐花一枝一枝飘落在地。他们来的时候都带着筐子，于是钩的钩，捋的捋。很多小蜜蜂也绕着他们手中的槐花上下翻飞，它们不情愿让人们把它们的蜜源抢走呢。清顺叔看了看地上，又看了看筐里说："够啦够啦，足足够咱们每一家都美美吃一顿啦。"桂枝嫂说："哦，不要钩啦，咱们给别的邻居多留些吧，他们很快也要来了！"

她的话音刚落，巷里的三三就来了。他对我娘说："奶奶，我妈叫我来您家钩点槐花。"娘问他："你妈咋不来呀？往年总是她来钩槐花。"三三说："我妈在家里和面哩，她叫我捋些槐花回去，她揣到面里蒸槐花馍哩。"桂枝嫂说："你妈还真会吃花样呢。你回去跟她说，让她给你摊槐花煎饼，比槐花馍好吃多呢！"这本是一句玩笑话，而三三却认真地点了点头说："嗯！"于是大家都被逗笑了。

马齿菜

娘说："三三，那你就赶快钩吧。别误了你妈蒸馍。"说着把长钩递给他。三三不要，说："我会上树。我上到树顶采那些开得最白的！"他把3棵槐树都看了看，然后跑到"哥哥"那儿去了。只见他抱住树干，噌噌噌噌，像猴儿似的很快爬到了树顶上。他左手握住一根枝条，右手捋了一大把槐花塞到嘴里大吃大嚼着，说："真香！"娘在院里喊："不要上得太高了，站到粗树枝上站稳当，左手要抓紧，够不着的就不要强够！"三三一边答应，一边咯吧咯吧扳着槐花枝往下撅。娘正帮他把槐花枝往一块拢呢，他倒哧溜一声从树上下来了。娘说要帮他把槐花捋下来，三三却抱起一堆槐花枝跑了。

人们说着笑着，提着端着喷香的槐花走了。都是街坊邻居，没有人说感谢的话，他们的笑容便是谢意。

第二天，我家院里又陆陆续续来了好几拨人马，都是来钩槐花的。钩得多了，低枝上的槐花钩完了，高枝上的槐花却够不着了。娘叫我到柴火垛后面把梯子搬出来。梯子是两根木椽钉的，横格也是木椽锯成的，很稳重也很结实。娘说："去年这个时节你爹专门去找木匠做的，好让人们踩着它钩槐花。"

我把梯子搭在树干上，娘对钩槐花的人说："来，下面的两人把梯子把稳，谁手脚麻利谁上去钩。钩下来大伙儿再分。多钩些，把你们的筐子都捋满。"

这天中午我下班回来，娘叫我再钩一些槐花，说要给你武家三奶送去一篮，她最爱吃蒸槐花了。我蹬着梯子攀到树顶，小时候爬树的功夫还没完全荒废呢。娘把我钩下来的槐花一把一把捋到篮子里说："这一篮槐花才是今年最好的槐花哩。群儿，你给你武家三奶送去吧，几步路，拐个弯就到了。"武家三奶我很熟识，那些年，她经常来我家叫我娘给她挑针，说她"挨上李家姐几针，感冒就好了"。

我来到她家门口时，白发飘飘的老人家正坐在石门墩上往这厢张望呢。她像风中一只火苗忽悠的蜡烛，随时都可能熄灭。见我来了她就说："我就知道你娘这几天要给我送槐花哩，她每年都要给我送！只是不知道今年是你来给我送呀……"

我回家后跟娘学说了她的话，娘慢慢说："都80多的老人了，就是她能活到100岁，还能吃咱家几篮槐花……"

一连五六天，每天都有几拨人到我家来钩槐花。有的人钩了一回还意犹未尽，又来钩了第二回。3棵大槐树上，除了最高一层的树枝还花朵璀璨，离地面较近的中层和底层的枝条上，槐花已经稀稀拉拉了。后来的人，只能向树梢觅槐花了。而来钩槐花的，也必须是会上树的年轻男人了。因为此时即使站到梯子顶端，长钩也够不着槐花枝了。

傍晚时分，我回家来，见我爹一脸的不高兴。他对我娘说："明儿我叫几个人来，把那棵大槐树锯了！"娘问："好好的树，都正在上面钩槐花哩，你锯它干啥？它惹你了吗？"爹说："它没惹我，可是槐花惹我了！"娘问："槐花咋惹你了？"

爹说："你没看见他们钩槐花吗？把咱的瓦棚都踩坏了！"原来，距槐树"哥哥"不远处，爹搭建了一个大瓦棚，瓦棚下面放置的都是不能被日晒雨淋的物件，有我娘的一架织布机，还有纺线车、拐线车等。下午来了两个街坊，他们上到了瓦棚顶上用长钩钩槐花，不小心把几片青瓦给踩碎了，还踩塌一个大窟窿。

娘说："唉，两个年轻人，我一眼没瞅见，他们就上去了。踩坏踩坏吧，修补一下就行啦。这点事儿还值得把槐树锯了吗？"我开玩笑说："爹，该锯。明儿我叫些人来，把它齐根伐了！然后给帮忙的人管一桌饭，吃好喝好，每人再发一盒烟！"爹一听就说："花费这么大，我还不如另盖个新棚子哩！"

马齿菜

大家都笑了。我对爹说："明天我抽空把瓦棚修补好，保证它滴雨不漏。"爹说："这树上还有槐花哩，有人再上到瓦棚上去，那不是还要踩坏吗？"

　　娘说："群儿呀，给你派个活儿干吧——你明儿一早给娘装几麻包麦秸草，装得瓢一些，别装饱，把口子绑住，再铺到瓦棚顶上。万一有人上去钩槐花，也不操心他把瓦棚踩坏了。"

　　槐花继续开，人们继续钩。八九天以来，街坊邻居和亲朋好友从我家的大槐树上钩走了多少槐花，谁也不知道。只知道槐花一篮篮一筐筐一兜兜从我家大门提了出去，我想，它们大概都变成了人们餐桌上的美食并给许多家庭带来了享乐吧！

　　又是一个云霞灿烂的早晨，我推门而出，哦，院子里清凉的风仍然糅合着甜甜的槐花香，虽然没有前些天那么浓烈了，却似乎更比以前隽永了。

　　娘已经用笤帚把土院扫得干干净净了。爹在柴火垛跟前使斧头剁树枝。这些树枝是钩槐花的人扳断的粗槐枝，有的比锨把还要粗。爹把它剁成截儿码起来，说干了之后烧锅用。我望了望我家的 3 棵槐树心疼地对娘说："前些天每棵树都是蓬蓬勃勃的，钩了这些天槐花，都把树钩得不成形啦！"

　　娘说："老辈人常说：树大不怕扳枝，越扳越旺呢。这几年年年钩槐花都把树枝扳下来不少，可它们反而发得更旺了！"

　　娘说的没错。没过几天，槐树上的新枝条就萌发出来了。到了盛夏，它们又是翁翁郁郁的了。第二年初夏，又是满树的繁花、满院的甜香了……

# 胡萝卜

　　两筐胡萝卜，每筐重 150 斤。这种筐叫揽筐，宽竹篾编的，有个一把粗的木头提梁，我们小时候非常常见。揽筐是过去那个时代标配的农业生产工具，因此我至少有 30 年没见过了。虽然已阔别数十载，可是它的形体以及附着在它身上的故事，依旧如影随形地伴我人生……

　　1960 年，可怕的自然灾害，使得家乡人民陷入了一场大饥荒的泥潭。当时我已经 5 岁多了，虽然留在脑海里的印象只是零星碎片，却像阿里亚纳海沟般深刻。

　　那是这年的初冬，娘说它比往年的初冬都冷。一天晚上，天都黑了还不见爹回家。忽然，院子里传来咕里隆咚的声音，爹进屋说："队里又分胡萝卜啦，我让人抬来倒在院子里。一会儿拾掇到屋里吧，不然就冻坏了。"娘和我们就急忙出屋，用簸箕和篮子将一堆带泥土带冰碴的胡萝卜弄到屋里来，并一个个堆放在床和桌子下面。因为屋子里找不到搁它的地方。拾掇好之后，娘把院里和屋里的泥土扫到一起，撮了满满两簸箕，这都是那两揽筐胡萝卜带来的。

　　娘问："前天刚给每个社员分了 80 斤胡萝卜嘛，咋今儿又分了 300 斤？"爹说："这是给队干部分的，社员没有份儿。"娘问："那是咋分的？"爹说："小组长以上的干部每人一大揽筐，说是 150 斤，我看连泥带土也不够哩！"娘高兴地说："它够也罢，不够也罢，一般社员还没有哩！有了这两揽筐萝卜，日子又能好过活一些。"

　　"胡萝卜，白萝卜，切成块儿下锅煮。一人一碗吃又喝，香香

马齿菜

甜甜赛红薯！"这是生产队的大喇叭播放的快板，我听到它就涎水长流，因为那时候总是饥肠辘辘，感到前心贴住了后心。中午吃饭前，我和二哥就步行1个多钟头跑到生产队的地里来。我们不会干活，只是来找爹娘吃饭的。他们每人用一个大碗排队领饭，领到的饭就是一碗大锅炖煮的胡萝卜块加白萝卜块。不搁油也不放盐的萝卜汤很好吃，可就是太少了，我们的肚子还填不到一半就没有了。吃过饭就回家，回家之路特别漫长。走啊走啊还是走不到家。我和二哥走一截，歇一歇。每当想起那种腿软无力的感觉，我就会联想到长征路上的红军战士——他们没吃没喝地长途跋涉，那应该还要比我们困乏几十倍吧！

话说这两揽筐胡萝卜的到来，令我家举家欢喜。大家在温馨的梦中度过了这个美妙的夜晚。那夜我的梦也很甜，我在梦中吃娘给我蒸的胡萝卜——我娘说队里把萝卜煮汤叫人吃，那不是叫人吃饭，那就是吊命哩。她在家里总是把胡萝卜蒸熟给我们当饭吃，但是也不叫我们尽饱吃，我每顿只能吃一根大的或是两根小的。其实娘也是给我们吊命。就在我的美梦似做完还没做完之际，猛听屋里屋外扑里扑通的。睁眼看，床边上放着一个大揽筐，揽筐边立着3个人，其中还有一个跟我娘年龄相仿的女人。爹和娘正蹲在那里把桌子底下的胡萝卜往揽筐里装呢！

昨夜里我们才七手八脚将它们弄进来，天不亮为何又要装走？我不顾家里有没有外人，呼噜坐起来问娘说："娘，这不是给了咱家了吗？为啥又装走？"娘还没答我，就有人答我了："你爹你娘都是组长，一家两个组长不能分两揽筐胡萝卜。我们把多分的一揽筐抬走。"答话的人叫赵香元，住在我家院子的斜对面，她个头很大，我总觉得她像杨家将故事里的穆桂英，她也是生产队的一名组长。我才不管她赵香元还是李香元呢，在我看来，这不仅是夺走了我香

马齿菜

甜的蒸胡萝卜，更是毁坏了我刚才的好梦！我说："我爹说的一个组长一揽筐，你管人家有几个组长？"赵香元强笑了一笑说："三娃，你还不懂道理哩！"

娘站起来对我说："快钻进被窝里，莫冻着了！"爹又往揽筐里扔了几个胡萝卜说："行了吧，昨夜抬回来的时候，每筐也就是这么个样。"赵香元跟那两个社员说："抬出去过把秤，要称够150斤哩。"

我在被窝里暖了暖脊背就急忙穿衣下床。院子里，赵香元手里已经提起一杆大抬秤，那秤杆跟她一般般高，有锨把那么粗，光是铁秤锤就有牛蹄子那么大。虽然那时候人们使用的都还是这种古老的衡器，我却是第一回见到这么巨型的秤！它可以打起220斤的重量。赵香元用抬秤的铁钩钩住揽筐的提梁，随她来的人把一根粗木杠穿过秤杆上的大铁环，然后一头一人把揽筐抬起来了。

赵香元一手扶住秤杆，一手把吊着秤锤的皮绳定在150斤的秤星上。秤星是秤杆的标记，由铜钉钉入秤杆后再挫光磨平，一颗星有芝麻大小，通常由多颗星标定一个重量。150斤是个大数目，因此秤杆上用一个大花来表示。一揽筐胡萝卜抬起来了，但是秤杆还稍有些低头。我知道，只有秤杆持平了或是上扬了，这才说明揽筐里的胡萝卜够斤两了。

两个抬秤的人都说道："只差个高低啦，就这样吧！"说着就把揽筐放到地上、木杠卸下肩了。赵香元说："秤还没称好哩怎么就放下来了？快抬起来！"

那两人无奈，只得又把木杠放上肩头，"嗨"一声抬起揽筐。赵香元对我爹说："你看这秤杆还起不来。九三啊，再装些吧！"抬秤人把肩膀上下略微一颤，秤杆立马就抬起来了。他们说："哎呀，只差个高低啦，连3个胡萝卜都用不了。算了吧！"说着，两人把腰一弯，揽筐又搁地上了。

谁知道赵香元勃然大怒道："秤杆起不来呢，再抬！"她柳眉竖起，杏眼圆睁，我越看她越像杨家将故事里的穆桂英了——此刻，穆桂英应该是在两军阵前正对萧天佐、萧天佑挥刀怒喝。爹说："总要叫秤杆抬起来。我去屋里拿胡萝卜！"

我娘刚刚把桌子底下落下的泥土撮进簸箕。她听见穆桂英发了火，就急忙端着半簸箕土出来说："他赵婶你瞅：这都是胡萝卜身上掉下来的土。昨夜胡萝卜抬到咱院的时候，我就撮了两簸箕。那不，还倒在垃圾筐里没够得上往门口倒哩。你既然认真，咱就认真一回：这簸箕土要是添到揽筐里，秤杆能不能抬得起？"

爹已经抱了几个胡萝卜出来了。他说："总要叫秤杆抬起来！"娘喊住爹说："不要往里添，话先说明白！"

穆桂英不说话，她放下高举的战刀，勒马而立，漂亮的双眼目光犀利。她先瞅了瞅娘手中的土簸箕，又看了看台阶上的垃圾筐，还瞧了瞧她面前的大揽筐，最后说了5个字："那就不添啦。"

话说得很轻，但我听得很真。我觉得就好像是在杨家将的故事里，穆桂英俯身对她的将士说："收兵回营吧。"

马齿苋

# 鸟还巢

　　一只蓝色的花花鸟被我逮住啦！它比鸽子小，但比角角鸟大，肚子下面有黑色花纹，背上和翅膀的羽毛碧蓝闪光，长长的黑嘴巴像用黑漆漆过一样。总之，漂亮至极！

　　早些时候我就在鸭子池旁的水沟边发现过这种鸟。它在浅水里找小鱼或小蝌蚪，翅膀一扑棱向上飞的时候，阳光照亮它的蓝羽毛，灿亮耀眼。那天，它在天上飞，我在地上跑，追了它很远，可是它始终不落下来，一直飞到北城墙那边的杏树林去了。于是我到杏树林搜寻，只听见林子里咯儿咯儿的叫声，我知道这是它的叫声，而它的巢肯定就在这附近。反正老城墙上的杏树林也不太大，我来来回回搜寻了几遍，终于抓到了线索——它似乎就在城墙的破壁残垣上居住。

　　我攀上一棵杏树仔细观察，找见了它钻出钻进的那个洞口——它在一块墙砖下面，距地面还有一人多高。我用割草的镰刀在城墙壁上凿出一行脚窝，踩着脚窝上去，猛一伸手就掏住了蓝花鸟。它起初还用尖嘴啄我手腕，后来一声不吭当起俘虏来了。我又摸了摸土洞深处，掏出来两只还未长毛的雏鸟。这两只雏鸟一点也不好看。于是我又把它们送进了洞口。我闻了闻我的手，一股鱼腥味儿，蓝花鸟大概是叼回小鱼来喂养它的孩子吧。

　　我高兴极了，胡乱割了一些草就回家来了。一进门我就向我娘夸我的蓝花鸟。娘正忙着织布，她看了看鸟，继续织布。我很奇怪。过了一会儿，娘停下手中的梭子说："儿啊，叫你出去割草了，你

却出去害命了。”

我忙说我没害命。娘问："你要这鸟儿干啥？"我说："养着玩呗。"

娘说："它要吃鱼吃肉，你能养活它吗？"是呀，我怎么没有想到这一点呢？又听娘说，"它的窝里还有小鸟吗？"我说有两只，不会飞，还很难看。

娘这时候板起脸说："这大鸟是那小鸟的娘，你把它们的娘捉来了，那它们不就要饿死吗？我说你害命，你还说没有！"是呀，我怎么没有想到呢！

娘说："还不赶紧把鸟送回去？"我正急得不知道该怎么办，听了娘这句话，抱着蓝花鸟拔腿就出了门。上了东城墙顺路往北城墙那边跑。树林边有几个小伙伴看见我大声喊道："承群，等一下，让我们耍耍你的鸟！"我生怕他们弄坏小鸟，不停步，也不回话，只是使劲快跑。他们都奇怪地问："他跑啥呀？"地里劳动的大人们此时正好下工了，他们迎面对着我喊："慢点跑，后头又没有狼撵你！"

我后头没有狼撵，心里却有火在烧！我一口气跑到杏树林，攀上城垣，我听见土洞里那两只雏鸟在叫呢，就赶紧把蓝花鸟放进了它的洞穴。这时，我才发现我满脸滴着汗水，身上的粗布衫也被汗水湿透了。我怕有人再踩着我凿的脚窝掏鸟窝，就找了一截尖尖的砖头片，把一个个脚窝都砍平了。

回到家天已黑了，娘刚才的严厉神色不知哪里去了。她轻轻地笑着说："人是命，飞禽走兽也是命，就连骡马畜生都是命呐。往后可不要干这种害命的事儿了。"我点点头。娘说："我给你舀了一盆水，快去把脸洗洗吃饭吧。"

过了些日子，我又去鸭子池那边割草，路过杏树林时，我站在蓝花鸟的洞巢下观察了老半天，没见蓝花鸟飞出来，也没见蓝花鸟飞进去。它和它的孩子到底怎么了？我想弄个明白。于是我拿出竹筐里的麻绳绑在城墙顶上的杏树上，拽住绳子从城墙上溜到了蓝花鸟的洞口。一层尘土蒙在洞壁上，似乎很长时间没有鸟的踪迹了。我慢慢把手伸进洞巢，手指都触到洞底了，也没摸着任何东西。是蛇把蓝花鸟吃了，还是它被别的小孩掏走了？我整个下午都在琢磨这件事，割草时手被镰刀拉了个大口子也没察觉到。

第二天下午，我又到这里来寻蓝花鸟，结果跟前一天一样。我又伤心又自责。我想：说不定蓝花鸟就是因为我才被人发现掏走了。唉，蓝花鸟也是的，你那么漂亮，却把巢筑在这么容易找见的地方。即使那天我没有发现，别人也会发现啊！我有一位不让我害命的娘，别的小孩有吗？说不定他们把你捉回家，他的娘还要夸奖自个的孩子能干呢……

从此以后，我每次去鸭子池的水沟边割草，总要仔细搜寻蓝花鸟的踪影，我安慰自己说：也许蓝花鸟领着它的孩子搬到姚暹渠那边去了。可是我再也没有在这一带看到过蓝花鸟。难道全运城就只它一只蓝花鸟吗？为什么从此再也见不到这种鸟了呢？

童年的许多往事都被时光的砂轮消磨了，而蓝花鸟的事情却深印在我的记忆中不可磨灭。对蓝花鸟的忏悔之情，还像绳结似的挽在心头。这大概就是蓝花鸟给我的报应吧。至于那天母亲告诫我"不要害命"的话，我一生中都当作警钟挂在耳边。我觉得这话充满了慈悲，充满了爱。人们在处理自己与大自然的关系的时候，用得着这4个字。

马齿菜

# 白衬衣　白球鞋　蓝裤子

　　我上小学三年级的时候，我所在的新五班就集体参加了学校的体操棒训练和表演。从三年级直至五年级小学毕业，我们班都是学校唯一的体操棒表演队，我们表演的节目叫作"小民兵体操棒"。

　　体操棒是一米多长、一握手粗、两头圆圆的一根木棒。它漆着天蓝色的油漆，光滑，炫目，可爱。一开始，学校的体育老师教了我们一整套标准的体操棒动作。可是到了四年级之后，这套动作就束之高阁了。虽然不做了，但是我们还要进行体操棒表演。表演什么？老师又教了我们一套刺杀动作，说这是根据解放军叔叔的刺杀动作改编的，如果把我们手中的体操棒换成真枪的话，那就跟部队练习的刺杀动作一模一样。

　　老师这话无异于在我们班引爆了一颗小型原子弹，大家忽然觉得非常自豪和骄傲——我们跟解放军叔叔练的是一样的本领啊！尤其是我们男同学，本来骨子里就有舞枪弄棒的基因，听到这话，更是人人欢喜雀跃，个个摩拳擦掌。如此这般，可想而知我们的情绪有多么高涨了。大家练习起来真个是一不怕苦，二不怕难。集合，列队，向右看齐，稍息，立正，报数，向左转，向右转，枪上肩，齐步走，枪下肩，向后转……这是队列训练；向前刺，向后刺，防左刺，防右刺，向前一步刺，后退一步刺……这是动作训练。

　　这样的队列和动作，简直是酷极了、帅顶了！如果我们换上军装，如果我们端上真枪，嘿，那就跟解放军战士没有二样啦！可是，我们是小学生，是"小民兵"，我们用的也是体操棒。穿的呢，也是白衬衣、蓝裤子、白球鞋，简单说就是"两白一蓝"。

　　说到这"两白一蓝"，其实才进入今天故事的正题。平时我们训练时，老师对我们的着装没有任何要求，你平时穿的啥就还穿啥，只要你走队列和做动作时，不要踩掉相邻同学的鞋子，也不要把自己的鞋子绊掉了就行。可是，一旦说要去哪儿哪儿表演，老师就换了一副面孔。他脸上的笑花突然间凋落，连一片残萼都不剩；他身上的活泼劲儿倏然没了影儿，只留下紧张和严肃。好像他只有这样，才能使我们表演得更好似的。我每次都觉得奇怪：挺和蔼可亲的老师，为何一跟表演相遇，就立马变成陌生的人了？

　　"管承群，不要走神，认真听老师讲。"老师也许知道我肚里想什么，他站在讲台上大声点我名儿啦。我急忙把胳膊折起来放到课桌上注视前方。他说："大家集合列队要快，散开队形也要快。要注意体操棒不要互相碰住了。咣当一响，就洒醋啦！"

　　"洒醋"就是醋洒了，意思是说出事儿了或出丑了。同学们听了都笑了起来。我也笑了。但是很快我就不笑了，因为我听老师说道："着装要求跟以前一样：白衬衣，白球鞋，蓝裤子。"他顿了顿又说，"这三件东西如果你家里有呢，那就让你妈妈洗干净备用；如果没有的话，那就赶紧借一借。"

　　我觉得老师说的"借一借"就是针对我说的。因为他说的"两白一蓝"三件东西，我一件也没有。说没有也不完全切合实际，确切地说应该是"不够标准"。比如白衬衣吧，我是有一件白衬衣的。可它是我娘用她自个织的粗布剪裁的，也是她自个用针线缝制的。虽说厚墩墩的结实耐穿，可是它不仅布料粗糙、颜色发黄，而且式样不是制服，衣领不是方的而是圆的，还钉着一排娘手工绾的布扣子。这怎么成！老师要的是雪白的洋布布料、用缝纫机嘎达嘎达踏成的那种少年制服衬衣！

马齿菜

再说裤子，我也不是没有蓝裤子，其实我平时穿的就是蓝裤子。这条蓝裤子也是我娘织的布、我娘缝制的。不过，我娘把她的白粗布放在铁锅里用染料煮了煮，让白布变成了蓝布。她给我做的裤子也是中式的，还上了一截白布裤腰，裤裆很宽大，用裤带一系，前裆总壅着一疙瘩布团，看起来就跟义和团英雄们穿的大裆裤很像。这种裤子穿起来很舒服。尤其是往高踢腿或者上树跷腿的时候，腿不受任何羁绊。然而老师要求的蓝裤子也是制服式样的，而且还要是学生蓝的洋布或者是斜纹布。制服裤不上白色裤腰，通体一色，裤腰上还有可以穿皮带的裤环，以便于把白衬衣系在裤子里面。

　　至于白球鞋呢，我是有一双橡胶球鞋，它的式样是符合老师标准的，可是它不是白色，而是军黄色的。我最爱惜的就是这双球鞋。平时我根本不舍得穿它，以至于把它放在家里时间太久了，我的脚都长了它却没长，因此穿起来有些顶脚了。

　　放学后同学们都谈笑风生，我却发愁了。我知道这三件东西我是很难借得来的。为什么？因为全校性的活动，每个同学都要参加，老师对所有同学的要求都是一样的。比如，跟我们同级的新六班表演的是藤圈操。你向他们借这些东西，无异于与虎谋皮。那个时代，哪个同学会有两件同样的白衬衣啊？我边走边发愁，不知不觉回到了家门口。我知道，这件事即使是对我娘说了，她也不可能给我解决。因为我家的情况我很了解。我娘哪儿有钱扯一块白洋布，并把它送到裁缝铺给我做衬衣呢？

　　娘见我闷闷不乐，就问我又跟谁打架了，我说没有跟任何人打架，只是老师要我们准备表演服装呢。于是我一五一十地跟娘说了一遍。娘说："这不难呀。我今晚把你的衫子洗得白白的、槌得展展的，穿上不也一样吗？"我说老师要求穿制服衬衣。娘又说："蓝裤子？你腿上的裤子不就是蓝的吗？还是多半成新的呢！"我说老师也要

制服的，尤其不能要上了白布腰的中式裤子，因为衬衣没办法往里面系。娘说："这好办。你快把裤子换下来，今夜我熬个眼，给你改成制服的。"她还说，"球鞋你也不用操心，我给你一双白球鞋。"说完，娘还神秘地眨了一下眼。

娘既然这么说了，那就听娘的话吧。第二天就是老师"验装"

马齿苋

的日子。我穿着我娘给我备好的"两白一蓝"到学校去了。老师其实对我的家境也非常了解，所以他对我采取了"双标"政策。他先看我的白球鞋，说："这鞋我好像见你穿过。哦，好像是军黄的。今天怎么变成白球鞋啦？"我说："那是我娘昨夜用白粉笔蘸了水擦白的。"老师哈哈大笑说："真是聪明！行，白球鞋过关啦！"他又看我的蓝裤子。我说我娘昨夜把原先的白布裤腰也改成蓝布裤腰了，一圈还缝上了穿皮带的裤环。老师看了，捂着嘴吃吃吃笑了。他说："承群，咱们要求的是制服裤子。你这裤子蓝是蓝，可是不像制服裤。也罢，咱就实事求是吧！我不相信学校会因为一个同学的裤子不合格就不给咱们小民兵表演队发奖！"

我无论如何也没有想到：我最发愁的三件东西竟然有两件都过关了！

轮到看我的白衬衣了。老师拽起一个衣角看了看说："你娘给你做的这件衬衣多好看啊，说实话，我也想让我娘给我做一件这样的衬衣穿呢。不过，它的式样和颜色实在跟其他同学的不一致。我看，还是把它换了吧。"我正要张口对老师说"白衬衣不好借"的话，谁知老师摆了摆手说："不能再难为你和你娘了。这样吧，你的白衬衣我想办法！"

几天之后就是"六·一"儿童节了。我穿着老师给我弄来的白制服衬衣参加了"小民兵体操棒"表演。同学们非常卖力，我也加倍卖力，结果我们获得了全校表演第一名。听说校长和教导主任知道了我娘给我染球鞋和改裤子的事情后，他们一致同意要把第一名给了我们班。我们的老师也得到了表扬。

此事过去很久以后，我才听人说我们的老师没有娘，他娘在他很小的时候就得病死了。还听说我表演穿的白衬衣，是老师用他的一件白衬衣给我改的……

# 蓖麻叶　葵花叶

馍，或叫蒸馍，别的地方也叫馒头，是我们家每天都离不开的主食。有时我们午饭也吃干面条，但那只是"有时"，而不是"每天"。至于大米，可以说我们家一年也吃不了一两顿。为何？因为那时候我们的粮单上根本没有这两个字。

家乡有句话就说：离开蒸馍就不会做饭了，离开吃馍就不知该吃啥了。你还别说，当时的情景的确如此。娘一天到晚最关心的是家里还有多少个馍。她每天晚饭结束后都要进行盘点，盘点之后便自言自语道："还有 8 个馍，明儿走地干活的人一拿，就剩下两个了。这俩馍只够晚饭吃了，那中午必须擀面条。吃罢晚饭再蒸馍。"

偶尔，娘也用铁鏊子给我们烙烙馍吃。那都是因为这顿饭没有蒸馍吃了，才不得已而为之的。娘轻易不烙馍，她说烙馍吃着太费面——吃一顿烙馍的面，蒸成蒸馍要吃一顿半呢。她还说："过日子要精打细算、细水长流。吃了这一顿，还要想着下一顿呢。把面瓮里的面一顿吃光，那下一顿就不吃啦？"

我们家有一个细竹篾编制的圆筐，筐上有一个能够手提的木把，它就是我家的馍筐。它平时挂在一个枣木钩子上，枣木钩子用 8 号铁丝拴在我家房梁上。既是馍筐，就得盛馍，既要盛馍，就要蒸馍。

娘常说："麦不磨不成面，面不蒸不成馍。"蒸馍，就成了每个家庭主妇的必修课，也成了我娘的必修课。假如谁家的女人不会蒸馍的话，人们就说这女人不会做饭。因此我们常常能够听到妇女们这样对话："他婶婶，你一天到晚忙活啥哩？""哎呀他姨，我

马齿菜

能忙活啥呀！还不是忙着给这一窝老的小的张口货蒸馍做饭哩！"她们把"蒸馍做饭"组合在一起，意为蒸馍就是做饭，做饭便等于蒸馍。

我们家有个大铁锅，娘叫它蒸馍锅，死沉死沉的，又厚又笨，不蒸馍谁也不愿使唤它，一蒸馍谁也离不了它。因为它锅大添水深，水深就不怕熬干锅。而且，还有铁笼节、铁蒸箅、铁笼盖等，都是它的标配，换个锅这些全等于废铁。娘买的这一套蒸具很好用。笼盖黑明璨亮，笼节黑明璨亮，就连箅子也是黑明璨亮的。它们刚买回来的时候可不是这样的，浑身铁锈，涩巴粗糙，边边角角还有铸造时留下的毛刺，扎人指头毫不客气。娘先是用细磨石和新瓦片打磨，使其光堂，再用生猪皮和破布子擦拭，使其不锈。每次蒸罢馍，她都要里里外外洗净擦干，决不惜力偷懒。每隔一段时间，她就要用猪皮擦拭一次。长而久之，笼屉生辉、生铁如金也就自然而成了。

可是我娘在意的还不仅仅是笼屉。一套铁笼使唤好了能用三年、五年甚至更多，越用的时间长越顺手、越好用。而每次蒸馍时铺在铁箅上的笼布就不是这样了。传统的笼布都是棉布做的，我娘的笼布是她用她纺的线织的布做的。不过，做笼布用的也不是最好的布，而是整机布的布头和布尾。布头是一开始织的，织机尚未调理合适，织的布难免有瑕疵；布尾是用最后的残线织的，也不算合格的布。娘每次搭馍前先把笼布洗了拧干铺在箅子上，然后把生馍一个个安置在上面。笼布的作用是不让馍粘在笼箅上，粘上以后不仅清理笼箅很麻烦，而且蒸出的馍底都被粘得疤疤拉拉，不好看了。

虽然笼布用的不是好布，但是我娘也嫌它太费。娘说："一张新笼布，铺了几回就烂了。唉，怪不得说吃馍也是吃笼布哩——你瞅瞅一年得使多少笼布！"

有些时候，娘把馍揉好搭到笼里之后，她就去忙她的活了。烧

火蒸馍就交给我了。她说："群儿，你烧火吧，大气上来后火要不大不小匀匀地烧。蒸满一个钟头就行啦。"这都是老常识，不说也知道。我这么想着，就拿小板凳坐在锅灶前，观察着蒸笼和火势，不断往锅灶里续柴。然而光坐在这儿伺候灶火也太悠闲了，于是我还要拿一本书来看。边看书，边烧或蒸馍。铁笼滋滋的冒气声，柴火噼啪的燃烧声，构成美妙的交响乐，再加上蒸气散发的馍香味和书本展示的精彩内容，我总觉得这是一种高级享受。有好几回，我正浸润在这种享受中的时候，忽然听我娘喊我说："蒸了多长时候了？我怎么闻见一股焦糊味——是不是你把锅烧干了？"我一看，可不是嘛，已经蒸了一个半钟头了，我还在往灶膛里添柴呢！

娘急忙拿来铁簸箕和铁火钩，把燃烧的柴火全部扒到簸箕里，然后端到土堆跟前去。釜底抽薪之后，娘赶紧揭馍——就是揭开笼盖取出蒸好的馍。揭到最底层的那一箅，哎呀，蒸馍都变成烤馍啦。原来白生生的笼布已经焦黄，挨着锅边的已经焦黑了。娘说："一大锅水都熬干了，锅差不多都烧红了。光顾看书哩，也不看笼上还冒不冒气。唉，这张笼布又不能用了。"不过，每次干出这号事情，娘都没有过多的责备。只是我自个觉得心里很难受。

有一天吃饭时，我发现蒸馍的馍底粘着绿色的薄膜，仔细看，是类似菜叶的东西。问娘这是啥。娘说这是蓖麻叶，是新菊妈送来的，说这蓖麻叶能顶替笼布蒸馍。今天蒸馍时就铺的蓖麻叶。娘问："你尝尝，蓖麻叶蒸的馍有怪味吗？"

我说吃不出来有啥怪味。娘高兴地说："咱们菜地边上种的蓖麻多呢。你下地的时候记着拽些好叶子回来，娘好用它蒸馍。"

这样，我们家就出了一个蒸馍新品种——蓖麻叶蒸馍。为了防止蓖麻叶粘在箅子上，娘每次蒸馍时，就用布疙瘩蘸些油抹在箅子上，这样，每次揭完馍箅子总是干干净净的。可是蒸熟的蓖麻叶却牢牢粘在馍底，很难揭掉。对此我们并不介意，揭不掉我们就连它一块吃呗。

那时候我们院里的树木还没有长大，因此爹每年春天都要在院子里种很多葵花。下了雨，我们就用雨水往葵花根下浇灌。我在书上看到葵花喜欢以草木灰做肥料，因为它含钾丰富。而我家烧柴火锅，有的是草木灰。于是葵花高过房檐，绿叶苍翠。

有一天娘对我说："哎，只说蓖麻叶能顶笼布，我就光知道用蓖麻叶了，却忘记了咱家的葵花遮天蔽日，一张叶子就有箅子那么大，用来做笼布不是更好吗？你尝尝，今天的馍就是葵花叶蒸的。它带点儿甜味，还十分清香呢！"我一吃，果然如此。娘说："人都说蓖麻叶有毒性，吃多了反胃哩。葵花叶是好东西，今后咱就用这葵花叶吧。"

一连好几年的夏天和秋天，娘蒸馍用的都是葵花叶。在冬春没有葵花叶可用的季节，娘也试着用茼子白和白菜叶当笼布蒸馍。但是我爹不愿意吃这两种菜叶蒸的馍，他说吃到嘴里有一股烂菜叶的味道。

马齿菜

# 补　丁

　　我问女儿说："你知道什么是补丁吗？"女儿答道："补丁不就是一种修补程序吗？它用来修补电脑软件或系统在使用过程中出现的问题。"我说她说的不对。

　　她问我："爸爸，那您说什么是补丁？"我说："补丁就是缝补在破损衣服上的东西。"女儿说："那您说的是补丁的本意。现在谁的衣服破了还打补丁呀？您见到有人穿补丁衣服，那都是在根本没有破损的衣服上故意做的补丁，是一种时尚。"

　　我对女儿说，我只知道补丁的本意，因为在我的记忆册里，也只有有关补丁本意的记忆——

　　可以这么说吧，我就是穿着补丁衣裳长大的。长到多大？长到24岁。24岁我上了大学之后，就再也没有穿过补丁衣裳了。从小到大，我总共穿过多少补丁衣裳？不计数了。20多年间，我娘给我的衣裳总共打了多少补丁？也不计数了。

　　那个年代里，人们穿有补丁的衣服是司空见惯。我们家比别人家生活得更困难一些，因此我们穿补丁衣服更是家常便饭。夏秋时节，娘常常一边给我们缝补衣裳一边念叨说："缝缝洗洗，又穿一季。"冬天要换棉衣的时候，娘又会念念有词地说："补补缝缝，又穿一冬。"

　　那年月穿衣裳不讲究时尚，只讲究实用。爹穿补丁衣裳，娘穿补丁衣裳，可以说，我们生产队的社员，都经常穿补丁衣裳，尤其是他们下地干活的时候。其实，我们每个人都有新衣裳和没有补丁的衣裳。那为何还要穿补丁衣裳？

"我家群儿不是没有衣裳，是
他爱穿补丁衣裳！"

用我爹的话说："地里的活儿没个轻重，不是抬，就是扛，整天和锄把锨把镢把镰把打交道。日头晒，汗水蚀，铁打的衣裳也经不住穿。不是这儿磨了个窟窿，就是那儿挣了条口子。你娘要是不缝不补的话，这衣裳就没办法穿啦。"

　　我很喜欢穿有补丁的衣裳，因为我娘对穿有补丁的衣裳的管辖不太严格。比如，你蹭了一裤腿泥巴或一脊背的土回家了，娘只是说："门上有打子，快把身上的土好好拍一拍！"可假如我穿的是"囫囵衣裳"或新衣裳，娘总会批评说："你这衣服都是布剪的、线缝的，它是天上掉的？穿衣裳要爱惜呀！不爱惜，有多少衣裳够你穿呀？"

　　她怕我不爱惜衣裳还经常说："你以为你的衣裳你穿了就算了吗？那你弟弟穿啥？"

　　娘说的是真的。我们弟兄四个，我是老三。我穿的很多衣服，其实都是我哥哥穿过的。他穿着穿着就不能穿了，为啥？长大了，长高了，大棉袄变成"蚂蚱鞍"了，长裤腿变成短裤子了。娘让我一试，于是就高兴地说："你看看，你哥的衣裳你穿上都不显大了，就跟给你做的一模样！"我穿过的衣裳呢，娘就叫弟弟来试。一试，也还行。娘又高兴地说："都是长才货，一个撵一个！"

　　可是我哥和我穿过的衣裳毕竟已经旧了，不结实了，所以不耐穿。还没咋穿呢，不是这儿破口了，就是那儿开缝了。我娘看到了就说："你们身上就跟长了牙似的！"我不懂娘的意思。娘说："把衣裳都啃烂了！"她说，"快脱了叫我给你缭几针。要不，口子会越来越大。"

　　娘把我们的衣裳洗了又晒干，然后在煤油灯下穿针引线。能缝的衣缝娘就缭住了，如果是磨的窟窿，娘就要拿出活蒲篮里的一大卷布卷，全部是多年来积攒下的碎布片，有大有小，五颜六色，格格布、道道布、花花布，什么布都有，什么形状的布都有。大的比巴掌大，小的二指宽。娘叫它们铺衬或布丝络络。

娘找出跟衣裳的颜色和布料都比较接近或相似的铺衬，再用细密的针脚把它补在破洞处。她还根据破洞所在的位置和铺衬的形状，把补丁做成四方的、长方的、椭圆的、三角的，让它看起来精巧好看。妇女们见了我们穿的补丁衣服都要说："你娘的补丁咋就补得这么好！"

我们劳动时经常使用铁锨，因此大腿上的裤子最容易磨烂。娘在裤腿上一边补一个长方形大补丁，很对称。担粪担土担水，扁担总在肩头上碾，所以肩膀上的衣服磨得最厉害，娘就在每个肩头都补了一个椭圆形的厚布补丁，看着也好看了，还把肩头垫厚了，相当于做了个垫肩。

有些补丁衣裳穿了一段时间，还要换补丁，因为它又被磨破了。娘就拆下旧补丁，补个新补丁。记得我在生产队劳动时，一件劳动布裤子上的补丁，都换过三四回，直到这裤子已经没办法再补补丁了，娘才说："布都糟了，连补丁都挂不住了。"

娘不仅在衣裳外面补补丁，她有时候还把补丁补在衣服里面。她有一件深蓝色的粗布夹袄，袖口和胳肢窝的地方都磨破了。娘就把补丁补在夹袄里面。她用很小的针脚巧妙地掩盖了补补丁的痕迹，要是不近看细瞅，根本发现不了她穿的是补丁衣服。娘说："没办法想办法嘛，这不，穿着还不跟囫囵夹袄一样样！"

娘把补在里面的补丁叫作暗补丁。娘说："暗补丁衣裳好看不好补，露出针脚看着丑。"由于太费工夫，她只给她的衣裳和我的衣裳补过暗丁。我为何也能得到暗补丁？这里有个小故事——

我22岁那年，有个热心的婶婶跑到我家来给我提亲。娘说："咱家里要啥没啥，房子就这两三间胡基（土坯）房。谁家的女儿愿意到我家来？"婶婶说咱队里就有姑娘看上你家承群啦。不过，人家姑娘说啦——总见到承群穿的是补丁衣裳，是不是他家就没有好衣裳穿呀？

娘听了这话生气了，她开开老柜子，把我的新的和半新旧的衣裤拿出来放到炕上说："他婶子你瞅瞅，这不是群儿的好衣裳吗？你不知道，我群儿不是没有衣裳，是他自小就爱穿补丁衣裳！"娘还对那个婶婶说，"这姑娘你千万千万不要给我家提了。难道她找人就是找衣裳哩？"

这件事儿娘当时并没有告诉我。但是自打这件事儿发生之后，娘总是叮嘱我："走地干活时把囫囵衣裳穿上啊！"而且从此以后，她给我的衣裳补补丁时，尽量都使用她的绝活：暗补丁。

多年过后，娘才对我说起了此事。记得娘对我说："精精干干一个好小伙，嫁给我群儿多好？还嫌衣裳上有补丁？有些人衣裳倒是没补丁，可衣裳里头的人却不保险——你就去找那没有补丁的去吧。眼没有光！"

我笑着说："娘，应该说'没有眼光'，您说错了。"娘也笑哈哈地说："娘说错不说错，反正都是这4个字吧。"

# 打 麦

"噼里噼里噼，啪啦啪啦啪，你使扁担抡，我使竹竿打。噼啪打麦声，震掉房上瓦。麻雀叽叽叽，喜鹊喳喳喳。辛苦打麦人，脸上笑哈哈。"这是我小时候常念的一首儿歌。我是跟巷子里的小伙伴们学的，因此不知道它是谁编的。

我还会念一首儿歌，歌词大概是这样的："噼噼啪，噼噼啪，大家来打麦。麦子好，麦子多，磨面蒸馍馍。馍馍甜，馍馍香，吃馍不忘共产党。共产党，毛主席，我们向您报成绩：一报麦子又丰收，二报磨面用机器，三报公社有了拖拉机！"这首儿歌叫《打麦谣》，是我小学课本上的正规课文。记得当年学习这篇课文时，老师要求每个同学都把它背诵下来。我当时就背诵下来了，直到今天还记在心坎里。

这两首儿歌描述的都是我童年时代的打麦场景，好记好念，朗朗上口，我都十分喜欢。而我更喜欢前一首"野儿歌"，觉得它唱的跟我家当时的打麦情形非常相似，岂止相似，它所唱的简直就是我家打麦的真情实景。

1967 年之前，我们生产队的每户社员都分有自留地。自留地，就是由社员自己耕种和收获的土地。它的所有权是集体的，经营权却是自己的。这就给了社员一个自主自由的操作空间。

我爹和我娘都是地道的农民，他们的父母也是地道的农民。因此种庄稼就是他们的本分和本事。特别是我爹，他称得上庄稼把式。旧社会爹娘穷得没有立锥之地，纵然他们能让"谷生双穗、麦抽两头"，

马齿苋

也是白搭。有了自留地，爹娘就多了一个用才之地。

我们家当时 5 口人，因为我大哥上大学后他的户口就不在生产队了。5 口人每人一分地，我们分了 0.5 亩自留地。地在哪儿？马家崖。种些啥？小麦加红薯。我们生产队是吃国家供应粮的蔬菜专业生产队，因此小麦分的很少，大部分口粮是玉米和高粱。缺啥种啥，小麦当头。小麦是冬前播种、夏季收获的，收了小麦地空着，不种豆子不种瓜，就栽红薯秧。因为红薯好管理，产量大，我们都喜欢吃。还有一个原因是：马家崖的土地是运城城边上少有的沙壤土质，长下的红薯皮儿光，瓤儿甜，好看又好吃。

"庄稼是花，好粪当家。"爹给自留地下足了底肥，有我们弟兄几个在城墙路上拾的马粪，有我们猪圈里的猪粪，还有我们茅厕里的大粪。小麦下种前，这些底肥就撒在白地里，然后再用铁锨翻一遍，用铁耙把土坷垃搂碎、土耙细，以便保墒。"白露种高山，寒露种平川"，我们这里算是平川，因而寒露前后开始种麦。爹在整好的地里用镢头擢开一条条小沟，然后把种子撒在土沟里，再使钉耙将土沟搂平。冬天麦苗儿绿茵茵的。上冻以后，麦苗儿全趴在地上，似乎已经冻干了。这时节，爹和二哥就开始担来稀茅粪，顺着麦行把它泼到麦地里。过年前后若有一场大雪、开春之后再来一两场春雨，嘿，那就等着收麦子吃蒸馍吧！

"蚕老一时，麦熟一晌"，爹每到收麦时总念叨这句话。早上麦穗还有些青黄，然而到了午后，它们就全部干黄了。黄了就要赶紧收割，因为麦收时老天惯于行风作雨，辛勤劳动的成果不能被"雨收"了也不能被"风收"了。爹就带着我们去用镰刀割麦。半亩地的麦子也吃不住我们割。我们把割倒的麦子捆成麦个，如果能借下小平车的话，就用车拉；借不下小平车呢，我们就往家里背。我一回能用粗绳背 2 个麦个，爹用扁担一回担 4 个麦个。麦个全部转运

马齿菜

到院子里之后，割麦便宣告完成。剩下的就是打麦了。

割麦的主力是爹，打麦的主力就是娘了。天好的时候，娘把麦个子解开摊在院里让阳光暴晒，晒得越干越好。而麦天的太阳往往十分给力。晒到中午时分，小麦就散发出热烘烘的香气，麦秆好像要被烤着似的。娘这个时候已匆匆吃过了午饭。她把麦子堆成厚厚的一个大堆，然后拿出一根洋槐木的杠子，这杠子是我们平时抬粪或抬煤炭等重物时才使用的，沉甸甸的。此时院子里燥热难耐，人一站到麦堆旁边，立马浑身冒汗。而娘手里的这根洋槐木棍子已经高高举起，举上半空，便突然落下。嘭！一下，嘭！两下。嘭，嘭，嘭……木棍一下接一下拍在麦秆上，蓬松的麦堆被打平了。嘭嘭嘭！木棍继续上下，长长的麦秆被打折了，打扁了，打碎了。这时候应该说：这一堆小麦已经打好了。

然而说时快，那时慢。娘手中的木棍至少要起起落落几千次，这一堆麦子才能打好。怎么才算打好？就是把所有的麦穗和麦穗上所有的籽粒都打掉了，这才叫打好。打麦，绝不像儿歌唱得那么轻松简单。娘的衣领和后背此时已被汗水浸透。汗珠不断地从她的脸上滚落，就连她的手背上也沁出明晃晃一层汗水。那根粗大的木棍上，也留下了湿漉漉的两个掌印。木棍带起来和溅起来的细尘和碎屑，纷纷扬扬，如霾似雾，有的落在了娘的头发上，有的粘在她的衣衫和裤子上，两只脚已经完全杵在麦糠和麦秸里了。她的睫毛和鼻孔，也能看见被污染的痕迹。

可是娘这时总是笑嘻嘻的。她把木棍靠在墙上说："哎呀热死了！快叫我擦擦脸吧！"她拿起挂在水瓮上的铁瓢舀了半瓢水咕咚咕咚一喝说，"这一堆麦摊得有些多了，打着就觉得费劲。"

娘略微歇了歇就说："叫我赶紧把麦秸腾一腾，赶天黑要把这麦子全簸出来呢！"于是娘拿来了一只大簸箕。大簸箕是专门用来簸粮食的，玉米、豆子、高粱，在它们被磨成面粉之前，都要使大簸箕簸去细土和杂物。娘把腾去长麦秸的麦颖、麦叶、麦秆跟麦子的混合物放在大簸箕里簸。簸一簸还端着簸箕筛一筛，把浮在麦子上的麦圪斗、麦穗梗等抓出来。几簸几筛之后，大簸箕里余下的都是纯净的麦粒了。娘把它倒在麻袋里或大蒲篮里，再去簸下一簸箕。

太阳公公总是喜欢跟忙活的人开玩笑——你越是希望它踱着方步在天上慢悠悠地走，可它偏偏会违逆你的心思撩开大步往西边窜。我娘刚把打下的小麦簸完、把麦秸草抱到后院并把院子扫干净，太阳公公就沉到暮云里去了。夜幕漆黑，娘才结束这一天的打麦劳动。

第二天凌晨，我家养的那只芦花公鸡刚喔喔了两声，就被我娘听见了。她说："今儿天气也好，叫我早早起来把麦子摊开晒吧。啥时候把这麦子都打完了，才能睡安稳觉哩！"于是院子里响起了窸窸窣窣的麦秆声。等到我们起床后，院里早都堆满了蓬松的麦子。中午前后，嘭嘭嘭的打麦声又响了起来，震得人心颤动，我家屋子上的房瓦也随之嗒嗒作响。

"谷雨麦挑旗，立夏麦穗齐"，"小满麦穗黄，芒种一半场"。我娘熟知这些农谚。我家自留地生产的半亩小麦，等不及芒种节气到来就收打完成了。夜晚我们家人吃过晚饭之后，我娘就会指着她一簸箕一簸箕簸出来的两三布袋小麦说："今年收成好，我看能打300多斤呢！我明天先淘一布袋麦子，后天就去磨面。磨回来咱们蒸白馍！"此时，生产队的麦场里，牲口还在拉着碌碡转着圈碾麦呢。

马齿菜

# 点　心

有一年腊月年尽的时候，我娘买回来两包福同惠点心。她是搁在她只有在上街时才提的细篾篮里扢回家的，点心上还盖了一个她常用的布手绢，即使走近她，也看不出篮子里究竟盛有何物。那个年代的点心都是用一张黄色的硬草纸包裹，四棱四正，一包一斤，点心包上面覆盖一帖跟点心包一般大的红色电光纸商标，再用牛皮纸绳十字一捆并打个绳结。

点心对我们来说，只要能眼见就是一种享受，因为我们真正能把它吃到嘴里的时候很少。娘此时买回来两包点心肯定是个好消息，我悄悄把它告诉了弟弟。于是弟弟就到娘跟前哼哼唧唧地说："娘，我们想吃点心。"娘摸着弟弟的脑袋说："这是过年用的，不是给你们买下吃的。如果过了年没有用了，娘就解开叫你们吃。"弟弟噘着嘴磨叽了一会儿，但这不顶用。娘说："过年的白馍娘都给你们蒸好了，肚子饿了就去吃馍吧。这点心只是个样，它能有多好吃？再说，死贵死贵的，就不是咱吃的东西。"

娘把点心搁到一个很简陋的小木柜子里，我看见弟弟时不时悄悄开开柜门看一眼。其实我也很想看，可是看到了弟弟这副模样后，我反而觉得这太好笑了。

不知不觉年已来到。除夕那天，爹扫院、担水、劈柴，娘刷碟子洗碗、剥葱淘菜。她把饺子馅剁好之后，就搭上铁锅煮肉。晚饭后娘开始给我们准备新衣裳。娘的年节仪式感很强，她对过年尤其敬重。尽管生活很困难，我们大年初一都要穿新衣戴新帽，就连鞋

袜都是新的。大家穿戴好了之后都叫娘看。娘看了看说："行，行。这不，都新新的。新年嘛，就要穿的新一点，图个一年的好运气！"娘把她新一年的希望和祝福，都缝在我们的新衣服里了。

弟弟穿上了新衣服，十分高兴。但他忽然想起了什么，就问娘说："娘，明天就过年，什么时候叫我们吃点心呀？"

娘说："吃了五谷想六谷——你新衣裳还没暖热呢，就又生别的故事点？初一吃饺子哩，谁家吃点心？"

娘说得对。大年初一的饺子吃得真尽兴。我娘过年总是包羊肉胡萝卜大葱饺子，非常好吃，而且放开让我们吃。娘说："初一饺子要多吃。娘包的饺子都是元宝的样儿，吃了招财进宝。"

早晨吃了饺子，中午饭时肚子还饱饱的，因此弟弟也忘记了吃点心的事。娘常说，好吃好喝就好过，没吃没穿最难熬。过年是我们小时候最幸福的时光。

还没觉着，初一就过去了。初二吃过早饭后，娘把我们身上的袄拽了拽、裤也提了提说："歪戴帽，没人要；扣错扣，是阿斗。你们把衣帽都穿好戴好，咱去你舅家。"

运城有运城的年节风俗。娘对我们说："初一在婆家，初二回娘家。"我爹却不这样说，他说："大年初一不出门，大年初二看丈人。"我琢磨了半天才对娘说："今天不就是去我舅舅家吗？"娘和爹都笑了。

娘说："时候不早了。群儿，你把小柜门儿给我拉开，取一包点心搁到细篾篮里头。"我照着做了。弟弟说："娘，我们还没吃呢！"娘说："这是给你姥姥拿的。那不是还有一包嘛！"

娘挎着她的细篾竹篮，戴上她平时很少戴的棉套袖，我们一蹦一跳地就出发了。姥姥家在北大街车白巷，平时我们并不多去，因此觉得比较新鲜。姥姥家的后院是一片很古老的石榴树，枝丫嵯峨，树身疙疙瘩瘩的，仿佛已经长了千百万年。我们就在那石榴树底下放炮，或上到石榴树的粗枝子上使劲摇晃。

听到娘喊叫我们吃饭了，我们就跑回家找自己坐的小板凳。娘说："还没给你姥爷和姥姥磕头呢。来，每个人都磕个头！"姥姥说不用啦。娘说："娘，这是礼数。叫他们自小也懂得个规矩！"于是，我们就跪在姥爷和姥姥面前给他们磕头，嘴里还念叨："姥爷、姥姥，给你们拜年了！"这是娘事先教过的。磕了头，姥爷或姥姥总要给我们每人五毛钱压岁钱。

姥姥家的小方桌很低矮，因此我们只能坐比它还低矮的小板凳。小板凳不够时就将高凳子放倒而坐。饭是不错的，有肉有菜，记得最清楚的是妗子的大锅熬菜。妗子老家是河南的，喜欢熬菜。她把煮熟的猪肉切成大片，与炸丸子、炸豆腐、白菜帮和粉条等一起入锅，大火烹炖。她对我娘说："姐，我不会做四碟子八碗的——麻烦！还不是这些肉？还不是这些菜？搁到锅里一炖，一人一大碗，吃着不是也一样吗？"

娘笑着说："是。热热火火，又好做，又好吃，多好！"

"外甥是舅舅的狗，吃罢喝罢他就走"，爹说的没错。吃过姥姥家的饭，我们便打道回府。娘的细篾竹篮里，点心放在姥姥家了，而里面又装满了花生、红枣、炸丸子、炸麻花一类的好吃的。

初三到来了。早饭后娘把我和二哥叫来说："小柜里不是还有一包点心嘛，你俩到阜巷你王爷（音：ya）家去一趟，把点心拿给他。就说我娘叫我们来看您啦。记着，要跪下给你王爷磕个头——你两个都是在你王爷院里出生的。他对你们可亲哩。"

我和二哥出门时，看见弟弟站在大门背后揉着眼窝抽泣呢。他说："点心又拿走了，点心又拿走了！"娘说："这点心都是过年时候看老人的，谁家是让小娃吃的？"娘拉着他的手把他哄回家里去了。

马齿菜

"正月里，十五前，天天都是年。"娘说：'破五'前主要是串亲戚哩，'破五'后到十五前，主要是走朋友哩。这是讲究。果然，正月初五一过，一些街坊邻居或爹娘的故交们就陆陆续续来串门了。这些人多是大人，不带孩子，只坐一坐就走了。有些人不拿礼物，有些人还带着礼物。他们的礼物放下了，而他们走的时候，娘却又给他们带了礼物。人家拒绝时娘就说："你把这拿上，我就省得再往你家跑了。"如果再次拒绝，娘就说："那你下回可别来了！正月里不叫人空手呢，哪能叫你放下东西就走。快拿上，莫叫人笑话我不懂礼数！"

娘把东家送来的礼物，又作为礼物送给西家了，就这样你来我往、礼来礼去的。有一回有人送来了一包点心，娘对我们说："这点心谁也不送了。过几天叫你们解开吃了。"弟弟很高兴。可是过了几天他拉开小柜门儿一瞧，立刻怪娘说："娘，您又送人了！"

娘说："总说不送啦不送啦，可谁能想到今上午你姑家的姐来啦。我叫她把点心给她公公婆婆拿回去啦。"弟弟说："娘，她拿走啦，我们吃啥？"娘说："你们都还小，今后吃点心的时候还多着呢！你爷常说：人家吃了扬名，自家吃了填坑。有这点心哩，咱就给她拿走啦；没这点心呢，咱也就不给她拿啦。"

我们的点心梦彻底破灭了。弟弟小，他还在噘着嘴跟娘怄气。二哥和我都比他年龄大，所以我们没有怪娘。因为这样的事我们都经历过好多遍了。

# 盖 房

1968 年，一年内我家就有 3 桩大喜事。一是二哥参了军，成为中国人民解放军海军北海舰队陆战队的加农炮手；二是我升上了初中，成为运城中学初中 89 班的优秀学生；三是我家分到了宅基地、盖好了新房并搬了进去。

"桩桩都是天大的喜事儿。"我娘说，"不过，盖房这事儿比天还大！"

娘是跟着姥爷和姥姥从山东老家逃荒到山西的，爹也是从豫西的桐柏山区逃荒出来的。他们自从背井离乡之后，就一直是宿破庙，睡祠堂，草棚牛圈当旅店，窑洞胡同作住所。他们在芮城县学张乡的废弃土窑里住过几年，在安邑县三家庄村的旧祠堂里住过数载，还住过葵花杆搭的窝棚，也住过别人坍塌不用的小灶房。

"天下房屋数不清，没有我家一间屋；地上良田万万亩，没有我家立锥地"，在新中国成立之前，我家就是如此。

运城解放后，我家就改为租房居住。先租住在阜巷王永福的东房，我 5 岁时又搬到帝君庙巷 11 号院的公租房，每月的房钱（即房租）上缴给运城县房产组。

那时我已经完全记事了。我家前后在 11 号院住了 8 年，直到我们自己盖了房才搬走。为何要自己盖房？用娘的话说，一是房子太窄。我家住的是这座明朝老院的三间东厢房，进深很浅，房间很小，家里本来就没有几件家具，但还是安置不下。"就跟鳖窝差不多。"鳖就是甲鱼，甲鱼才多大个儿啊。

二是房屋老旧。此房年久失修，房内落土、掉墙皮、砖碱、潮湿，我在家里就能捉到蛐蛐、蜈蚣和簸箕虫，娘还经常在床上发现翘着毒刺的大蝎子。房子的南山墙在以往的地震时裂开一条豁缝，无疑形同危房了。我曾见一条火红色的长虫盘绕在那里。

三是温度逆置。人常说：有钱不住东南房，冬不暖，夏不凉。夏天，这房子从太阳出山晒到落山，热得像个火炉，且一丝风也不透，身在其中，"就跟上甑似的"。而冬天却难见阳光，冷似冰窖。我们夜里用的尿盆常常结冰。

四是房租难付。在那个困难年代，每月 3.9 元的房钱是爹娘一座攀不过去的山梁。我记得收房租的是个老头，黝黑脸，八字胡，身上有很大的烟味。他来我家从没有笑过，总是闷声说："交房钱喽。"爹急忙躲在里间房的黑暗处，娘笑着说："他老伯，这一月还给不了你。我家……"老头说："又是'娃娃都小，他爹挣的钱还不够吃吧'？你别说了，我替你说吧！"娘说："对对对。""一对两圪截！"那老头倔倔地说，"住房子不交房钱，除了公家的房子能让你们这样，若换成私人，早把你们撵出去了！"娘说："他大伯，你就高抬贵手吧——房钱先允我们欠着，等娃娃们大了能劳动了，还这房钱也不愁。"老头很不高兴，拿出本子和印泥说："摁个章子吧，我看你们欠到啥时候！"他骑着自行车走了，爹才出来说："一文钱难死英雄汉！你看看，人没有钱多受人家话！"

我不知道这老头叫啥，就管他叫收房钱的。有时候我在巷里玩，看见他进巷里来了，就急忙跑回去告诉娘说："收房钱的来啦！"娘就把屋门用大铁锁一锁，躲到后院的茅房里去了。老头有时看一眼铁锁就走了，有时则借邻居个小板凳坐在院里抽烟。他要等很大一会儿才会离开。还有的时候我们正在吃饭呢，他突然驾临。娘赶紧起来招呼，他一句话不说，先看看饭桌上的饭菜，再揭开锅灶上的锅盖、笼盖。娘说："他大伯，都饭时了，你坐下吃口饭吧。"而那老头仍不说话，却撩开大步走了。我问娘他揭锅盖干啥。娘说："大概是瞅瞅锅里有没有炖的肉吧。"我说："娘，您啥时候给我们炖肉呀？"娘说："你吃了五谷想六谷——有这饭吃着就美死你了！"

到 1968 年上半年的时候，我家已经累积拖欠房产组房钱 260 多元。老头和房产组的人多次来催要，可是我家没钱给他们。于是那老头劝我家搬出这座房子，还说公家的房子不能叫你们白住。娘对他说："白纸黑字，我们欠多少房钱，都是给你摁了章的。你莫怕，我这一辈还不了，娃娃们总能还清的。"

说实话，以上四条，只有第四条才是我家盖房的核心推动力！记得我娘多次跟爹商量说："人家的脸我看够了，人家的话也听够了。我就想啊，咱不吃蒸馍要争口气！咱也盖房子吧。"爹说："往哪儿盖？盖城墙上？"娘说："现在有政策了，社员都能申请宅基地。咱们也申请一块宅基地，不是就能盖了吗？"爹说："拿啥盖？拿烧火棍？"娘说："我去西花园找她姥姥，叫她借给咱盖房钱。"爹说："娶媳妇盖厦，提起来害怕。咱啥也没啥，咋能盖起房子来？"娘发火了："害怕害怕，就知道害怕！活的你不敢抓，死的你不敢摸，你就胆大一回，咬着牙把咱的房子立起来，看还怕个啥！"爹说："好好好，咱是一家人，你说不怕，我还怕啥？那就盖吧，盖楼房我都举双手赞成！"

于是，我家盖房的决议就这么形成了。可是我爹没有积极去贯彻落实。一天晚上，娘问责道："叫你去大队找景焕章，你找了吗？"爹说："找人家干啥？"娘说："找他批宅基地呀。"爹说："这几天忙，我明儿就去找。"

第二天，爹仍旧下地去了，没去大队。娘晚上又问他，他又说地里活太多。娘说："地里活能干得完么？你明儿必须去找！要不，

“交房钱嗺！”
“他老伯，这一月匹结不了你了”

明儿咱都不要吃饭！”

　　死命令下了。第三天，爹果然去了大队。但是他很快就回来对娘说：“我说不行，你要我去找。那景焕章说啦，要到家里来看咱的盖房木料哩。咱现在没有一根椽、半条檩，拿洋火棒叫他看！”娘说：“活人还能叫尿憋死？这木料，我想办法；你去找人写个申请，听说大队要在上面盖章审批哩。”

我 所 见 的 娘

娘扛着细篾竹篮到西花园找我姥姥去了。天黑后她回来说："他姥爷同意把他家靠剧院的那两间旧房拆了，木料给咱们拉过来。"爹也晃悠着一张纸说："申请也央老宋给写好了，把我的名章摁上，明儿我再去大队。"

又过了些日子，景焕章来了，他当时担任大队秘书，给社员分宅基地的事儿由他负责。此时我爹已经把姥姥家的木料拉来了，不过是一堆被烟火熏得乌黑的柏木椽。景焕章看了看对爹说："九三啊，这木料还很瓤啊。还缺大梁、还短檩条呢，再鼓把劲儿吧。等你准备好了我再来看。"

爹于是给小平车轮胎打饱了气，凌晨就拉着它往夏县裴介镇去了。他花26块钱买回两根檩，随后又去大队找景焕章。景焕章对爹说："你人实在，我不去看了。申请批下来就通知你。"不几天就听说大队批准给4户社员划分宅基地，我家是其中一户。

秋天来了。有天中午，娘叫我砍一些木头楔子，说后晌给咱分宅基地要砸橛儿呢。哈，我真高兴！半后晌太阳还很高，景焕章和大队两个人在一片红薯地等我们。他们用很长的皮卷尺横竖丈量一番，让我们在指定位置钉上木楔。这一片红薯地共划分出4块宅基地，每块面积0.33亩，都是坐北朝南、南北长而东西短的长方形地块。我家的宅基从西往东数是第二家，从东往西数是第三家。这个排序是由4户人家抓纸蛋确定的。

当晚我家的话题都是宅基地。娘高兴得一直抹眼泪。我从来没见过她这个样。天开始下雨了，连阴了五六天。爹娘趁雨天串通了这几家人，天放晴后，每家就出两个壮劳力开始打院墙。湿润的黄土，喜悦的心情，高涨的干劲，4户8人很快就把各家的院墙都用黄土筑起来了。打墙也叫版筑，它是一个名叫傅说的中华先贤在几千年前发明的，而这先贤就是我们运城人。真该感谢这位老先人！

马齿苋

我娘在被一堵堵散发着泥土芳香的院墙围起来的院子里来回走动，我看见她又在抹眼泪。她对我爹说："咱今年就要盖房！"爹说天快冷了，怕上冻前盖不成。娘说："赶紧盖，非盖不行！看了咱的院子，我一天也不想在这鳖窝里住啦！"

于是，帮忙的亲朋好友来了。打土坯，铡麦草，买新砖，买新瓦，筛石灰，刮椽皮。一切备好以后，就请来木匠、瓦匠开始动工。那时盖房，墙基只砌几层青砖，然后在上面砌土坯。我们盖房时土坯还未干透，就那样砌到了墙上，然后用麦秸泥泥上厚厚一层。

盖房期间老天很给力，一星雨点儿都没有下。我娘每天给盖房的人们做饭，有汤、有菜、有热腾腾的大蒸馍。大家吃得饱，干得也有劲。除过我家的亲戚，我娘给其余前来帮忙的社员每人每天拨10分，相当于一个强劳力在地里劳动一天所挣的工分；给我们请来的工匠，每人每天拨13分。这些工分通过队会计从我家的工分中扣除。娘说："人家好心帮忙，决不能叫给咱帮忙的人吃亏。"

很快，两间东房盖起来了。娘让匠人在新房里盘了很大一个土炕，下面可以烧火，叫作热炕。爹把热炕烧着，日夜柴火不断，烧得湿泥土炕蒸气腾腾。我们还在新房里也架起火堆，为的是尽快让房子干燥。因为我娘决定年前就要搬家。

人们讲究腊月不搬家。于是，我们就在腊月之前离开了帝君庙巷11号院，喜迁到了这座还没有门牌号的新房院。当时，房子里的泥墙还没干透。晚上一家人睡在大土炕上，觉得被褥都是湿乎乎的。可是，每个人都很高兴。

我娘说："哪怕它再潮湿，它也是咱自己的房子呀！"

# 盘锅头

盘锅头就是垒锅灶。运城人把用砖和泥垒砌炉灶叫盘锅头，有点儿"转着圈垒"的意味。

我家的厨房和厨房的房檐下就有两个锅头，东房的台阶上还有一个锅头。大哥在外地工作，二哥在部队当兵，当时我们家就是爹娘、弟弟和我4口人。4口人3个锅头还有两个炉子，这些炉灶全部运行起来，足足能供给一个连队的伙食。

并非我们4口人肚大能吃，盘这么多锅头纯粹是为了方便。因为我家4分大的院落只盖了3间东房1间厨房，院子里有的是空闲地方。再一个原因是盘一个锅头对我娘来说手到擒来，轻而易举。加之我家后院就是两丈多高的土崖，和泥的材料取之不尽；出了大门往东半里地就是砖瓦窑和建材厂，那里废弃的半截砖应有尽有，它们都是盘锅头必不可少的硬件。

有一天娘对我说："你去砖窑拾一车半截砖头吧，回来再和些粘泥，我再给咱家盘个锅头。"那时我十几岁了，已经力气壮壮的，和泥、拾砖头对我来说也都是简单事情了。砖瓦窑的窑门外码着一摞一摞刚出窑的青砖垛，工人们把烧变形和打坏的砖头都撂在砖垛旁边，我叮叮咣咣装满一车就拉回来了。我在黄土堆上刨了个窝，倒水渗透后掺上铡好的碎麦秸，然后和成稠乎乎的粘泥。

我娘把袖子挽得高高地说："群儿，你给娘端泥、递砖，不会费你多长时间。"我端来饱饱一大锨泥，娘叫我倒在东房台阶上，她说这个锅头就盘在这儿吧，上有房檐，下有台阶，不怕雨淋也不

马齿苋

怕水淹，就是遮不住日头，烧锅时容易晒。我说，天热时咱烧锅烧硬柴，人不要老在锅头跟前，它也晒不着咱。娘说对。

　　我见过我们队里的正牌泥瓦匠给社员盘锅头，他们事先要使卷尺这样量那样量，还要这个比画那个比画，有时还要用干砖垒起来摆个大样，然后拆了它再上泥垒砌。垒上几砖还要跑得老远单眼瞄歪头瞅，垒砌过程中手中的瓦刀咔咔咔乱砍乱斫，硬把人家好好的浑砖剁作小块块使用。哎呀，看他们盘锅头，我总觉得这里面科技和技术含量实在是太高太高，就像建造人民大会堂那样很难很难！

　　可是我娘盘锅头一不使尺量，二不用手等，三不摆大样，四不要瓦刀。她把一堆不花钱白捡来的大小废砖头合理安排，这儿用一块多半截的，那儿用一块少半截的，嗯，这儿只有二寸宽的地方了，那就找一块砖头疙瘩摁进去妥了。我给娘供着粘泥，还按照她的吩咐在砖堆里挑砖头，然后递到她手里。在这个"锅头工地"，娘是大工（匠人），我是小工（搬砖和泥工）。

　　娘的手快，眼也尖。有时需要一块合适的砖头，我还没找着呢，娘就说："你脚边上那个不就行吗？"递给她往那地方一安，嘿，严密合缝。娘盘的锅头跟一般家户使用的锅头构造相同，都是最底部留个灰渣洞，烧尽的草木灰或炭灰漏落在此。灰渣洞还有个功能是通风送氧，便于柴草或煤炭在灶膛燃烧。灰渣洞的上面就是炉膛了，娘用8根细铁棍或粗铁丝把它们隔开。炉膛又圆又大呈鼓肚形，它是柴草和煤炭燃烧的反应堆。它三面是灶壁，正面留一个添柴草和煤炭的长方形灶口。

　　好了，不到一个钟头呢，娘就把锅头的基本框架搭起来了。她说："砖头不用了，你再和些硬硬的粘泥来，我把锅头套好就对啦。"娘就用两手抓泥，一把一把往灶膛壁上贴，还用手蘸了水在泥面来回推抹，以使其光滑。

马齿菜

只听娘喊道："群儿，你把咱的大铁锅端来试一试吧。"我把铁锅放在刚刚诞生的泥锅头上，娘叫我端住锅耳把转一转，再往下按一按，这样给灶膛的锅口定型。锅头是粘湿的麦秸泥，可铁锅上有厚厚的锅灰，它们互不相黏。"灶口圆不圆，铁锅就是老师傅。我原来盘锅头，灶口总是盘不圆，一烧柴火就从锅边上冒烟火，把锅盖都燎着了。后来想出了这个法儿，嘿，一下就解决啦！"

　　一个半小时左右，娘就把一个砖泥锅头生产出来啦。我说："娘，您真是好把式。这要是请队里的张瓦匠来盘，恐怕要盘到太阳落山哩。"娘说："人家匠人盘的比我正规。我是见过你姥姥盘锅头，跟她学的，一学就会。其实，这锅头有啥盘的？它能坐锅、有灶肚、好烧火，还省柴火就行！这泥锅头嘛，盘得再细致也是泥锅头。你就是费上三天五天工、在锅头上刻画凿花，它不好烧也不中！"

　　娘还在厨房的房檐底下盘了一个苹果形的圆锅头。她说都有两个方锅头了，不要叫人说娘只会盘方的。这不是，圆的娘也会呢。

　　我家锅头虽多，却是各有各的用项。平时蒸馍做饭，烧的是东房檐下的锅头；给猪娃煮菜煮饲料，用的是厨房房檐下的锅头。刮风下雨，我们就点着了厨房里的锅头。有时下地回来了或家里来亲戚了，几个锅头同时冒烟。蒸馍的蒸馍，炒菜的炒菜，烧汤的烧汤，不大会儿工夫，饭菜一起上桌。

　　娘盘的锅头能烧柴草，也能烧烟炭。可是买煤炭要花钱，所以我家的锅头除了过年时蒸馍煮肉，都是烧的柴草。我们拾的树枝、爹拾的茄子根、苗子白根和棉花柴等，都是我家常用的柴火。寒冬腊月地土上冻了，爹就去野外路边用镢头刨树根。人们只锯走了树木却留下了根。一个树根刨半天，可是拿到家能烧十来天，而且它属于硬梆梆的硬柴。至于玉米秆、高粱秆和谷子秆，爹就是见到它们也不往家里拾。他嫌它们须毛烘烘的，既不耐烧还枝枝扎扎。

爹喜欢拾柴也喜欢烧火。但是如果我们在家的时候或娘能空出手来的时候，娘是不会叫他在锅头跟前的。为啥？我娘说："你爹不会烧火。一锅饭能烧多少柴火？他老是往里头搋、往里头搋，把个灶膛搋得满满的。人心要实，火心要虚哩。柴火塌实了不好好着火，还光沤死烟。他烧一顿锅的柴火，人家要烧两三顿呢！"爹每次听了这话就说："柴火是你拾的？浪费浪费！一把柴火嘛，顺手就拾回来了！"娘说："柴火我没拾，都是你拾的。可你费事巴劲给拾回来了，却又把它浪费了，还不胜不拾哩。"每次到这时候，爹就说："群儿，你来烧火吧。我这么大个人啦，连烧火都不会啦！"

娘烧火时总是把硬柴与软草、树枝和碎树叶搭配起来使用。她说光烧硬柴，哪有那么多硬柴？况且添些硬柴，添些碎草，火才着得更旺哩。我学她那样烧火，娘夸我烧得好，还说烧锅头看似没啥，可它也有窍眼呢，啥不用心都干不好。有时候没有人手，爹就去烧锅了。可是每次爹烧罢锅，娘都要在锅头上搁一个空锅添些水，还要在灶膛里烤馍、烤红薯、烤玉米穗。秋天茄子多，娘总是挑几个老茄子埋在灶膛的红炭灰里，我们吃着饭它就烤熟了，非常好吃。而我和娘烧罢锅的灶膛里，几乎没有红火灰了。娘说："饭做熟，锅底柴火也烧尽，这才是会烧火哩！"她还说，"烧锅头就是烧人哩。"

马齿莱

# 破洗脸盆

　　我娘的屋子里和院子里，能找到十几甚至二十几个洗脸盆。它们有搪瓷的，有塑料的，还有铝的和铁的。除了她洗脸和洗脚的盆之外，其余的都是破旧的。有几个搪瓷盆看上去仍是光光堂堂的，而且颜色图案都很漂亮，可惜盆底却有两三个窟窿眼儿。

　　"它们早该被扔到垃圾箱里了！"这句话虽然千真万确，但谁如果敢在我娘跟前说这句话，那么就一定会遭到我娘的严厉抨击。我娘会这样说："它们吃你了还是喝你了，或是碍你啥事儿了？我光知道人的眼窝里进不得沙子，不知道人的眼窝里还搁不下这些盆盆！"

　　此时她已经80多岁了，她这样一说，谁又敢再说什么呢？只好选择不语。但是我娘还要说："这些盆盆破是破了，可它们个个都有用项哩。你瞅，这个盛萝卜，那个装炭块，还有那个放柴火，那个堆杂物，那几个接雨水。如果把它们撂了，这些东东西西的搁到哪儿？总不能把它们放到床上和衣柜里吧？"

　　显然，这些盆是我娘的宝贝。但是这些宝贝无一是花钱买的，大多数是她在门外的垃圾堆上捡来的，有几个是扔盆的邻居馈赠给她的。如果细心观察就会发现：这些破盆子每年都在更新——娘如果有了更好一点的破盆，她就把其中比较不好的破盆淘汰了。她说它们不能太多了，太多了她的台阶上放不下，还要把屋门都堵严了。

　　"现在人都有了钱了，啥东西也不珍惜了。好好的洗脸盆，还正好使唤呢，嫌它旧啦，嫌它不好看啦。这就不想要了，手一甩，

扔了怪可惜！
还有用哩，

就撂到垃圾堆里了。它不是工厂造的？不是花钱买的？整天喊节约节约，我看是浪费浪费！"娘经常以"盆"论道。她用棉花絮或破布条把盆上的窟窿眼儿塞紧，放在房檐下接纳瓦沟淌下来的雨水。一盆一盆的，把房檐下面都排满了。接下的雨水用来洗有颜色的衣裳和鞋袜，还洗她的盆盆罐罐。娘说雨水很褪污，洗衣裳能节省肥皂和洗衣粉。她抱怨城里的灰尘太多了，接下的雨水必须澄清以后再使唤。

我很不乐意娘使用这些捡来的破玩意儿。回家去看望她的时候我就说："娘，看您的院子里堆成啥样了呀？人家从家里往外面扔破东西呢，咱们反而从外面往家里拾破东西。这丢不丢人？"娘说："堆成啥样了？还不是和过去一样吗？他们不惜物，他们就扔；娘惜物，娘就捡。他当垃圾的东西，咱捡回来用。这一不算偷，二不算抢，它丢啥人嘛。"

既然说她她不听，那我就"先斩后奏"或"斩而不奏"了。有些破盆子特别碍眼，我就趁娘不注意的时候，悄悄把它提着扔到垃圾堆上去。娘发现了总是说："你们把工作干好就行啦，管娘这事儿干啥？"我说："这些东西既不好看也一钱不值，您就是堆满一院子也不顶个啥。您要用的话，我给您买10个新的叫您用。"娘说："你可不要买。我用就是用它旧的呢。你买来新的我也不用！"

有几回我成功地扔掉了她的几个破盆盆，心里挺高兴，因为清除了它们之后，院子里多少显得宽展了。可过些日子回家看娘，发现被我扔出去的破盆依旧摆放在那里了。于是我跟娘说："扔出去就算啦嘛，您咋又捡回来了？"娘说："好赖它们是个东西，是个东西就有用。你把它们撂到垃圾堆上，怪难看的，拉垃圾的都不愿意拉。"我不听娘怎么说，抓住机会还是要扔掉它们。娘知道拦不住，也就不吭气。等我一走，娘就赶紧把我扔掉的盆盆再捡回来。

娘的院子里，树枝枝、木棍棍、木板板、柴棒棒多的是，台阶上、墙角里、鸡窝上、炉灶旁哪儿堆的都有。它们绝大部分是多余的。因为生炉子用不了几根木柴，堆在院子里却很不雅观。但我娘不允许扔掉它们。即使木柴不少，可我娘在生炉子时也用得十分仔细，从不多烧半根木柴。其实她就是可劲地用，这些木柴也能用它100年还不止呢。

我娘的破旧杂物就更多了。院子里、台阶和窗台上，到处可见。有旧钉子、旧螺丝帽、铁丝、小瓶瓶、小罐罐，应有尽有，哪个年代的都有，找什么都能找到。她住的屋子的墙外面，也楔了很多钉子或木楔，上面挂满了各种布包、小袋，里面装的有扁豆、大麦、芝麻、花生，还有干马蜂窝、干地黄、鸡内金、猪苦胆等，数一数，至少不下六七十种。这些东西说它没用吧，可冷不防就会有街坊邻居来寻这找那的；说它有用吧，可好多东西挂到墙上十多年了，生了虫虫长了牛牛，也还没人用过。把它们扔了吧，娘不准。她说："这些东西虽不值钱，可是花钱却买不到。你爷常说，烂套子还能塞墙缝哩。世上没有没用的东西。它挂在墙上，不碍我走路，也不碍我吃饭和睡觉。但凡有人需要了，找到咱家来，这不是就能给人家拿走了？"娘还说，"攒个东西难，要很大的耐性才能攒住；扔个东西容易，手一抬就扔掉啦。有这个东西也不一定能用得上，没有这个东西呢，你想用它的时候再去找它，那可就不容易了。"

马齿菜

# 青紫蓝兔

2023 年是中国的癸卯兔年，1970 年是中国的庚戌狗年。今天上午，我准备继续撰写《我娘故事》。谁知刚刚开启电脑，就看到几只兔子在电脑屏幕上蹦跶跳跃！它们一会儿在兔窝里吃草，一会儿窜出用砖头砌的兔圈；一会儿在地上掏土打洞，一会儿张开豁嘴啃咬院子里的树皮。哦，立在兔圈旁边的女人那是我娘，娘还是她的中年模样，慈祥的目光，黑红的笑脸，她正把手里的一把青草投给兔子吃——这是 1970 年我和我娘饲养兔子的画面啊，为何突兀浮现于眼前？一时间，我竟然忘了我身在何处、身在何年，恍惚回到了从前，回到了那一段难以忘怀的旧时光里面。这真是：兔年看见狗年往事，皆因记忆里有个兔子！

1970 年春，万物躁动，草木奋发。春天的人也最容易动心思。下午放学后，我在城墙坡的路边见到一个卖兔子的人。他面前的竹篓里装着兔子，嘴里翻来覆去念叨着："狗撵兔，突突突。兔不吃荤，人不吃素！"我觉得他的话很好奇，就问道："你的话是什么意思呀？"

他看了我一眼用手比画着说："你是中学生吧？连这也不懂？狗追兔子的时候，兔子跑得飞快，突突突突！"我问："后两句呢？"他说："兔子是吃青草的，你喂它吃鱼它吃不吃呀？可是人人都喜欢吃肉对吧？兔子长得快，你喂几只兔子，喂肥了一宰，不就能吃肉了吗？嘿嘿嘿嘿！"他使劲地笑着，又随口念道，"狗撵兔，突突突。兔不吃荤，人不吃素！"

原来如此！听他这么一说，我忽然有了养兔子的心思。我问：

"你的兔子卖吗？"他说："我就是卖兔子的。"我问多钱一只，他伸出3个指头。我说买两只行吗，他说只剩下一对了：一公一母。我掏了掏口袋，只找到3毛钱。他说你再在口袋里找一找，我说没有了。他说你再在书包里找一找。我说书包里是书本，根本没有钱。他把刚才的口诀又念了一遍说："3毛钱就3毛钱，拿去吧！可要喂活呀！"

我一手提着一只兔子的耳朵就回家了。娘很高兴。她说："兔子是个张嘴货，天天得吃，顿顿得吃。既然你把它弄来了，今后就好好给它弄草吧！"

娘叫我把兔子先养在一只篓子里。她用砖头和泥在院子北头的土崖下围了个兔圈。可是这对长毛兔不讲卫生，身上总是脏兮兮的。它们在土崖下掏了洞，平时拱在里面，一扔青草进去，它们听见响动才钻出来。喂了不到两个月，它们的脚上就生了癣。懂行的人说兔子惹了癣就不能再喂了。于是我就把它们拿到二郎庙的集市上卖了。卖了1块6毛钱，我全都给了我娘。

一天傍晚，娘从西花园我姥姥家里回来，她的细篾竹篮里咻咻嗵嗵有动静。娘让我猜里面是啥。我掀开布巾一瞧，哈，4只小兔子！它们灰蓝色的毛皮上夹杂着蓝黑色的小点点，眼珠是黑色的，不同于白兔子的红眼睛。娘说这叫青紫蓝兔，是最好的兔种。它吃手好，长得快，长成了一只都称十来斤呢！我问这种高级兔娃是从哪儿弄来的。娘说她回来的时候，专门绕到二郎庙，花了3块钱，就把人家卖剩下的几只兔子全买下了。有了这么好的兔子，别提我有多高兴了！

青紫蓝兔也跟长毛兔一样，胆儿很小。它们也是自己打了土洞钻在里面，吃草的时候总是怕人看见。后来长大了，公兔母兔就开始追逐。再后来，母兔把洞里的土刨出来许多，又把柔软的干草往

马齿菜

118

洞里衔。娘告诉我母兔快下崽了。果然有一天，洞口被母兔用湿土堵上了，它还用屁股往土上蹾。娘说它的兔仔下在洞里，它这样是为了保护它们。该喂奶的时候，母兔就刨开洞口进去，接着又出来堵住。如此折腾了不知多久，小兔仔就出窝了。它们很干净，很好看。

兔子多了，成了兔群。它们很能吃，因此采集草料的任务就繁重了。青紫蓝兔不挑食，野地里长的各种青草和榆树叶、洋槐叶、杨树叶，以及莴笋叶、苗子白叶和萝卜叶等，它们都喜欢吃。它们最爱吃的是苜蓿，可是那要从生产队的苜蓿地里去割。我去割过一两次。后来娘知道了就说："喂兔子本来是一桩好事情，可不能因为这去糟害队里的庄稼。"她还说，"地里有多少野草啊，咱家这几只兔子才能吃几把？咱们就割野草喂兔子。不要去割队里的苜蓿，也不要去扳（折）路边的树枝。"

兔子繁殖得很快。半年多时间，母兔生小兔，小兔又生小兔，兔圈扩大了两倍还不够它们住。一天回家后我去看兔子，发现少了好几只。娘说："群儿呀，我把几只小兔子送给巷里的邻居了。他们也想喂兔哩，都来咱家看过好几回了。"我说他们给咱们钱了没有，娘说："拾的麦子磨的面，咱这些兔子也没花几个成本。他们喜欢喂兔，就给他们几只喂着吧。只要大家都高兴就行。"

有一天我出去玩，一个伙伴悄悄给我一个用报纸包着的兔腿，他说是他娘卤的。我吃了，很好吃。他说这是他家喂的兔子宰的肉，还说这兔种就是你家给的。伙伴说："你家喂那么多肥兔子，咋不宰几只吃肉呢？"此时，我忽然想起了那卖兔人的话，于是我回家后就把他的话跟我娘说了。我娘说："对呀，费事出力地喂了这么多兔儿，为啥不宰几只炖炖吃呢？你们整天馋得跟猫娃似的。"

我爹不管宰兔子的事儿。我就按别人教我的办法，提起兔子的耳朵把它提离了地面，然后用柴棒儿敲它耳朵根。敲几下兔子便蹬

马齿菜

腿了，因为耳朵根是它的死穴。吓得我急忙丢开兔耳大叫一声。再看那兔子，眼睛已闭上了。反正它已死了，那就磨刀吧。我用锋利的小刀剥兔皮。兔皮容易剥，就是兔头很难剥。剥了皮钉在墙上，一张干兔皮能卖5毛钱呢。娘把兔肉搁到铁锅里点着柴火煮，还放些花椒放些盐。水一滚开就满院肉香了。早有邻居闻香而至问："煮啥哩？这么香！"听说是兔肉，她慌忙而去说："我正怀着娃呢，不敢吃兔肉。吃了兔肉要下的娃娃是豁嘴唇。"她走了我们就揭开锅盖捞肉，全家大快朵颐美餐一顿。

就这样，我们割草喂兔子、再宰了兔子吃肉。在那个生活贫困的年代，像我们这样的普通农家，能够隔三岔五吃一顿兔肉大餐，真连神仙都不敢想！而这些兔子能喂活、长大并生生不息地繁衍，都离不开我娘的辛苦操劳。每天一早，她就把兔窝的门儿打开给兔子喂草、喂水，还不断地喂它们一点咸盐。白天，娘要抽空打扫兔圈，把兔子吃剩下的残草碎渣和拉下的粪便清理出来。天黑时分，娘还要把兔窝门儿关好堵牢。有一回我娘去姥姥家帮妗子浆线没有回来，我们忘记了堵兔窝门儿，结果夜里黄鼠狼来了，它咬住兔子的脖子吸血。两只兔子被咬死了。我们听见"吱吱"的惨叫声，跑出来看时黄鼠狼已经窜上土崖溜了。土崖上面200米之外是一片坟地，黄鼠狼便藏身于土坟之中。白天我和伙伴们去坟地找了几回，发现有许多黑洞，天知道黄鼠狼躲在哪里。这两只又肥又大的兔子我们也没舍得扔掉，而是把它们煮成了一大锅兔肉。要知道，两只青紫蓝兔剥了十几斤肉呢！

青紫蓝兔伴随我们度过了3年多辛苦而欢乐的时光。我高中毕业后就参加了生产队劳动，再没有时间给兔子们弄草了。我娘把最后一批兔子全送了人，说："该去干大事了。"

# 铜墨盒

晚自习快要结束的时候，我们班的同学都在写仿。写仿就是在白绵纸底下衬一张字帖，仿照字帖上的字写毛笔字。那时小学五年级都有这样的课程。教室里的四组电棒突然熄灭了，只听班主任老师王学仁站在教室外面喊："全校都停电了。同学们不要乱，把书包和文具收拾好再出教室。"

我们都是懂事儿的大孩子了，再说我们早就对教室停电习以为常了，因此大家都各自带好东西回家了。到了家里，我就把我写仿用的墨盒取出书包，可是我取出一个墨盒之后，发现书包里还有一个墨盒。拿出来一看，只见这个铜墨盒四四方方，金光灿亮，墨盒盖上雕刻的花鸟和人物都栩栩如生。我认得它，它就是我的同桌——张翔的铜墨盒。

他的墨盒并没长腿，却为何跑进我的书包？大概是教室停电以后黑咕隆咚的，张翔把他的墨盒错装到我的书包里了。我推断出这个结果以后心里有点儿激动。为何激动？因为我冒出了一个大胆的想法：那就是我可以神不知鬼不觉地得到这个墨盒了。嘿，没费吹灰之力，所爱到我家里！

说真的，我非常喜欢他这个铜墨盒。平时写仿的时候，张翔总把它放在他的半个课桌的右前方。那墨盒的铜色、墨盒的光彩、墨盒的形制，经常吸引我多瞧它几眼。那时候我们都还没有使用过"养眼"这个词，实际上我每次看见它就觉得它十分"养眼"。

我也喜欢我的铜墨盒，它属于我大哥上学时使用过的"文房四宝"

马齿菜

之一。可是这个墨盒的盖子上没有任何雕刻，跟张翔的铜墨盒一比，人家的铜墨盒要精致和美观得多呢。

不管我多么喜欢张翔的铜墨盒，但只是心里喜欢而已，我从来没有想把它据为己有，这可以对天发誓。

然而，现在这个爱物就在我手里了，你说，我能心念不动吗？我想：是他慌忙中装错的，又不是我偷偷拿来的——我不给他了。要怨也得怨他，与我没有关系。

信念支配行动。我这么想了，也就这么做了。起先，我把"飞"来的铜墨盒藏到了桌子的抽斗里，抽斗里很乱，放满了各种杂物，我们家的每个人几乎每天都要拉开它取东西、放东西。这里不安全，容易被发现。接着我又把它藏到桌子底下的旧木箱里。这箱子里装着旧被褥和就棉花套子，它没人翻动，是个好地方。

就在我把铜墨盒放进旧木箱还没来得及盖上木盖的时候，娘走过来了。她问道："群儿，下了学你就该洗脸洗脚早早睡觉了，可还在桌底下鼓捣啥哩？"我忙说："没有鼓捣啥，没有鼓捣啥。"娘说："你把我的箱子掀开干啥？是往里头藏啥呢？"我说："啥也没藏。"

娘说："我在那屋都听见箱盖咯当响呢。这箱子里又没你要找的东西。来让我瞅瞅，你藏了个啥东西？"这时候我只能说实话了。我说："娘，今晚上教室停电了，乌咚咚黑，啥也看不见。我的同桌把他的墨盒装进我的书包里了。因为当时我俩的书包都搁在桌上，他也不知道他装错了……"

娘弯下腰把我藏的墨盒从旧木箱里取出来，拿到灯底下仔细看了看，她叫我把我家的墨盒也拿到灯底下。娘一只手端着一个墨盒对我说："群儿，你瞅：咱家的墨盒是铜的，人家这墨盒也是铜的，可人家的墨盒又大又细致，要比咱家的墨盒强得多呢。"

我说："娘，我就是喜欢他的墨盒，才不想给他了。"

　　娘说："咱家的墨盒好不好，都是咱家的；人家的墨盒再好，可那是人家的。咱不能眼热人家的东西，更不能把人家的东西变成自己的东西。"

　　娘的话让我脸上发烧发烫，我觉得很尴尬。但我嘴上还要强辩，我说："娘，我不是眼热他的东西，也不是故意拿他的东西，是他

马齿菜

124

把墨盒装到我书包里的呀。"

娘说："他把墨盒装到你的书包里也还是他的墨盒，就是他把墨盒拿到咱家里，那墨盒还是他的。不能说人家装错了，就成了你的墨盒啦。打个比方说吧，假如你把你的钢笔错装到哪个同学的书包里了，那么，能不能说你的钢笔就是他的钢笔了？"

娘说："人人都有错漏，可东西没有一点错漏。它是谁的，它就是谁的；它不是谁的，它就不是谁的。是咱的东西，咱要；不是咱的东西，它就是王母娘娘的珍珠玛瑙，咱也不要。"

娘还说："世上的好东西多着呢，咱不能瞅见人家的好东西就动心。活一个人，就要能分清楚啥东西是我的、啥东西他的。你记住啊，不是咱的东西，就是递到咱手上也不能接！"

什么叫字字千钧？什么叫重锤槌心？我觉得娘的话就叫字字千钧，而听在我耳朵里就叫重锤槌心！

我羞愧地低着头对娘说："娘，我错了。那明天上学校时我把他的墨盒给他就对了。"娘把两个铜墨盒都交给我说："懂道理就是好娃。你把它还给同学就没有错了。"我如释重负地答应了一声说："哎！"

第二天一进教室，我就先把张翔的铜墨盒从书包里掏了出来。张翔指着他的半个课桌上的铜墨盒惊奇地说："我昨晚回家时，在我家门口跟新6班的同学玩了一大会儿。我把书包放在路灯杆底下，还以为墨盒是在那儿弄丢了。这不，我家还有一个墨盒，我妈今天让我带来了。"

我把昨天我背回家的铜墨盒递给他说："这是你昨天装到我书包里的铜墨盒。它是你的，装错了它也是你的。"

# 一只空油瓶

一只能装 1 斤油的空油瓶，藏在一口装着 200 多斤棉籽油的大油缸后面，整整藏了 3 年时间。这只油瓶是我家厨房的，这口大油缸是生产队库房的。它为何藏到了这里？

说起来这是一段跟我娘有关的小故事——

1973 年 1 月 10 日，我高中毕业了。这天上午，我们的班主任陈启愤老师在教室的黑板上写了几行字。这几行字是这样的："矿石投进熔炉，考验何等严峻！然而我们失去的只是杂质，得到的却是纯钢！同学们，你们毕业了，到广阔的天地里去大有作为吧！"

当时我心潮澎湃，对未来的人生充满了憧憬。从学校回到家里，我就开始修理木桶和扁担，第二天凌晨，就到街巷里找厕所担粪去了。那时候不管公厕还是家户的厕所，都是传统的土厕所。人们用粪勺把粪坑里的人粪尿舀到粪桶里，再用扁担挑到城墙外面的粪场里，然后用粪车拉到菜地里去。2 月 3 日是大年初一。过了初二我继续担粪，因为冬季菜地没活干，社员们的主要任务就是积肥。我如今已经不再是学生，而是东阜第一生产队的新社员了。

2 月 17 日是正月十五。那年春来早，风和日丽，春意荡漾。我们生产队每年正月十五都要召开春耕生产动员大会。这年概不例外。男女老少数百人开会，队部院里盛不下，那就把它放在了城墙外面的苜蓿坑里。说是苜蓿坑，实际是个四方形的大洼地，这是人们以前取土筑城墙时留下的遗迹，大概是种过苜蓿吧，就有了这个名儿。洼地里避风向阳，离我家不到 100 米。我们在院子里就能听到哄哄嚷嚷的人声。娘催我快去会场。我正要出门时，我家就来了3个人。谁？队长、队支书和队贫农协会（以下简称贫协）代表。我娘急忙揭起棉门帘把他们让到屋里，请他们坐在炕沿上。队长叫王吉甫，支书叫韩红光，支书管队长叫姨父，因此队里是王队长说了算。贫协代表名叫翟东方，也是队里举足轻重的人物。

王队长说："嫂子，年过好啦？"我娘说过得好着呢。队长说："嫂子，我跟你商量个事儿。咱们队里的保管员去农校上班了，现在要趸摸（物色）一个保管员哩。不然，粮食都没法给社员分了。"娘说："咱队里500多号人哩，趸摸（物色）个人也不愁。"韩支书说："人口倒是不少，可挑一个合适的也不容易。"老贫协说："刚才队委会干部碰了个头，想叫你家的承群给咱们当保管呢，还要把出纳也兼上。"

"叫承群当保管？他能行？"娘顿时愣住了，她感到非常意外！王队长说："承群不是毕业了吗？这孩子在学校就是好学生，当保管也错不了！"贫协代表说："大家都长眼着哩，年前年后这一个多月来，承群天天扁担不离肩膀头，担粪起得早，跑得快，担得多。年轻人谁有他苦头好？再一个这孩子很诚实，担一担就说一担，担两担就说两担。不像别的孩子，担少报多，虚报冒领。我天天在粪场发粪票，谁是个啥样都清清楚楚。"

"婶子，你放心。承群能干好！"韩支书说。娘看了看他们，使了个眼色让我到院子里去。我出去了。娘不知跟他们说了些啥，就听王队长边出屋门边说："好啦，就这样吧！明天吃过早饭就叫承群到队部去。"

承群是谁？就是我。第二天，我早早来到队部，贫协代表、队会计和前任保管员随后都到了。他们打开队部库房上的大铁锁，啊，里面犁耧糖耙、镢锨镐锄、又把扫帚、绳索筐篓，还有锅碗瓢盆、种子饲料、化肥农药、电线水泵，五花八门，琳琅满目。就连春节社员们玩的秋千和元宵节耍的龙灯，以及成套的锣鼓钹镲、旗杆唢呐，都堆放在其中。前任保管拿出账本以账对物，一一给我移交。贫协代表和会计则是我们的监交人。整整一天，库房里的财物才移交完毕。贫协代表把库房的大锁和钥匙交到我手中，双眼凝视着我说："除了那些大牲口，这就是咱们队里的全部家当了。今天全交给你啦，可要保管好哇！"

就在我们准备在结交账本上签字的时候，前任保管突然说道："哎呀，差点忘了，还有这缸棉籽油没有移交哩！"他指着墙根的一个大瓷缸说。瓷缸有半人多高，跟我家的大水瓮差不多大。揭开缸盖，看到里面装着多半缸油。贫协代表和会计都说："那赶快移交嘛！"前任保管说："这缸油是去年咱们队卖棉花的返还油。当时我跟队长说了，他说先存到库房里吧，等到夏收给社员开灶的时候再使唤。"贫协代表问有多少斤油，答曰 200 多斤，准确数字记不清了。因为这是车马组的人用大油桶拉回来的，抬进库房就倒进了这口缸里。这口缸自重一百几十斤，连油带缸，毛 400 斤呢。

贫协代表说："不管多少斤，咱过一下称，好记在账上。"前任保管说："咱们没有磅秤。最大的秤，才能打 220 斤重量。没办法过秤。"会计和贫协代表商量了一下说："那就不称了，也别往账上记了。承群，夏收用油的时候，你取多少记多少，账本上有个数目字就行了。"他们真是对我太信任了！

回家后我把库房移交的情况详细说给我娘听，还专门提到了那一大缸油。娘问道："那缸油就没移交给你？"我说就在我库房里呢，但是账本上没写。娘点了点头。

上任半个月之后，一天下午，娘对我说："群儿，娘给你一个油瓶，一会儿你去库房的时候给它灌满油，拿回来娘好给你们炒菜

马齿菜

128

用。咱家只剩下几两油了。"我说这不合适吧。娘说有啥不合适的，反正这油也没个准数，灌走一斤半斤的谁能知道？

娘这样说我也不好拒绝。于是我下午就把油瓶藏在棉袄里带到了库房。开锁的时候差点把油瓶掉到地上打碎，吓得我赶紧把它塞在了油缸后面靠墙根的缝隙里。怕人看见，我还用牲口套项堆在那里遮住了它。

整整一个下午，我都在想着这事儿怎么办。队部没有人来，库房就我一个。漏斗和舀油的油瓢也都现成，只需1分钟就可以把这只1斤的油瓶装满。可是我想来想去还是觉得不应该这么做。我仿佛看到了贫协代表和王队长、韩支书信任的眼睛。我把缸盖掀起来看了看，缸里的油像一面镜子照见了我纠结的面容。我把缸盖盖好对自己说："无论如何，不能这么做。"

晚上回家后，娘问我油拿回来没有，我说库房里一直不断人，我没法灌油。第二天我整理库房回来后娘又问我油灌了没有，我说我把这事儿忘了。娘以后又问过我几回，每回我都找个借口搪塞过去了。一晃又是半个月过去了。这天韩支书通知我晚上参加队委会，他说保管兼出纳是当然的队委会成员。队委会一开始王队长就说："我今天正式宣布：承群接任咱队的保管兼出纳。这孩子诚实，无私，一定能管好咱队的财产！"他笑着问我说，"你娘叫你灌油的油瓶你放到哪儿去了？"

我脑袋轰地响了一声，我想：这事王队长怎么知道了？于是赶紧说："油瓶？哦，我娘让我拿来了。我把它藏在油缸后面了。可是，我觉得不能灌咱们库房的油。这跟小偷有啥两样？"王队长、韩支书和贫协代表此时一齐哈哈大笑起来。我窘得满脸发烧，不知他们笑什么。

韩支书说："承群，你还蒙在鼓里吧？正月十五那天，我们跟

马齿菜

130

你娘说想叫你当保管，你娘说不知道你这娃的本性可靠不可靠。后来她说要想法试一试你，能靠得住就让你干，靠不住的话就算了。可妙你跟她说库房里有一缸油没入账，她过几天就给了你个空油瓶，还把这事儿给我们说了。你娘说，如果承群真把油灌了拿回家了，那他就不能干这个保管了……"

我回家后问娘说："娘，原来您让我灌油是假的呀？"娘笑着说："是假的不假。可我一直担心你真的把油给我灌回来哩！看来，我的群儿能当他这个保管！"娘还说，"保管保管，就是要保证把公家的东西管好哩。公家的东西就是公家的东西，不论它贵还是贱，一个钱的东西都不能往咱家里拿！"

我在保管兼出纳的岗位上干了整整3年，那只空油瓶，也在库房的大油缸后面待了3年。我不想把它拿回家，认为它对我来说是一个难得的警示。第四年春天的春耕生产动员会上，韩支书宣布我担任东阜第一生产队的副队长。一年半以后，我又接替韩支书担任了生产队的政治队长。

# 套　袖

"我洗我之衣，我烹我之食。我活我之人，我不带累人。"

这首诗谁写的？我写的。写的谁？写的我娘。诗虽然是我写的，但它是我娘的生活理念，也可以说是我娘年迈之后的生活写照。我娘不会写字，不会写字是因为她不识字。不识字和不会写字，不等于我娘不会作诗。她作的诗是无字诗。她一生都在作一首音韵铿锵、意境幽远、诗味隽永的无字长诗。

"地球是不是转得快啦？呼啦就是一天，呼啦就是一天。刚说天明啦，眨眼天又黑啦。一绕（晃）一星期，一绕（晃）一个月。过一年就跟以前过一月似的！"记得那是 2010 年的春节，我们全家都回到我娘的家里吃饭。娘高兴得春风满面。她在席间发表议论说："过去少吃没喝，一年总是熬呀熬呀熬不到头，不知道它有多长；现在一年没觉着就过去了。你们看，我今年都 90 多岁了，加上闰年闰月，都毛 100 岁了。100 岁都咋过的？还不是跟看了一场电影一样嘛。大概是生活好了，人安逸了，就觉得日子快了吧。"

真想不到，90 多岁的老娘随口几句家常话，就阐明了爱因斯坦相对论的深奥道理！

我们都端起酒盅恭维老娘，说她看上去哪像 90 多岁的人，顶多不过 80 来岁。娘说："80 岁也好，90 岁也好，我能活这么大岁数，还不都是享共产党和新社会的福哩，还不都是沾你们的光哩！"娘还说，"你爷在世时常说：人活七十古来稀。他那时候条件不好，活了 70 多岁。我现在早都活得超了。活多了有啥用？没用了。我不

马齿苋

132

怕吃你们的花你们的，单怕带累你们。假如有个病有个灾，躺在床上叫你们伺候，那不是带累你们啦？"

娘说的"带累"，就是连累的意思。娘一辈子好自立自强，我的记忆中，娘从没有说过她怕什么。而今她活过90岁了，反而心里有了这个"怕"字。

也可能就是因为有这个"怕"吧，我娘凡事总是自己料理。娘一直到老，都住在她和我爹盖起的老院子里。她一人住东边的半个院子，我二哥一家住西边的半个院子。虽然跟我二哥家共住一院，但是我娘是自个做饭自个吃。我娘有自己的小厨间，也有铁炉子和锅碗瓢盆。铁炉子是我结婚时买的，供冬天取暖之用。我娘让二哥把这个铁炉子搬到她的小厨间，她在黏稠的黄泥里掺了一把麦秸和头发，用它把铁炉子的内壁套好。别人的铁炉子只烧煤炭，而我娘的铁炉子却是既烧煤炭也烧木柴。冬天冷，她就烧我们给她买的煤块和我们小时候拾下的炭核。这些炭核都积攒了30多年了，娘还舍不得把它们丢掉。她说："这都是你们到盐池底下拾回来的，费死了气力啦。怎么能轻易就把它不要了？"炭核本来就是乏炭，不耐烧，加上放得时间太长了，因此烧起来一点也不旺。可是娘不嫌弃。夏天热了，娘就改烧木柴了。她说烧煤炭的话炉子整天都着着火，一热二费炭，无必要。她说："我到了做饭的时候，先把菜呀面条呀准备停当，然后点一把火。我一个人的饭，几根柴火就燎熟了，又简单又省事。"我娘在楼梯下的空间里堆了一堆钢炭，那是我们20多年前给她买的，她一直不舍得用。她说这么好的炭烧了可惜。

我们给她买的新锅新碗新筷子，娘都把它搁了起来。她做饭和炒菜用的都是同一个锅。那锅是铁的，光油油的，又小又轻，是对门的邮电家属院一个人送给她的旧炒菜锅。娘不嫌它旧，说这锅很灵，不吃火，好使唤。娘用它煮面条、焖米饭、炒菜，还用它炒馍花。

后来她把一个锅耳把碰掉了，但仍然喜欢使用它，一直用了好几年，用到她去世的时候。

说起炒馍花，还有一段有趣的故事。运城人把蒸馍切成玉米粒大小的方形碎块，这就叫馍花。用油、盐、葱花、花椒面把馍花一炒，就叫炒馍花。炒馍花非常好吃。我青少年的时候，如果要出去装粮、打墙或干重活，娘都要给我吃炒馍花。她说馍花吃饱了顶饥，肚里不饥身上就有劲。有一回，我弟弟把他家里生了黑斑的蒸馍拿来给了我娘，说让我娘喂鸡。娘当时有两只下蛋母鸡。隔了几天，我弟弟又去了，一进院子就问我娘吃啥好的呢，满院喷香。我娘说炒馍花呢，问他吃不吃。他说来一碗吧。他把我娘端来的炒馍花吃了两口，就哇一声吐出来了，问我娘这炒馍花怎么一股霉味。我娘说这就是你那天给我的馍馍呀。弟弟说那些馍馍都坏了，我是叫你喂鸡的呀。娘说："我看它们都还好好的，喂鸡不是太可惜啦？我只把馍皮揭下来喂了鸡，剩下的全炒了馍花。你吃，香着呢！"弟弟苦笑着无可奈何。从那以后，他再也不给我娘家里送喂鸡的馍馍了。

二哥二嫂这边如果是做了好饭，他们就给我娘端了过去。我娘也来者不拒。不过她曾对我说过："你二哥炒菜炒得太轻了，豆角还没变色呢就说炒熟了，吃着磕碜磕碜的，就跟吃甘蔗似的。"她还嫌他们炒的菜没有味儿。

娘喜欢穿自己做的衣裳。一年365天，总有300天她穿的都是她亲手给自己缝制的大布衫。她的棉衣棉袄、被子褥子都是她自己做的。她在离世之前，都是自己动手洗衣服。娘好干净，她对衣裳也十分怜惜。她一人生活，但身上的衣裳总是干干净净、整整齐齐的。她说人笑脏不笑旧，还说衣裳不能脏，脏了叫人觉得邋遢。每到下雨天，娘就把盆呀桶呀全放到房檐下接雨水，她喜欢用雨水洗衣裳，说雨水褪污。娘对我们说："人老了，手没劲了，洗衣裳也洗不成样儿了。过去我给大户人家洗衣裳，一件一件都要洗出底子来。哪像我现在，只在水里涮一涮就算洗好了。"

2012年的初冬，有一天我去看望老娘。刚走进我娘住的巷口，就遇见一个熟人。他住在巷子的老东头，而我娘的院子在老西头。他神秘兮兮地问我："兄弟，你娘今年多大岁数啦？"我说她93岁了。

他说："嗨呀，厉害，真厉害！这么大年纪了，你知道她每天几点就起床？"我说我娘每天都是凌晨4点起床，多年来一直是这样啊。

熟人说："哎呀呀，凌晨4点！我还在呼噜呼噜做梦哩，你娘就到河东广场锻炼去了。"我问他道："你见过她锻炼？"熟人说："那当然啦。昨天凌晨3点，我女儿打电话说她有妊娠反应，要我老婆赶快到她家里去。我起来送我老婆的时候路过河东广场，就看见有个黑影在那里走步，边走边抢着手中的拐棍。当时天上还飘着雪花花呢，很冷。我想这人不是鬼影就是有病，不然谁起这么早？送我老婆回来之后，那人还在广场锻炼。我想看看她究竟是谁。谁知走近一看，原来是你娘！你娘说她每天4点钟来、6点钟回家。谁有这个精神头？人常说八十成神九十成仙，你娘真是神仙了！"

2013年中秋节过后，我又回去看娘。娘正坐在小板凳上做针线活。她见我来了就说："嗯，我正好把它做好了。群儿，给你看看，看娘缝的针脚乱不乱？"我从她手中接过一双蓝布棉套袖。仔细一看，我说："娘，你的老功夫还在，针线活做得真好。我看呀，现在很难找出能比您做得好的人了！"娘很高兴说："我知道你是夸娘呢。不过，我也觉得这双套袖做得好呢。你看啊，两只套袖一般般大小，装的棉花也一般般薄厚。两头袖口和里外的合缝，缝的又细又密，连针脚都看不到。娘还专门找了块蓝布作表、驼色布作里，棉花是新弹的好花。"

看来，娘对她的手艺和作品很满意。我把两只套袖分别套在娘的两只手腕上，娘把手翻来覆去看了几遍说："行，很合适。我还担心我把它做不成呢！"我说："娘，您出门了就把它戴上吧。"娘说："我还有旧套袖戴呢，这一双我搁到柜子里。等我多会儿眼睛闭上了，你可记住把这双套袖给娘戴上。"说罢，她呵呵呵笑了，说："你姥姥一辈子喜欢戴套袖，娘一辈子也喜欢戴套袖……"

马齿苋

# 娘所说的娘

最亲切熟悉的话语还清晰地萦绕在我耳畔，它描述出许多故事和故事的精彩瞬间。每一情节都回味无穷，每一场景都梦绕魂牵……

# 枪子儿拐了弯

　　把枪打出的子弹叫"枪子儿"，把炮发射的炮弹叫"炮子儿"，既明白又形象，以前学张村的村民就是这样叫的。我娘当时正住在这个村。一颗枪子儿从土匪的枪管喷射而出，打在我娘的头上，然而它在头上未走直线却拐了个大弯——这简直是个不可思议的故事。

　　日本鬼子快投降的时候，芮城县作为日本人和国民党拉锯战的地方，十分混乱。整个中条山南，土匪横行，盗贼出没，人如同一只蚂蚁，随时随地都有被捻死的危险。尤其是那些有钱人，生命更是朝不保夕。我娘当时的家境，少吃没穿的，可即便如此，还遭到了土匪的袭击。

　　那是一个没有月亮的夜，整个村子静悄悄的。村里人有人住窑洞，有人住瓦房。所有家户都没有一星点儿灯火，好像谁家点灯就会招来灾祸似的。日本鬼子和国民党兵把老百姓糟害苦了，人们蜷缩在自己家里苟且偷生，心惊肉跳地做着可怕的梦。他们都在问自己：今夜大祸将会落在谁的头上？唉，也许是自己吧。反正全村都是待宰的羔羊，就看老天爷先要宰谁了！

　　可是，谁也没猜到这夜晚的灾祸会降临到我娘的头上！娘当时和爷爷、大哥3口人住在宽大的土窑洞里，这几孔窑洞位于村子南边，窑洞顶上是一条进村出村的土路。即使没有这条土路，土匪也会摸到我家来的。因为土匪很少贸然出来抢劫，一旦光临，那就是已经踩好了点、选中了目标。他们这次的目标，显然是找我母亲要钱。因为今天上午，我爷刚刚把他那头犁地耕田的老骡子卖了。土匪只

马齿菜

"少废话，拿钱来！"

打听到他卖了十几块银圆，可是不知道这些钱装在爷爷口袋里还没等到暖热呢，爷爷就把它们全部还给了债主了。

那夜娘刚刚睡下不久，闻得几声狗叫之后，土匪准确无误地在敲打窑洞的门板了。"开门，快开门！"声音凌厉而果断。我娘一听，就知道来者不善。娘问道："谁呀？黑更半夜的。""不要问，快开门！"敲门人发怒了。

娘忙穿好衣裳，唤醒大哥，点上油灯，把屋门打开。两条大汉闪身而进，他们用手巾在脸上绑了个"十"字，只露双眼，虽然此前我娘还没见过土匪，但她一看就知道这是土匪。

娘说："你们是渴了，还是饿了？渴了我去烧水，饿了我就生火做饭。""少废话！钱拿来！"一个年龄稍大的扬着手枪喝道。手枪带起的风差点把小油灯呼煽灭。

娘说："你们也看见了，这窑洞从里到外一眼望到底，瓮里只有几斤小米了，哪有钱呀？""少装蒜！给不给？"一个土匪说。娘说："没有装蒜，就是没钱呀。"

另一个土匪转着眼珠说："给你挑明吧：一匹骡子换的一把银圆，藏哪儿去啦？"他这一说，我母亲才明白了：原来土匪是为它而来的！这土匪的耳朵也太灵啦。娘说："今上午我公公倒是卖骡子了，可是卖的钱没离地方就还了账了，人家债主就在他屁股后头追着哩。"

"不信不信不信！你拿是不拿？"年纪轻的土匪晃着手枪威胁说，"狗叫的全村都听见了，我可没功夫跟你闲扯！"这时，睡在隔壁窑里的爷爷听见响动也连声咳嗽着起来了。那年纪大的土匪把他逼住不让他吭气。

年轻的土匪跺着脚喊："快拿钱！"娘说："你信我话吧！你看这屋里一老一小，老的上不了马，小的拉不开弓，我又是个女人，哪有钱给你们啊？"那土匪又扬了一下手枪说："快拿！"

马齿菜

我娘心里思忖：人说土匪都是杀人不眨眼的恶鬼，他们既然来了，绝不可能被你一番言语就打发走。拿钱，哪儿有钱？不给钱，土匪就要行凶！娘此时打定主意跟土匪周旋。

她对土匪说："你们如果非要不可，那我只好给你们说了：钱都埋在那堆棉花籽下面哩。"年轻的土匪听了说道："这不就对啦。"他左手端着油灯蹲到棉花籽堆前面，把手枪搁在右大腿上，右手慢慢刨那堆棉花籽，生怕把埋在里面的银圆刨碎似的。

一大堆棉花籽快要刨到底了。娘站在土匪身后静静看着，心里却急得冒火。眼看土匪就刨见底了，他发现没有银圆，肯定要下毒手！娘自小受苦受难，几经生死，是个有主意也有胆量的人。此刻她琢磨：今夜你不制他，他就要制你！先下手为强，后下手遭殃，和他们拼了！

那土匪刨着刨着，冷不防后腰被人抱住往前一推，她手里的灯打在地上灭了，他也差点儿被推倒。抱腰推他的不是别人，正是我娘。我娘心想：抱腰一推他，他腿上的手枪就会掉在棉花籽里，灯灭枪掉，她再大声喊叫，土匪就会跑掉。可是那贼人高马大，身手敏捷，娘只推灭了油灯而没有弄掉手枪。娘双手扣紧死死抱住土匪后腰大声呼叫，土匪甩了几甩也甩不脱，就把手枪从肩头背过去打了一枪。

枪声震耳欲聋！我娘觉得头顶一麻就栽倒在地上了。土匪见杀了人便没命地逃走了。爷爷大声哭叫着，以为娘被土匪打死了。一会儿，村里有大胆的人跑来了。他们点着灯，把我娘抬到炕上。她的头顶中了枪，血还在流，地上已经流了一大片了。有懂得的人急忙烧了一大把棉花灰，连火带灰全部捂到我娘的伤口上为她止血。第二天上午我娘苏醒过来了，她觉得满嘴都是枪药味儿。

村里人都过来看我娘。有人提供线索说，12里外的村子有个部队下来的老军医，他专会看枪伤。于是村里能跑腿的几个年轻人就请他去了。他们在村外大路上见到一位背竹筐拾马粪的老汉，穿得破破烂烂。向他打听，老汉说他就是他们要问的人。老先生原先在陕西咸阳的国民党驻军当军医，因年龄过大了，一年前才退休回村。他起初不肯来，说他从部队下来后就不给任何人治伤了。去请他的人缠住他跟他说，这家是孤儿寡母，还有一个满把胡子的老人，央求他救救他们。

老先生听了之后再没有言语，他在粪筐里藏了一个小药包，背着粪筐拿着粪叉就到我娘的村里来了。他剪去娘的头发，仔细查看了伤口说："嗯，你没有坑过人，连枪子都在你头顶拐了弯！"他让在场的人看伤口，枪子正对着我娘的头顶射进去，却又从另一侧钻出来了，明明确确是拐了个大弯！如果它是直着走，哪怕只走一点，那我娘早就没命了。

那老军医说对我娘说："我看了一辈子枪伤，还没有见过这样的奇事！你的伤我包了！"他拿出从西安带回来的好药给娘敷伤口。娘对他说："谢谢老伯搭救我。可您的好药给我少用一些，我给不起您药钱。"老军医说："你放心，我给你看好伤，不收你一个钱。"

老先生说到做到。之后，他又背着粪筐来给我娘换过几回药。每次换罢药，他都是饭也不吃一口、水也不喝一口就走了。最后一次换了药后，他对我娘说："伤口长好了，你再养养，就跟以前一样了。不过，有指甲盖那么大一片头发，怕是长不出来了。"娘要跪下给他磕头，他死活也不让，说："给有良心的人看病，我从来就不受人谢。"

过后不久，我娘头上裹着毛巾到邻村去。路上遇到一位素不相识的妇女。那妇女问："你就是挨土匪枪子儿的女人吧？"娘说是。那妇女说："你知道么，那老鬼死了！"娘问她老鬼是谁。那妇女说："就是你弟媳妇的娘家爹呀。一天不正干，总是溜邪道。就是他勾引土匪去要你家的卖骡子钱！外头人谁都知道，就你不知道呀！"

我娘说："那天夜里他用手巾缠着脸。怪不得他的走手我瞅着眼熟。哦，他怎么死啦？"那妇女说："土匪使枪打了你，回去想想是上了这老鬼的当。他们一怒之下把老鬼吊上柿树开了膛！哎呀呀，他的肠子肚子都叫野狗给撕得精光……"

娘听了这话慢慢地走了。她头上的伤还没有完全长好，那为非作歹的人就已经得到了报应。

"人叫人死死不了，天叫人死活不成"，"好人有好报，恶人有恶报"，经历了这场生死，我娘更相信这两句话了。

# 石人动　石马跑

依据我娘的口述，我用文字给大家分享几个已消失在历史云烟中的小镜头——

**镜头之一**

山东省清丰县（现在行政区划归河南省濮阳市）坡头村，清凌凌的河水就在不远处流淌，地里的庄稼苗儿却干旱得直冒青烟。人们顶旱下种，有些种子得到些许滋润，破土出苗了，而有些还沉睡在干燥的土壤里。忽然风起了，忽然天阴了，忽然天布甘霖，细密的春雨缠缠绵绵下了五六天。土地浸润，草木奋发。庄稼地里织满茵茵绿色，村民欢呼雀跃。不久之后，又是一场和风细雨，点滴入土，尽善尽美。小麦抽穗，豌豆结荚，油菜黄熟。任何人看到这场景都知道：一场老天赐予的大丰收就要来到了！

风又起了，天又阴了，雨又来了。不过，这一次老天一脸阴霾、满肚怒气，它以罕见的狂风暴雨来恣意发泄——哗哗的雨丝犹如瀑布自空而下。河水涨了，村子淹了，庄稼毁了！人们跪在屋顶上祈祷。雨于是停了，四野汪洋。我外祖父外祖母当时还很年轻，很能吃苦也很能干，但是他们连一把能生火的干柴草都找不下。外祖父把自家门框窗框卸了当柴，可是无米无面。他全家4口无物可食、无处可眠。一切都归了大水。挨了些日子，水退去了，满地湿黏，村里抬出几十具饿殍。恨长天无情，恨清河不亲！外祖父说："再不走，全家都是饿殍。"于是身材高大的他用扁担挑了两个筐，一头我舅，一头衣裳，外祖母拧着小脚领着我娘跟在他身后。走到村口，外祖

马齿菜

父回身凝望家园，他狠狠跺了一脚说："嘿，再也不回来了！"

## 镜头之二

外祖父他们要去哪儿？去山西最南边。他早就听说那里又长麦又长棉，而且从来不遭水淹。此番背井离乡，不就是因为一个"水"字吗？外祖父要彻底摆脱这个可怕的字眼。我娘当时6岁多了，她只知道天亮就走、天黑就歇，遇上人家就拿出碗来讨饭吃，没有人家就采些野菜充饥肠。不知走了多久，也不知走了多少路，反正最后落脚到了山西省蒲州（现在的山西省永济市）赵伊镇。这里水甜地土好，外祖父就租种了人家几十亩地。在老家他是庄稼把式，在这里也是。时来运转，一连几年都是风调雨顺好收成。丰衣足食后，他们还积攒了几十块白光光的银圆。手里有了它们，外祖父又萌发了思乡之情。他不认为它们是银圆，而是他回老家的盘缠。他说家乡活的有亲人，死的有祖坟，树梢连树根，人亲土也亲。外头再好，也找不到家乡的感觉。于是，归乡之路启程了。

## 镜头之三

黄尘滚滚的土路上，外祖父带着一家人风雨兼程。他推着一辆独轮车，他的身左身右，分别是我娘和我舅。外祖母是裹过的小脚，走路慢，因而她坐在车上。赵伊镇距运城不过130多里路程，他们第二天夜晚就到了解州城外。娘说解州城当时城墙很高，那天夜里月亮很明。他们在路上已经望见北门城楼上的灯笼了。外祖父对他们说："瞎子磨刀——快了快了！"全家人都很高兴。这时，正路过山脚下的一大片坟地。明晃晃的月光下，坟地里的墓冢和墓冢前立着的石头人、石头马、石头羊都看得一清二楚。忽然，娘看见石头人在走，石头马也在仰头甩尾刨蹄子，就连石头羊、石头猪都在低头啃草！娘吓得脊背发冷，悄悄对外祖父说："爹，石头人石头马都活啦！"外祖父说我早看见了，叫他们不要吭声，眼望着前方

的城门楼只管走，只当啥也没看见。就在说话之间，突然从坟地里蹦出来几个土匪，挡住外祖父的独轮车不让走。他们抖开独轮车上的包袱一顿搜寻，外祖母蒸的馍、烙的饼一概不要，衣裳和铺盖也掼在地上，最后只拿着装银圆的布包包跑了。外祖父倚着独轮车号啕大哭，外祖母坐在路边哭成了泪人，我娘和我舅也跟着痛哭，月亮不忍看而以云彩掩面，群山听哭声而发出回响……盘缠被掳走了，老家山东也回不成了，这可恨的解州城！他们只好在运城落了脚。那时运城还叫潞村城，是安邑县管辖的一个盐业重镇。

### 镜头之四

民国十八年（1929 年），晋南大旱，人们十成饿死了三成。地里的野菜和能吃的树皮都吃光了。我娘家里喂了一条狗，狗都饿死了。没有一颗粮食，我外祖母领着我娘和我舅整日挖野菜，回来用清水煮煮当饭吃。我娘吃野菜吃得一头黑发落了个精光，五黄六月，她只好用一块布围在头上。有一回六七天家里都没吃的，娘险些饿死。

后来听说盐池底下能要到饭，外祖母就到铲盐工聚集的工棚去讨要吃的。运城盐池东西 70 里长，有上万名盐工在各个盐场做苦工。他们吃的都是盐老板的仓谷米捞饭（一种蒸米饭）。仓谷米是用储藏了几年甚至十几年的谷子碾的小米，一股呛人的霉味。这些盐工都是穷苦人，他们的衣裳破了，自己不会缝。外祖母去的时候就带着针线，帮他们把破衣裳缝好补好。盐工们把自己吃的仓谷米捞饭拨出半碗给外祖母。我娘天天在家里盼着外祖母要饭回来。他们把要下的小米饭和拾下的白菜根、白菜帮放在一起熬，熬熟了分开吃。

冬天降了大雪，盐池的土坡太陡下不去。外祖父就拿一把铁锨铲雪，他在前面铲，外祖母跟在后头走，这样，一直从东门口铲到池底下，这条路有好几里长，不铲出这条小路，外祖母就要不回来吃的，那么一家人只有饿肚子。

## 镜头之五

卢沟桥事变之后，日本鬼子开始了全面侵华战争。运城镇所在的安邑县属于国民党的第二战区。二战区的人挨家挨户动员人们参军抗日。舅舅生于1922年，属狗，当时还不足16岁，他也被国民党部队动员走了。部队在解州驻扎和训练。只训练了几个月，战事吃紧，部队就坐火车沿同蒲铁路往北开去了。在那里国民党部队和八路军顶住日军精锐的进攻，打了著名的霍州战役和洪洞战役。不久，国民党部队就败下来了。活着回来的军官跟我外祖父说：日本人凶，枪炮好，把部队都打垮了。外祖母问我舅舅是死是活还是受伤了，军官说他不知道。于是外祖父托人到霍州、临汾一带寻找舅舅，可是没有结果。不知他被日本人打死了，还是跟着国民党的残余部队走了。

我娘曾多次跟我说过舅舅，说他小名叫狗儿，可不知参军后叫啥名字。娘说："你姥姥临死前也没有得到你舅舅的音讯。她念叨着说：狗儿是不是还活着？他是不是跟着国民党跑到台湾去啦？唉，他要是活着，肯定都当了大官啦……"2014年春天，我娘去世之前还跟我说起了舅舅，说他若还在人世的话，也有92岁了。他比我小3岁，属狗，春天生的。

马齿苋

# 月夜风门

　　20世纪40年代初的时候，爹和我娘居住在芮城县学张乡农村。村里有财主盖的砖瓦房，也有村民建的地窨院窑洞。地窨院是在平地上挖一个像院子似的深坑，再在深坑的土壁上掏出的窑洞。我娘他们就借居在这样窑洞里，说它冬天不用生炉火，夏天不用扇蒲扇，舒适而安宁。

　　村里有个姓张的医生，专门走村串巷给人看病。我爷爷跟张医生很熟惯，晚上经常去张医生那儿聊故经（事），张医生没事儿的时候也来跟爷爷闲聊。爷爷是山东人，张医生是河北人，他们相识于山西的偏僻山村，自然觉得可亲，并且视为知音。他有些缝缝补补的事儿，爷爷就叫我娘帮他的忙。家里人若有个头疼脑热的，也去找张医生诊治。

　　张医生出来的时候，把他邻居家的一个小年轻人带出来了。小伙子的父母想让儿子跟他到外面闯一闯，长长见识。小伙子很踏实，成了张医生的左膀右臂。忽然有一天，张医生收到家信说要他赶紧回家一趟。小伙子刚出来不久不想回家，张医生就帮他在村里找了家小财主，让他给人家当长工。当着张医生的面，财主家许下口约：每年除了吃饭，还给小伙子10块工钱，也就是10块银圆，那时这里花的还是银圆。安顿好了小伙子，张医生就踏上了返乡之路。临走时他对小伙说，他顶多半年就回来了。

　　小伙子勤恳耐劳，还有眼窍，村里人都说这家财主该幸运哩，找了这么个打着灯笼都难寻的好长工。小伙子的衣裳破了或扣子坏了，常找到我娘家里来让娘给他修补。日子快如马，不觉着一年过去了、一年又过去了，两年了仍没见张医生回来。这年腊月，小伙子急了，他已经出来两三年了，家里的父母怎样？他十分挂牵。可是张医生一直不来，从芮城县到河北老家，千里迢迢，人生路不熟，他怎么才能回家呀？急了一阵之后，小伙子拿定主意自个回家去。

可就在他张罗回家的时候，腊月二十几的一个早晨，小伙子被人五花大绑着，死在村外的麦子地里。那时的世界兵荒马乱，土匪、国民党、日本鬼子和抗日游击队轮番来村里。村里人有的被土匪绑票打死，有的被国民党催粮催款打死，有的被日本人当作游击队抓走，还有的人当汉奸为日本人干事，被游击队处决了。可是村里人不明白的是：这个小伙子无家无财无仇无怨且安分守己，谁又会对他下手呢？

我爷爷闻讯也去麦子地了。他和村里几位年纪大的人就在地边挖了个土坑，用黄土将其掩埋了。下葬时有人解下了绑在小伙子身上的绳索，发现绳头的木头板上写的是那家财主的名字。当地人家用的绳索，都拴着一个用烧红的铁棍烫了洞眼的小木板，一是防止丢失和混杂，二是方便于捆绑物件。人们私下议论道：他的死与财主有关。可议论归议论，谁也不敢出头查这件事。那时候人们都觉得：今晚上脱下的鞋明早还不知能不能再穿上，谁有胆量和能耐去管这件事呢？

张医生回老家料理完家事，就急忙返回芮城来。可半路上遇到打仗，他就绕道去了陕西。谁知半路又遇打仗，他只好住一段时间，走一段路程，边走边行医。不知不觉日月蹉跎，已经过去了两年多时间了。

这一天，张医生终于回到了村里。一回村他就去找那个被他领出来的小伙子。谁知财主说他早被人害死了。问是谁害的，答曰不

清楚。财主带着张医生来到小伙子的坟墓前，土坟上的荒草已经长得半人高了。

张医生又伤心又内疚还纳闷。他在小伙子的坟前烧了一把纸，哭了一通就回去睡觉了。他一路走来太疲惫了。夜晚山村静悄悄的，狗咬鸡叫声声入耳。张医生想着小伙子的死，感到他死因蹊跷。他后悔自己不该把他领出来，决定要把这件事查个水落石出。他想着想着就进了梦乡。

此时，他听见屋子的风门吱呀一声开了，接着又啪一声闭住了。什么是风门？风门就是在屋门的外面加装的独扇门，其主要作用是防风沙和为房间保暖。张医生以为是风门没关好，被风刮开了，于是就下床来关风门。可是他一看，风门闩得好好的，外面月色似水，一丝风也没有。他以为自己听错了，就回床上睡觉。谁知又是刚刚入睡，风门就像被大风吹动一样呼啦开了，紧接着又啪的一声闭上了。张医生急忙下床来看，风门仍是闩得好好的，他使劲推了推，推不开。这就怪了！张医生想着，就把门闩再插紧些，还用顶门棍将它顶牢，便又回去睡觉。可是故技重演——风门又是一开一闭，力震屋梁！

张医生自小行医，他不相信什么鬼神，可是这一回他感到毛骨悚然了。他自言自语念叨说："是有神了，还是有鬼了？您就托梦给我说吧，请不要吓唬和折腾我了。"连着念叨数遍，放倒身体便睡。奇怪的是风门不再一关一闭了，他也渐渐睡着了。

睡着之后，张医生就梦见那个小伙子泪流满面地进屋来了。他到床前扑通跪下说："张医生，给我报仇呀！"张医生梦里问他说："谁害的你？你快跟我说！"那小伙道："是财主把我害了！他图财害命。几个月之前，我想回家看父母，就向财主要工钱。您走后他两年多都没给我算过工钱。总是说他替我保管着，等您一来就给我。财主满口答应，说我走的时候就给我带上。可谁知他坏了良心，

马齿菜

想昧了我的工钱，又怕我不答应，就花了 5 块银圆雇了个恶人。他们趁我熟睡之际，将我按住绑了，用毛巾塞住我的嘴把我拉到村外，用镢头把我槌死了！张医生，我跟您出来时是个人，现在却是个鬼了！是您把我领到这里来的，您也一定要给我报仇哇……"

那小伙子说到这里，张医生忽然听见村里的公鸡叫了。他睁眼一看，天明了，方才是个梦。他仔细琢磨梦中的话语，觉得这大概就是事情的真相。他暗地里查访了几个掩埋小伙子的村民，他们把那根带血的绳索交给了他。绳索的小木板上写着财主的大名。他由于作恶心虚或是一时疏忽，而把最重要的证据留在小伙子身上了。张医生拿出自己身上所有的银圆去县城告状，县里派人把财主叫了去。不费力气，一问便招。他说的案情，就跟张医生梦里听小伙子说的一模一样。

张医生为小伙子报仇之后，就向村人告别。他说他要把公家赔偿给小伙子的银圆赶紧送给他的双亲。临走前，他还特意来到爹娘住的地窨院向爷爷辞行，还让娘用针线给他夹袄的破缝上补了个补丁。他对爷爷说：他这辈子不想再在外面混了，要回家乡去给人行医看病，直到终老。

# 撂死娃

　　"啥是撂死娃？就是把死去的小孩用小褥一裹，扔到天地庙前面的乱葬岗去。你要是给人家几个钱，人家还会挖个窝给他埋住，免得猪拱狗啃的。

　　"你三四个月大的时候，正好是春天，天慢慢热了，日子也好过了。你爹也跟着泥瓦匠老赵当小工去了。他们给人家干一宗活，就能领一些工钱，这样就能买米买面了，吃的也就不愁了。有了吃的，我的奶水也够你吃了。你的小脸也吃得白胖白胖了。可谁知道你这时候却闹开了肚子，整天整夜不停气地拉稀屎，有时我们吃一顿饭你就要拉一两回呢，我饭碗还没端起，你吱儿一声就拉一回。小屁股给你擦干洗净了，刚把你往床上一放，吱儿，你又拉了！

　　"你两个哥都是我拉扯大的，可人家都没见过像你这样拉肚子的。这真把人折腾坏啦！起头你拉的虽然也是稀屎，但它还是黄色的。拉着拉着越不行了，它成了稀汤了。再往后，稀汤也不是稀汤啦，你知道成了啥啦？成了白水水啦！

　　"别说娘那时候才35岁，就是现在我都七老八十啦，我也没有见过这号事情。于是我赶紧叫你爷来看，你爷说：'这白水水不是别的，它是娃吃你的奶水啊。人常说：活到老，经不了。唉，我可是见了世面啦——头一回见这娃娃能吃啥拉啥！'

　　"你爷还对我说：'这娃的肠和胃上下都直通啦。从山东，到山西，我连听也没有听说过还有这么怪的娃娃！'你爷还说：'怕是不好。你还是赶紧去医院给娃娃看看吧。'

马齿菜

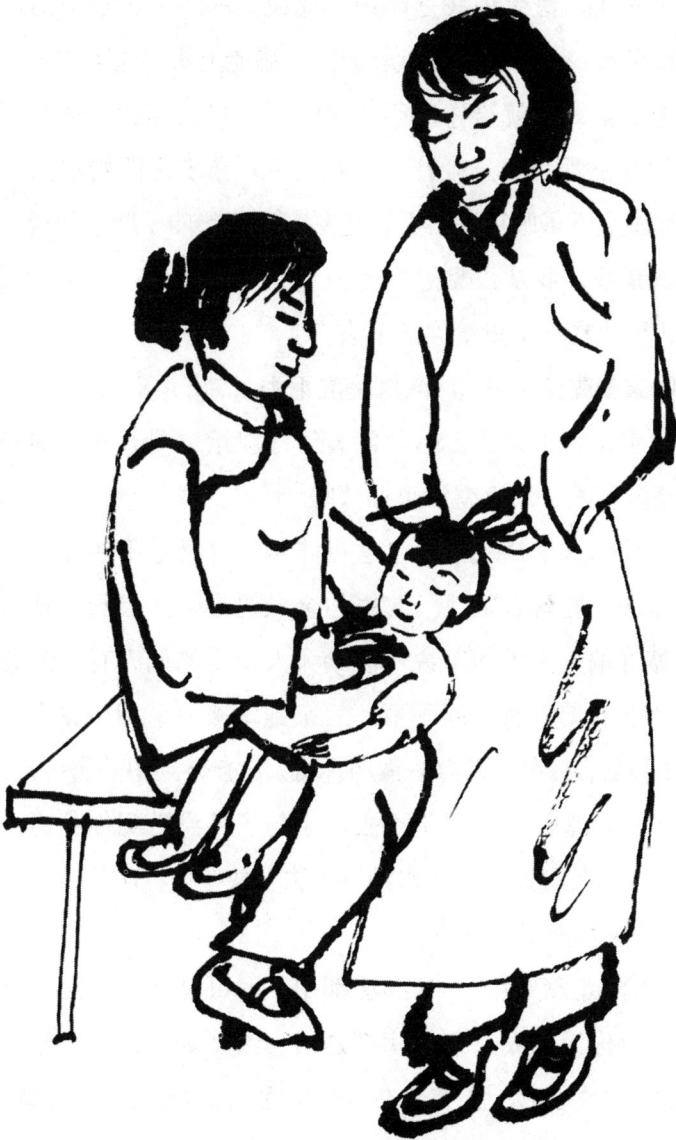

"我把你抱到医院，医生也觉得不可相信。他说，这孩子也不发烧，到底是个什么病呢？我对医生说，他上面正吃奶哩，下面就把奶水拉下来了。医生说我是胡说，他说人的肠子为啥叫肠子，就因为它很长很长，还在肚子里盘着圈圈。哪能上头一吃下面就拉呢？

"见他不信，我就给你喂奶。刚吃了几口，你就啊啊啊要哭，我想是你的肚子难受吧。接着，吱儿一声，白乎乎的奶水拉在屁股垫上了。那医生下了眼镜看了看，还拿起屁股垫闻了闻。他说：嘿，奶腥味！就是怪，我从没见过！他坐那儿想了半天，给我开了一小包片片药，说化在开水里给你灌下去。

"我回家就先给你灌药。灌倒是灌下去了，可是不大一会儿工夫，你就把药水水也拉下来了。怕你渴着了，就给你喂开水，谁知你喝了开水也是拉！唉，简直就没个办法啦。

"你爹看你这个样就说：'这可咋整？好汉吃不住三天拉哩，拉肚子止不住，娃就毁啦。'院里你金凤妈是个热心肠，她跑到街上四处去打听偏方。她回来说：能给大人使唤的偏方有，给几个月大的娃娃使唤的偏方暂时问不下。后来她拿来一个草药偏方，说是抓些这、抓些那，搁在一起熬一熬叫你喝。你爹就到中药房抓回来了。我也熬好了，可是，给你灌不下去。小勺子还没送到你嘴边，你就哇哇哭了，牙龈咬得死紧，药水灌不进去。放些白糖哄你喝一点儿，可是你喝一勺就能吐出来两勺！

"唉，啥办法都想了，啥办法都用了，可是你还是拉得不停。我气了，就对你说：人家害个病都是治一治就好了，怎么你这娃害了病再治也治不好？嗨，人有命在骨头里呢，能扛住这病，你就能活；扛不住这病，你就难活。我说的时候，你两眼瞅着我，小嘴也啊啊咕嘟着，看似听懂了，可我想你听不懂——你才几个月大呀……

"日子一天天熬着，全家都替你犯愁。我们总是想法给你摆治，

马齿菜

可是你一天不如一天。到了这一天，喂你水你也不喝了，喂你面汤你也不喝了，就连娘的奶都不吃了。奶头送到你嘴里，你都衔不住它了。

"你爹抱了抱你说：'这娃的头都撅不起来了，也不怎么动弹了。'抱去让你爷看，你爷说：'出气进气有一口没一口的，这娃怕是不行啦。'

"西房的金凤妈也过来看你。她看了看，扑簌簌掉泪说：'李家姐，娃身体太弱了。真恓惶……'金凤妈还说，'现在太阳还老高哩，咱耐磨到傍晚，再看看他是个啥景吧。'

"我记得那天天黑得很晚，平时这个时候它早就黑了，可是那天它一直不黑。也许老天爷也在看着你哩。就在天刚擦黑的时候，金凤妈又过咱家里来了。她一句话还没说就先去瞅你。摸摸你的头，拉拉你的手，这才说话。她说：'娃怕是不行了。我后晌去找了老刘根，约好他明天黑愣愣眼的时候到咱院的大门口候着。他问谁家的娃不在了，我没跟他说，只说你等在门外就对了。李家姐，说句不该说的话吧：娃要是真那个了，他就不是这世上人——明天叫老刘根趁早把他撂了吧。对了，我还嘱咐老刘根带上一把铁锨，给娃剜个坑，剜深点，土埋好，拍瓷实……'

"金凤妈真是个天下少有的热心人。她找的那个老刘根，平时就是给人家打墓抬棺、埋死人的。他上有父母，下有儿女，是个全人。金凤妈把咱们没有想到的事情都排挞周到了。

"夜里，我贴胸搂着你，怕你真的就没气了。说来也怪，这一夜还没有觉着呢，就听公鸡叫头遍了。不一会儿，又听公鸡叫二遍了。再过了一会儿，就听见金凤妈在窗外小声说话哩。她说：'李家姐，娃咋样了？老刘根都等在大门外了。'

"我开开屋门跟金凤妈说：'整整一夜没听他吱一声了。不过，摸着他身上还有一丝丝温气儿哩……'金凤妈仔细摸了摸说：'真的还有一点点儿温气儿。这时候不能把娃给撂了——他还有一口气儿哩！'

"我说：'金凤妈，要不再等上一天吧。或许还能缓过来哩！'金凤妈也说：'起死回生的事儿，我也不是没有听人说过。还是那句老话：娃要有命，在他骨头里哩！我出去给老刘根说一声，叫他先回去吧。'

"金凤妈出去后，我听见老刘根在大门口高声说：'原来是李家姐的三娃呀。哦，还没断气哩。没事儿没事儿，我跑这几步算啥呀？我看这个娃呀，命大福也大哩。不信你看着：他撂不了啦！'

"老刘根的话你爹也听见了，他说：'阎王爷如果要他小命，他就等不到天明。这不，天都明啦！'

"说来他们都不信：那天早晨，日头又红又亮，晒得人身上暖烘烘的。上午九点多的时辰，金凤妈小跑着从街上回来了。她进门就说：'李家姐，可有办法了——我刚才听说庙背后福音堂边上才开了个卫生院，有个老修女会看病，也有好药。好多人都看好了。咱把娃抱去试一试吧！'

"金凤妈在前头走，我抱上你在后头跟。看病的老修女50多岁，白袄上套着黑褂，很利索。她给你看了看，打了一针，收了两毛八分钱。我问她这娃还能活吗，修女说，过了今天就没事儿了。

"嗯，当天夜里，你就又会哭了。我喂你奶头，你衔住就咂。我给你爹和你爷说，他们都高兴得半夜不睡。你爷说：有命，在他骨头里呢……"

这是我娘给我讲的故事。那个要撂的"死娃"，他就是我。

马齿菜

# 卖 娃

　　"你有几个娃？""娃多大了？""娃在哪儿上学？""娃结了婚没有？"在我的家乡，经常会听到人们这样的问话。人们所说的"娃"，指的就是孩子。男孩和女孩，都可以说成"男娃"和"女娃"。这是一个地方的习惯称谓，自有它深远的历史文化渊源。

　　可是我娘并不知道也不想知道这个渊源。此刻，外面夜色沉沉，家里灯火昏暗，她明亮的双眸盯着床上的一个闭眼酣睡的婴儿。这是一个男婴，10天前才过了他的周岁生日。这是我娘的第三个儿子。娘整天穷忙少闲，至今还没有时间给他起个正式名字，娘只有给家人和邻居对话时才称他为"三娃"。

　　"反正三娃还小，你给他起个名儿他也不知道那就是他的名儿。"我娘说："他要不要名儿还不都是他？等他长大了，自然就会有名儿的。"

　　然而，我娘是等不到他长大了。为啥？因为他明天一早就要被人抱走了！

　　——抱他这人是谁？不认得。

　　——他要把三娃抱到哪里去？抱到他的家里去。

　　——我娘的孩子怎么能让他抱走？因为人家说好要给我娘120块钱！

　　——哦，原来这三娃是卖给这人的？不，说"卖娃"不好听，我娘一听这个字心就像刀剜似的。咱不能说是"卖娃"，就说是"抱走"吧……

娘所说的娘

159

我娘神色黯然地盯着酣睡的三娃，心里如同乱麻；三娃泰然自若地酣睡着，不知道我娘将要卖他。

今天已是腊月二十六了。"二十三，过小年，推石磨，罗白面，做花馍，蒸枣山。"但是传统小年都过去 3 天了，我娘的面瓮里既没有装下白面，我家的馍筐里也没有蒸下枣山。此时的家境是：我爷爷生病躺在垫着厚厚的麦秸秆的床铺上，我爹爹由于没有个正经干的而闲在家里。一家老小要吃要喝不说，更要命的是还要过年！

过去有句老话说：潼关好渡，年关难过。娘和爹都愁死了，他们在威力无比的贫困面前束手无策。午间的太阳弱弱地洒满了我们的院落。忽然，住在同一所院子西厢房的金凤妈来到了我家住的东厢房。

金凤妈比我娘小一两岁，有一个独生女名叫金凤，年岁比我二哥大一点。金凤爹是搬运工，每月有固定收入，因此她家的生活可以丰衣足食。金凤妈不是一般的人，她也是受苦过来的，热心善良，好管闲事。她在阜巷、大、小胡家巷、前、后仓巷这五六条小巷里经常穿梭往来，替街坊邻居跑腿说话。家庭调解，说媒结亲，大到红白喜事，小到借衣服借面，她几乎都能为大家伙斡旋。

金凤妈进屋就说："哦，我刚才都看见了那个催债的来了，也听见他说话了。李家姐，你家的情况我一眼看到底——今年年都难过，你们拿啥还他这 120 块钱呢？"

娘说："借人家这钱时候也不短了，原来想着今年秋后就能还了人家，谁知水不由鱼、事不由己。现在一家吃喝都紧巴巴的，怎么还人家这钱？"金凤妈说："那就叫我再去跟他说说，先过了今年，明年再还。"

我娘说："先不要给人家说吧。当初人家借钱给咱的时候，一分钱利息都不要咱的。他好人好心，是着实想帮助咱哩。咱早该还人家钱了，却一拖再拖。唉，这不是让人家寒心嘛。"

金凤妈足智多谋，很善于谋划事情，但她也没好办法。大家静默了一会儿，金凤妈说："实在不行的话，我先借给你20块钱，你先给了他。对凑过了年，开春他爹有活干了，这不就能慢慢还他钱了吗？"娘说："咋能再给你添麻烦？"

正说到这儿，院里进来一个老大娘，张口就喊金凤妈。金凤妈说："我在这说话呢。生生妈，找我肯定有事儿吧？"生生妈说："你这儿好说话吗？"金凤妈说，有啥话不好说？不好说就去我家里说。生生妈说："其实也好说——我有个亲外甥快40岁了，他媳妇至今不怀娃。今天他两口子买了一块豆腐来看我，说想抱养一个娃。你知道，他要一岁左右的，还须是'小茶壶'。外甥家的条件好着呢，吃穿都不愁。我是烦你打听打听，看看这街巷里有没有合适的茬口？"金凤妈说："就要过年了，谁家的娃这时候叫他抱哩？过了年再说吧。"

娘这时正抱着三娃喂奶。她跟金凤妈说："咱到你屋里说句话。"进了金凤妈的屋子，娘说："他婶婶，你甭出门打听啦。你问问咱的三娃他抱不抱？"金凤妈眼珠瞪得酒盅大，问道："这三娃？你，哎呀，可不行啊！"娘说："三娃怀胎十月，五官端正，刚满一岁，还是把'小茶壶'，他哪儿不行呀？"金凤妈道："我说是不能把他抱走！"娘说："娃都是娘心头肉，谁舍得给人？可是你看现在的光景，就走到这一步啦！"金凤妈说："反正我不同意！"娘说："我主意定了，还得烦劳你当这个说话人哩。不过，他能给咱多少钱？少了可不行。因为我要还人家的债。"金凤妈听了这话，眼泪哗地流了下来……

傍晚，生生妈领着她外甥和外甥媳妇来了。他们先见了金凤妈，又到我家看了看三娃。那媳妇还想抱一抱三娃，谁知他忽然大哭起来，因此也没有抱成。他们走后，金凤妈进屋来说："李家姐，我管这

马齿菜

162

事儿就是造孽呀。骨肉只能说合，哪有给人说散的？你和他爹再想想吧。"娘说："这不是你造孽，是我们托你帮个忙哩。我和他爹都想好了：就让他们抱走！抱走了也好，不叫他跟着我们受穷了。"金凤妈说："人家只出到120块钱，多一块钱都不出了。你们看……"

娘说："刚好能还清人家的债。不说啦，就这吧。他啥时候来抱娃？"金凤妈说："明天天不明就来。这号事儿不能大张旗鼓地干，趁着三娃睡着时把小褓一包，他不哭不叫的，你们也能少些难受……"还没说完，金凤妈就手捂住嘴哽咽着走了。

三娃这一夜睡得很香甜，娘不断地把奶头塞到他嘴里，嘴里流出来的奶汁，把他的小枕头都浸湿了，娘的枕头也被她自己的泪水浸湿了。

第二天凌晨5点多，生生妈的亲外甥就来了。他还特意带了一件大棉袄，以便抱三娃回家的时候不让孩子受凉。我娘和我爹早就坐在煤油灯下等他了。他进了屋门说："娃好着吧？"娘说："吃得嘓儿嘓儿的，还没睡醒哩。现在抱走最好……"

那人说："我还得跟你们说一下：昨夜我们回去又商量了，我只给你们100块钱。因为我和媳妇都觉得给这个数也就差不多了。这不，你们点一点，我就把三娃抱走了。"

屋子里霎时宁静下来，空气像凝固了一样。煤油灯下，那抱娃的人右手拿着一沓钞票伸在爹娘面前晃动。

"说好的120你给100，你走，娃不卖啦！"突然，一声霹雳炸响，这是爹在咆哮。"对，娃不卖啦！不卖啦！"这是娘在号叫。

那人惊得猛一哆嗦，闪电般缩回了擎钞票的手。他说："那、那、那我回家再给你们取20块钱。还是原先的数，我把三娃抱走。"

"你走！再不走，拿顶门杠砸你！"爹喊道。

"莫说再取20块钱，你就再取100块钱，三娃也不卖了！"我娘斩钉截铁地说。

那人拎着棉袄悻悻而去。

爹说："他要是一下就拿出 120 块来，那三娃不叫他抱走都不行了——因为咱跟人家说下那话啦。可好，他只拿出了 100 块。"爹说，"100 块，债也还不清，娃也没有了！"

娘说："我想了一夜，我就想：人家买娃是图啥哩？"

天色亮了，万里祥云。床上温暖的被窝里，三娃还在甜睡。他压根儿就不知道昨天和今天发生的事情。

他是我娘的第三个儿子，他就是我，那时候娘叫我三娃。7 年后我报名上学时，娘才给我起了个名字叫承群。从此，我就有了大名。

马齿菜

# 韩介公家的奶姆

这是我娘亲口讲述的故事，也是她的亲身亲历——

你爷常说："偷人不犯遍数少。若要人不知，除非己莫为。"这是说做贼的人，迟早要被人逮住。假如没有被逮住，那还是他偷人的次数还不够多。

韩介公当时住在胡家巷，也是运城有名的人。他家也不是很富，可有宅有院，能雇起伙计和丫鬟。旧社会能雇起伙计和丫鬟的人家都算得上是财主。没有钱的穷人，只能给人家当伙计，或打短工，或当长工。

韩介公当年大概50多岁了，他的大老婆不能生育，娶了二老婆之后，生了个白胖小子。老树开花，韩介公别提多高兴了。

有一天，韩介公见了你爷说："管哥，身体好哇。"你爷说："老韩，看来你气色不太好。家里是不是出了事？"韩介公说："老兄你说对啦，我家就是出了点事儿——昨夜里被盗啦！"你爷问没了些啥东西，韩介公说："没的东西倒不值钱。可我觉得这事儿不对劲。你想，我住的是两进门的四合院，几道门都闩得紧紧的，还卧着一条大狼狗。昨夜里，没刮风也没下雨，狗没叫门没响，可是刚磨下的200斤白面叫人背走了！偷走白面是个小事儿，我怕是偷面的还会盗我其他东西哩！"

听了他一席话，你爷说道："老韩，你别说了。我断定偷你面的是内贼。"韩介公说："内贼？我家除了我老婆就是孩子，谁偷我的面哩？"你爷问他："你的老婆孩子不偷你，你雇的伙计偷不偷你？"

　　韩介公听了，半晌无语，随后说道："管哥，你这一点拨，我倒是想起了一个人。可无凭无证啊。"你爷说："老韩，二三百斤面，对你来说也不值啥。能过去就过去吧，冤家易解不宜结啊。再说也快过年了，若真是你家的伙计干的，我看就饶过他这一回吧，叫他也好好过个年。"韩介公点点头说："也只能这样啦。"

　　时间不长，年关就到了。家家户户，不管穷富，都开始张罗过年。韩介公家过年自然跟一般家户不一样。他叫人送来几马车蓝炭（即人工炼制的焦炭），又叫伙计们淘麦子磨面。磨了三四百斤麦子的白面，全晾在大蒲篮里面，怕面湿捂坏了。上一回的面就是晾在蒲篮里被偷了，所以这一回他特别小心。他亲自锁了磨坊的门，还把大狼狗喂饱了拴在磨坊门口。腊月尽头天冷风大，半夜里风声呜呜，外面的动静都听不大清楚。一觉睡醒，天已大明了。韩介公起来先去看磨坊里的面。狗卧在磨坊门口，磨坊门上的铜锁锁得好好的，可是3蒲篮白面里，有一蒲篮被挖得精光！

　　小心小心还是被盗了！韩介公见了你爷又说这事儿。他唉声叹气道："这回我算是服了！你说会是啥人干的？难道真是像人常说的是被小鬼儿背走啦？"你爷说："神鬼都不偷人，只有人会偷人。你也甭急，你也甭恼，回去坐那儿好好想一想，也许就知道是谁了。"

　　说话之间年就过了。破五过罢就是正月初六了。你爷在街上碰见了韩介公，他把你爷拽到僻静的墙根儿说："管哥呀，被你说准了——偷面人是我家奶姆！"你爷说你终于想出来了。他说这不是他想出来的，而是叫人查出来的。问他怎么查的，韩介公说："前年春天，我雇了姓毛的女人给我儿子当奶姆，如今两年多了。这女人三十几岁，身体硕实。她生了个娃娃没长成，奶水可饱啦。我那二婆娘没奶水，儿子就吃这女人的奶。为叫奶姆下奶多，我承许她

在我家里吃饭。只有她吃好了饭，我儿才能吃好她的奶呀。一开始这女人倒很本分，不多说话，也不多插事儿，有时候连院子里都不去。可是去年后半年就变样啦，大概是觉得她养我儿有功了。脾气大了，也有了身份了，有时还叱咤其他伙计哩。唉，真把我家当成她家了！她随便吃喝不说，还时不时地就把我家的东西夹在胳肢窝底下拿走了。她有个男人没事干，就在谢家巷赁了一间房。平时这奶姆回家的时候，我总给她带些吃食，叫他给他男人吃。每月的工钱，我也叫人准时给他，没有短过她一个钱。"

你爷问道："奶姆夜里歇在你家里吗？"答曰："在我家住了近一年。后来我家人觉得她也太家常了，就劝她住到了外面。不过，她每天一早就到我家，吃罢晚饭收拾一下就走了。"你爷说："这都没啥可疑的。你查出她啥事儿呀？"

韩介公说："管哥呀，我问你啊：冬天你烧得起蓝炭么？"你爷笑着说："我家饥一顿、饱一顿的，不饿死就不错啦。黑铁炉子蓝炭火，只有你这财主才烧得起呀。哈哈！"韩介公说："知道你烧不起。这潞村（运城）城里，能烧起的不过三五十户罢了。可是，我的奶姆却烧得起哩！"你爷听了眼睁得老大说："你真看见啦？"韩介公说："我指派去的伙计看见了！"你爷一声慨叹说："唉，吃了几颗豆就打饱嗝的东西，就不知道藏着掖着！一点点福气都叫蓝炭火烧光了！"

"她笼里蒸的白面馍，屋里生的蓝炭火。我给她开的工钱是不少，可是也要不起这大势法呀。白面是他们背走了，狼狗夜里不咬，是因为他俩是熟人，我的院门她知道咋就能拨开。磨坊的锁原有两把钥匙，后来一把不见了。有人见她经常拿它给我儿子要，最后还不是要到她家啦？"

你爷听了觉得有理有据，就问他打算怎么办。韩介公说："我想听听你的主意哩。"你爷说:"哪有老财问穷棒子主意的!"韩介公说:"你穷是穷,见识可不穷。老哥你说个主意,错了对了都不怨你。行么?"他再三央求,你爷只好说:"但凡我说出来,那你一定要听。"韩介公鸡叨米似的点头。你爷捋着胡子说:"最好的办法:你把她辞了算啦。也不显山,也不露水,就说娃已经会吃馍馍饭了,不能叫他再恋奶头疙瘩啦。你再给她些东西,也是给你干了一场嘛,你就大仁大义些,家底总比她要厚吧?至于白面呀,蓝炭呀,他们吃也吃啦,烧也烧啦,你只当是你家吃啦烧啦,忍个肚子疼,不要提啦。"韩介公听罢半晌不语,最后一拍大腿说:"得饶人时且饶人,这还是你老哥说的。就依了你吧!"

这话说了没几天,韩介公就把奶姆辞退了。他没有报官,也没有给奶姆难看,一切都是照你爷的话来办的。奶姆自感底虚,也没说啥,只是使劲亲了亲她奶大的胖小子,随后掉着泪蛋儿走了。临走,韩介公婆娘还送了她一包袱衣裳,拾了些馍呀菜呀叫她拿上。

一晃又过去了几个月。有一天你爷出门走到姚家巷,听说小学校逮了一个贼,人们纷纷跑到学校去看。只见一个人被吊在井台边上的柳树上。人家用弓弦只拴住他的两根大拇指,一看就知道有多惨痛!校工还用竹劈子抽打。是人谁能经得住这个折磨?他一五一十全招了。

原来,他就是韩介公家奶姆的男人。奶姆被辞后,两口子坐吃山空,没有一点点钱了。没钱就开始典卖东西。她一个穷家有屁典卖的?有几件囫囵衣裳还是韩家老婆给的,值不了几个钱,几天就吃完了。这一天,有收烂货的在他们门前吆喝,她男人就把一盘井绳拿出去卖,卖了几个钱不知道。收烂货的推了个车车,收下这盘井绳之后,就把它搁在车头上继续吆喝。他走到学校门口时,正好学校的伙夫出来了,他拿起井绳来仔细瞅了瞅,然后问这是在哪儿收的。收烂货的告诉他在哪儿哪儿收的。伙夫又问花多钱收的，又告诉他花了多钱。伙夫说："我多给你俩钱，卖给我吧。"伙夫把井绳拿到学校，往水井的辘轳上一绑，哈，原来就是丢的那盘井绳！

这一下学校去了几个人，把奶姆的屋子翻了个遍，还找着几个铜尿盆，都是在别人家屋里偷的。学校把她男人弄走吊在树上，他招供后就把他当作贼娃子送去坐牢了。

那时候坐牢后都要家里人送饭吃，牢里是不管犯人吃喝的。这奶姆开始还弄些吃食给男人送去，时间一长，她都没有吃的了，还咋给男人送饭？看牢子的人眼看这男人饿得该死哩，就把他放了。他身上被打的伤都烂成了脓包，走也走不动了，回到家里不长时间就死了。奶姆也穷得不像人了，不知道她怎么把她男人埋了埋，就从此不见了。可能是回老家了，也可能跟什么人走了。

1947年底运城解放时，韩介公的年岁还不是太大。解放以后他一家人都不知道跑到哪里去了。你爷常跟人讲起这个故事，说饿死不做贼，屈死不告状。做贼没有好下场。

马齿菜

# 文物级干酱

街坊四邻都吃过我娘腌的咸菜，都说我娘腌的咸菜好吃。但是她们不知道一个秘密，这个秘密就是我娘腌菜时，总要往腌菜瓮里放一种赭黑色的东西。虽然放的很少，但这东西天上难寻地上缺，世间唯独我娘有。

日本鬼子开到运城后，就把老康杰中学所在的百十亩好地造成了兵营。这一大片地方平展广阔，鬼子们就在这儿驻扎、训练，并策划长久霸占中国的阴谋。我娘和我外祖母当时住在卫家小巷，距离日本兵营不过几百米而已。外祖母差不多每天都要到兵营的后门去一趟。不是刺探鬼子的情报，也不是给鬼子送情报。去干啥？拾。拾啥？啥都拾。

鬼子兵营里有多少鬼子，我娘不知道，外祖母也不知道。但是她们都知道鬼子的兵营每天倒出几车炉灰和几车垃圾。这些炉灰和垃圾是鬼子们生活后的废物，就倾倒在兵营后门不远的大坑里。可它们是我娘一家的可贵资源。炉灰里有没有燃烧完的化石——炭核，垃圾里还有鬼子们丢弃的各种破旧物品。即使只捡到了炭核那也是走运，因为这些炭核拿将回家便可以生炉子做饭；如果再捡到了一些破旧物品那就更好了，因为穷人家从不怕东西破旧，而最怕啥都没有，哪怕又破又烂的东西，对我娘他们来说，也是求之不得；假如既能捡到炭核又能捡到破烂的话，那肯定是老天恩赐、人行大运了。

而我外祖母的运气向来不错。有一回，她扡着竹筐到兵营后门去，两只喜鹊一路追着她叫。她心想：今天可能有双喜临门。果然，

她刚到土坑那里，后门就开了，两车炉灰和一车垃圾倒了出来。炉灰里有不少黑色的炭核，小的像枣，大的像核桃。我外祖母先捡炭核，不一会筐子就满了。接下来她就用铁耙钩刨垃圾堆，还没刨几下，就听见金属的声音，一瞧，是一个铁家伙。再刨，刨出了一个圆头细尾巴的东西，她认识它，是日本人的迫击炮弹。因为日本人在运城打过仗，野地里经常能见到这种没有炸响的炸弹。外祖母生怕它惹来什么麻烦，于是急忙把炮弹放到坑底用垃圾埋住，然后继续在垃圾堆里搜寻。忽然，她刨出一个大洋铁桶，这桶不是圆的，而是方的。它的铁皮盖上有一个手提的铁环。外祖母一掂，沉甸甸的。铁盖的一个角开了个小口，她把口子弄开，一股酱香气冒出来，找了根树枝伸进桶里搅了搅，嘿，树枝上沾满了棕黄色的稠酱。咬一点尝了尝，又咸又香！大概是日本人认为这桶酱味道不好或是已经过期了吧，反正是他们把它扔了。外祖母如获至宝，一手提着酱桶，一手提着炭核就回家了。一路上，她一直在心里感谢那两只喜鹊。

外祖父把这个洋铁皮酱桶擦干净，使剪子把盖子上的小口子剪开，又把桶口沾了灰土的酱剔除。他对我娘说："小鬼子真能哩！这桶酱是用大米做的，仔细看，还能分得清一个一个的米粒呢。就跟你奶奶晒的酱豆很像。"

有了这桶酱，水煮的灰条、荠菜、扫帚苗和面条菜等野菜也有滋味了。外祖母还在盐池下讨来了仓谷米捞饭，又在日本人兵营外拾到了萝卜头、白菜根和白菜帮子，她把这些东西烩到一起烹煮，然后调上一点点大米酱，菜香酱香，满屋子荡漾，全家都恍惚以为在过大年了。

日本侵略者给中华民族带来了旷世灾难，他们在中国的土地上烧杀抢掠无恶不作，是必遭天谴地惩的坏种。我娘他们享用着从日本人垃圾堆里捡来的这桶酱，却认为它是老天爷的恩赐，与东洋鬼并无任何关系。外祖父说："东洋鬼就是该千刀万剐的挨刀贼！他们来了，咱们才活得不像人了！"

尽管外祖父提起日本人就恨得咬牙切齿，但是外祖母还是少不了去日本兵营后门捡拾续命之需。

我娘出嫁后不久，有一次回来看望她的爹娘。外祖母拿出一件瓷器说："俊英，我几天前在日本兵营外捡了一个东西。你瞅，说它是个碗吧，可它是平底，倒像个盆；说它是个盆吧，它可只有碗这么大。哎，碗不像碗，盆不是盆，不知是个啥东西！"娘一瞅，的确如此。它是白瓷烧的，厚墩墩的挺结实，上面还有一个蓝色的五角星。外祖父说；"大概是日本人吃饭的碗吧？反正这龟孙子就是歪种，跟咱们不一样！"

外祖母把这个"碗"给了我娘，叫她拿回家做个盐碗，因为它底平身沉，能放得稳。我娘把它拿回了自己的家，用它盛了食盐搁在案板头上。她从那时候一直用到她去世，使用了70多年。我收拾我娘的遗物时，把这个被外祖母命名的盐碗珍藏到了我家中。它是白瓷的，上面烧制着一个蓝色五角星。有个研究文物的朋友说，它是日本鬼子的军用饭碗。

那一洋铁桶的大米酱外祖母总是不舍得多用。一年、两年、三年，日本鬼子都缴了枪走了，她的酱还有多半桶呢。苦日子熬着熬着就熬出头了，运城很快解放了。外祖母把剩下的酱给了我娘家里，说不吃这东西了，可是它还有味道，叫我娘腌萝卜、腌芥疙瘩的时候往瓮里搁一点。

于是，我娘每年冬天腌的咸菜，就有了这大米酱的黑红酱色。我们小时候，常拿着咸菜在外面吃，人们看见便问："你家的萝卜咋腌得这么像咸菜呢？"我娘不叫我们说，所以我们不说。的确，打开我娘的腌菜瓮，就能闻到一丝酱香味，很淡，但能闻到。

马齿菜

时光流转，岁月匆匆，一晃几十年过去了。娘85岁的时候，我们把她住了38年的土坯房翻盖成了砖瓦房。整理东西的时候，我发现了那个装酱的洋铁桶。里面的酱早就干了，我说把它扔了吧。娘说你把桶扔了，把里面的酱给我抠出来。我遵命。铁桶里倒出来的都是像散大米似的干酱粒，一颗颗就像黑色的大米。放在鼻子下面，还能闻到咸酱味。娘把它装在一个小布袋里，挂在厨房墙壁上。每年她腌菜的时候，还要给腌菜罐里搁上一点儿。她说放上一点儿它，好看又好吃。她还说这是你姥姥拾下的，谁想到用了一辈子。我们说这早成了出土文物了，您还在吃。她说："超市里好吃的酱多着哩。可是它们跟你姥姥有啥关系？我不是要吃这酱哩，我是念记你姥姥哩……"

# 针线活

"孙家活儿多似海，一月四十出不来"，这是我娘的话。啥意思？假如你这样问，我娘便阐述道："你可不知道：胡家巷的孙家，门高户大，三进院子，有车有马。门口有拴马桩、上马石，后院有观景台、小绣楼。有庭有院，有钱有势，可就是没人干杂活。哎呀，你要是到孙家干活，干得不好，他撵你走啦；干得好呢，不放你走。他家有干不完的活儿！"

我娘的针线活做得好。这不是我夸我娘，而是我经常听到与我娘同辈的人和比她长一辈的人夸奖她。他们管我娘称作李家姐。20世纪五六十年代，在运城的东半个城，只要提起李家姐，可以说是无人不晓。说她做衣裳做得细致，结实，灵巧，样范俏好。同样的布，同样的料，她做出来的衣裳人就爱见、爱穿。因为它看着合身，穿着合适。

我小时候，经常见有人到我家里来请我娘给她们剪裁衣服。我娘不会做新式衣裳，她裁剪的都是民间的传统式样。有时给人家的衣衫裁剪好了，人家出了门又拐回来说："李家姐，干脆你给我做做吧。你的针线好。"我娘说："这针线有啥好不好？你拿回去做吧，多做几回就行啦。"来人说："李家姐啊，不怕你笑话，我的手啊，笨得跟猪脚一样。做一件衣服，手指头上能叫我扎几十针哩。我不怕做针线，就怕自己扎自己！"娘被她逗得哈哈大笑起来，说："你实在不愿意做就放下吧，我抽空给你胡缭缭。也许缭得还不胜你哩！"

缭，是缝的意思。缭缭就是缝缝，"胡缭缭"就是随便缝缝。

马齿菜

这是我娘的惯用词，也是她的谦辞。她虽然对人家说是"胡缭缭"，而实际上，我娘无论何时、无论对谁，也没有"胡缭"过。

　　记得小时候放学回家，娘还在那里缝衣服。饭呢，还没有做呢。爹下地回来了就说："咱一个钱也不要她的，还下这么大功夫给她做衣服！"娘说："承许人家了，就给人家做好嘛。""人家一句好话，你娘就要剜三天针尖！"爹心疼娘，反对她这样劳累自己。可是娘不听他的话。

娘所说的娘

177

张七娘的棉袄，金凤妈的布衫，月仙婶的布扣，武家三奶的被子，娘手头总有这些动针动线的一疙瘩事情。而这些项目都是"公益"性质的，娘从来不要人家的报酬。有人过意不去，就给娘拿来几颗鸡蛋或一包红糖。娘叫人把这些礼物拿走，说："你不拿走我就不给你做这活儿了。"街坊邻居或亲朋好友都是拿着布料来，拿着成衣走。娘得到的奖赏就是人家满脸的笑意。

　　娘其实很忙，家里地里，她有干不完的活儿。一天干到晚，她说她"累得腰都展不起来了"。但是每次有人登门相求，娘总是痛痛快快地答应并赶时赶点地给人家完成。有时爹的衣裳破了口子，嘱咐我娘给缝补缝补。可是几天过去了，娘还没有时间给他缝补。爹就不高兴了，说："外人拿个活儿，你就急里慌忙给人家做哩。咱家人的衣裳，只缝几针你都没有空！"

　　"人在世上就是要叫人们都说你好哩。人都有良心，你给人家费了劲熬了灯油，人家都会传你的名儿呢。"我娘经常这样说。

　　运城解放之前，我娘针线活的名气已经不小了。有一天，一位妇女找到我娘说她是胡家巷孙家的保姆，说主家听说李家姐针线做得好，就叫她来请我娘去孙家做活。我娘说："孙家是大户，我家是穷家。我去做活，行，可是先得给我说好工钱哩。"保姆说："自然自然。我来时主家就说啦：李家姐这工钱要优厚哩。她要米面给米面，要蒸馍给蒸馍，不要吃的就给成现钱。干完一宗活就结一回账，或者是天天给你结工钱。咋着都能行。"

　　娘就去孙家做活了。当时我家住在北皁巷，到孙家的门楼底下也不过二三百米的距离。娘天明就去了，天黑才回家。她提回来一包袱蒸馍对我爷和我爹说："今儿个我要他把我做的活给成蒸馍，你们先有了吃的再说。明儿再去干活就不要他的蒸馍了。他要是给咱米，就要他一些小米回来。后天呢，再要他的白面。"

娘从初冬就开始给孙家干活了，一直干到腊月半了，孙家的活儿仍然没有干完。一天，娘对孙家的人说："你家该缝的我缝了，该洗的我也洗了。我今天干到天黑，明天就不来这儿干活了。眼看年关就到了，我要把家里收拾收拾好过年哩。"孙家人说："李家姐，这过年还早着呢。年前我家还有不少活呢，你干到年底吧。"娘说："我上有老、下有小，家里也有缝缝补补、洗洗涮涮的一堆活儿呢。"孙家人再三挽留，但是娘拿定主意不再干了。

孙家人还想叫我娘继续在他家干活，于是就扣住我娘最后3天的工钱不给，说这钱不会短你一文钱，只是等你忙完了你家的活，再来孙家干活时一并结给你。

爹不依，说要去找他们讨工钱："活都给他们干了，凭啥要押咱几天的工钱？"娘不让爹去找他们，说："孙家人没有恶意，他们故意留了个尾巴，是还想叫我给他家干活呢！"

爹说："你说的也对。这孙家人是最知道好歹的主儿。我听说啊，在你前头，不少妇女都给他家做过活，都是干不了几天就被辞退了。孙家人还想叫你干，说明你的活干得好。"

娘说："他们要使唤的，就是我这种人。每天进了孙家的门，弯腰就干活。除了中午吃一顿饭，你连歇口气的时间都没有！就不知道他家有多少被褥要拆装、有多少衣裳要浆洗！一抱，就给你抱来老大一堆。被褥还没拆洗完呢，脏衣裳又给你堆一疙瘩堆到这儿了。两手整天泡在水盆里，揉呀，搓呀，手掌、手指都搓得疼。他家的被褥又沉又厚，装的棉花也多，引线时候也不好引。一个多月，我用折（断）了人家几十根针，黄铜顶针都叫我顶穿了十几个窟窿。虽说咱干活不是白给人家干，你是挣人家的工钱哩，可是他家的活儿没完没了、无穷无尽的。我想，就跟那海里的水一样，你舀走一瓢，不显；你舀走两瓢，还不显。这叫人心里急得像着了火苗似的！"

爹说："你这人就是恨活——见了活儿总想把它一天都干完，一大锅蒸馍就想一口吞了。你要老是这样干，非累坏身子不可。罢罢罢，不去给他干了。他有钱，过他的年；咱没钱，照样也要过年哩！"

一晃到了腊月月尽了。腊月二十九，娘正在家里扫厦（扫房），忽然孙家的保姆来了。她进门就喊李大姐，说主家叫她来送工钱，不是还短你3天的工钱嘛。保姆对我娘说："主家叫我给你捎来一包炒花生。他说过了年还想叫你去干活哩！"

马齿菜

# 半布袋小米

1947年12月28日，运城宣布解放，距今已经快78周年了。烽烟远去，往事犹存。我母亲曾经多次给我们讲述的一个小故事，至今还像小贴士一样，紧紧粘贴在运城解放那天的历史画面上。

我娘把装米装面装粮食的口袋叫作"布袋"，比如，她把一口袋麦子叫作一布袋麦子。不仅如此，她还把上衣和裤子上的口袋也叫布袋。她这样称呼它们自有道理：因为这些口袋都是布料做的。

为何这个故事一开头就要说"布袋"呢？因为它跟布袋有关。由于它发生在一个非常的日子，所以它也非常特别。

1947年12月28日，是运城的解放日。这天夜晚，解放军挖掘地道，把满满一棺材炸药放置在城墙东北角的地底下，轰隆一声震天响，城墙开怀迎神兵。国民党部队被就地消灭，鲜红的旗帜插上了高耸入云的钟楼顶。

此时天还未亮。满城都是解放军在搜索残敌、打扫街巷。听到激烈的枪炮声渐渐平息，很多居民都起来观察，他们打开大门一看，发现崭新的曙光映照在解放军士兵的枪杆上。运城解放了！

运城解放了，惊天动地。可是，我娘并不知道这个变化。她还在睡觉吗？不，她这一夜根本没有合眼，她忙得厉害呢！忙什么？忙着给一堆军大衣锁扣门儿、钉扣子。哪儿来的军大衣？那是前一天傍晚3个国民党士兵背来的。他们后面还跟了一个当官的。他们把3捆18件黄色的军大衣背进我家的屋子，那个官对娘说："听人说你的针线快。嗨，你赶紧把这些大衣锁好扣门儿、钉好扣子，明天一早我就要。"娘看了一下军大衣说："一个扣门儿都没有，我还得先剜好扣门儿再锁好边哩。还有，这袖口都露着白棉花，还得一个个缭好呢。不然，咋能往身上穿？"官说："对对，就是要整好，整结实。这都是给当官的穿的。"

娘说："我看你就是当官的，那我就跟你说了：我把这全都做好，能给我多钱？"官说："钱？你说多钱？"娘还没开口，爹就说："钱不好说的话，老总，给粮食也行。"官又说："粮食？有哇！给你多少粮食？"娘说："多了我也不要。或小米，或白面，你给我挖上半洋面布袋就行啦。我家里早都揭不开锅啦。"官说："行行行，半洋面布袋，行！"他对那3个士兵说："明早取大衣的时候记着背过来。就半布袋小米吧！"

谁知这一夜的枪炮打得那么疯狂！当时我家住在东城墙下一个叫小场的地方，站在院子里，能看见子弹和炮弹从院子上空嗖嗖飞过。又高又厚的土城墙庇护着这座院子。天黑以后，国民党士兵拿着铁皮传声筒在巷子里喊叫："各家都不要点灯，小心解放军的炮弹！"此时我娘正在油灯下钉扣子，爹说："咋？不叫点灯？人又没长夜眼，不点灯能看见针线？"

娘叫他小声点，莫叫人家听见。然后她急忙把床上的一条旧褥子揭起来给了我爹说："快把窗户蒙住。他们看不见就算了。"于是爹找了些木棍砖头把褥子堵在窗户上。他还跑到院里看了一眼说："就跟没点灯是一个样！"娘听了，又往小油灯里添了点油，借着它微弱的光亮，继续干她的活儿。

"人没事儿的时候，一夜还长长的；一有个活儿干呢，夜也短了——还没觉着哩，这天就快明了！"娘回忆起这段往事时说："你爹他们都去睡觉了。外面枪声炮声叮咚响个不停，就跟过年放爆竹似的。可是他们还都睡得很香。我一个人赶着做活，刚过了半夜，

咣，咣！院子里落下来两颗炮弹，炸起来的土渣把窗户纸都打破了。要不是褥子堵着，都飞到屋里来了。顶棚上的土震得哗哗哗地落。落他落呗，我还赶我的活儿呢。"

在新一天的太阳升到城墙顶上、照到我家屋子的时候，我娘终于把18件军大衣全部拾掇好了——扣门儿剜好了也都锁好了边，扣子一个个都缀上了，露着棉花的袖口也都缝好了。爹也照样把它们分成3捆捆绑结实了。就在此时，忽然听见巷子里人在喊："解放了，老乡们，都出来吧！"

娘问："是不是那几个兵来送小米了？"爹出门一看说："嗨呀，太阳都出来了！"娘一口吹灭油灯说："这褥子堵得看不见天明了！"几个背枪的兵看见了我爹就喊："老乡，解放了，叫家里人都出来吧！"我爹说："大衣都做好了，你们啥时候拿走？"他的意思，是问那半布袋小米啥时候能送来。几个兵说："老乡，什么大衣？"我娘出来说："你们送的大衣啊。我把它们都拾掇好了。"那几个兵到屋里一看说："老乡，这是国民党的军大衣。我们是解放军，今天早上才进城的！"娘问道："那这大衣谁来取啊？"一个兵说："国民党兵都被消灭了。这是战利品，我们把它缴到部队上去。"说着，一人扛起一捆就要走。娘说："不是说好要给我半布袋小米吗？你们把小米拿来才能把大衣背走。不然，你们一走，我可就不好找你们啦！"

几个兵弄清情况后哈哈大笑起来说："大嫂，说给你小米的是国民党的兵，我们是解放军。不是一回事儿。"娘说："是不是一回事儿我不知道，反正都是穿的这种黄军袄。我熬了一夜，就为的这半布袋小米，还等着它下锅哩！"3个解放军相互看了看说："老乡，那你跟我们走吧。我们跟首长报告一下，看这事儿咋办？"

我娘说那就走吧。她不让我爹去，自己跟着解放军走了。到了

马齿菜

阜巷的街公所，那里解放军很多，院子里支着几张桌子，一圈坐的都是当兵的。还有人在打电话。这几个兵跟一个当官的说了说情况，那当官的笑呵呵地走过来对我娘说："大嫂，你辛苦了！请你稍等一下，我已经让战士给你找米去了！"说完，又去忙他的了。

我娘等了一会儿，就听有人喊大嫂。一个背枪的当兵的胳膊下面夹了个洋面布袋来到她面前说："大嫂，这是半布袋小米。走吧，我给你送到你家里去。"娘说："哎呀，不用麻烦你啦。你把米布袋给我就行啦！"那当兵的不由分说，夹起米布袋就走，娘在后面扯住布袋说不用他送了。可是那个当兵的不听，说把米送到家里他才算完成任务。

娘和那个战士走进巷子的时候，看见我爹正站在大门口张望呢……

# 石狮嘴里的石球

　　——这是一辆"嗵嗵嗵"开进的拖拉机。它现在不是在田野里耕地，而是行驶在运城至河津的县级公路上。公路是沙土铺筑的，因为那个年代这里还没有沥青路面。拖拉机又长又宽的大拖斗里，装的是化肥、农药和几个平放的拖拉机轮胎。轮胎上坐着两个人：一个40岁左右的妇女，她是我娘；还有一个5岁多不到6岁的男孩，他是我。娘和我要去哪儿？要去万荣县通化镇毋庄村我姑姑家。这辆拖拉机是通化镇供销社的，是我姑父委托他们拉货的时候，把我们顺路捎到他家里去的。

　　——这是半个多月之前的运城县城。姑父右手牵着我的左手，我们来到紧挨着新华书店的糖酒商店。姑父掏出了一个皮钱包，给我买了一大把水果糖。他知道我非常喜欢吃糖，于是就把它全部装在我的口袋里。口袋小，装不了，余下的就攥在我的手里头。我嘴里嚼着水果糖，姑父嘴里却不断问着话。姑父问："你喜欢吃糖吗？"我使劲点头，表示很喜欢。姑父又问："你家里有糖桌子、糖椅子吗？"我使劲摇头，表示没有。姑父说："我家里的桌子、椅子和睡觉的床，都是糖做的。"我嘴里的糖块此时吃完了，就说："真的吗？那么多糖！"姑父说："我家里的糖，想要多少就有多少，想吃多少就吃多少。就连吃饭的碗和勺勺，都是糖做的。"我说："我从来没见过糖碗和糖勺勺！它能盛面条吗？"姑父说能。我问："它能舀汤吗？"姑父说能呀。我问："它们化不了吗？"姑父说："要是它们化了，就把它们吃了。反正我家里有的是！"

马齿菜

186

——这是万荣县通化镇的大街。说是大街，其实是一条纵贯全镇的公路，顺着它一直往北，就走到河津县了。通化镇是个繁华的古镇，大街上车水马龙。街上有一家门面，挂着裁缝铺的招牌，铺子里一个40多岁的男人忙得不亦乐乎。一条皮尺吊在他的脖项，他一会儿给人量尺寸，一会儿俯身在案裁剪布料，一会儿又坐在缝纫机前"嗒嗒嗒"地缝制衣裳。那时的缝纫机都是脚踏的，他手脚并用，技术非常娴熟。进来出去的人都叫他薛师傅。他就是我姑父。他是通化镇唯一的裁缝，他的裁缝铺子也是镇上唯一的裁缝铺。姑父的手艺不仅享誉全镇，就连几十公里外的河津和万荣两座县城，也不

娘，娘，娘……

娘所说的娘

187

乏有人来找他做衣服。姑姑不会生育，他们抱养了人家一个女孩，女孩比我大五六岁，名叫引枝，意为要给他们"引"来孩子。可是姑姑已年过40了，孩子还没引来。姑姑和姑父辗转反侧、夜不安寐。他们觉得家里有这么好的手艺人、这么好的收入所得，如果没有个能够继承薛姓的后代，那就太亏了！

　　——这是毋庄村我姑姑家。它坐落在一个又圆又大的泊池旁边，泊池坐落在村子中央。院子有门楼，古色古香。石条为阶，青砖为墙，上有北房，下有南厦，东西厢房，四合大院。但是没有姑父所说的糖桌子和糖椅子，饭桌上也没有糖碗和糖勺勺。不过，我没有追问姑父它们到底在哪里，因为半个月前他跟我说的时候我就半信半疑的。况且，他们家的桌子上放了一大盘纸包的糖果，姑父还专门给我和娘住的东厢房也放了一盘糖果。姑姑请先生看过，说这院子紧靠泊池，汇聚四面来水、八方来财，可谓财源滚滚；然而此院北面是一座古庙，无有后路，因而子嗣匮乏。姑父给了先生10块钱请求破解之法。先生曰："策略有二：一是移家挪居，改变风水，或许还能得儿得女，但由此财源枯涸，举家贫困；二是借人香火，赓续血脉。"姑父与姑姑商议之后，决定执行先生的第二个策略。

　　——这是我在姑姑家的生活片段：早上，窗棂透过来灿烂曙光。我从香甜的梦中醒来，睁开眼就寻找我娘。而我娘不在，床边坐的是姑姑。我和娘来到姑姑家里后住在她家的东厢房，但这也不是东厢房，而是姑姑和姑父还有引枝姐住的北房。昨晚上睡觉时我还睡在东厢房，怎么一觉醒来却到了北房？我正要问，姑姑说："三娃你醒啦？来，叫姑姑给你穿袄吧。"我说我会穿。姑姑说："今儿姑姑给你穿。"她满脸笑容地给我穿好袄裤，连布鞋都给我穿好才让我下床，而且是把我抱下床的，下了床还在我小脸上亲了一口。我娘早在两年前就不给我穿衣裳了，她说我长大了，啥都要自己学着干。我问

马齿菜

188

她我怎么睡到你的屋里来了，姑姑说这也是你的屋子嘛，今后，你就跟姑姑睡在这屋了。我问我娘哪里去了，他说你娘在给咱们做饭哩。那时节正好是麦罢，天已经热了，我娘在院子里摆好了饭菜，姑姑给我洗了手也洗了脸，我们就开始吃早饭。自来到姑姑家，我吃饭总是紧挨着我娘、跟姑姑对脸而坐。可是今天姑姑叫我紧挨着她、跟我娘对脸而坐。虽然都是出自我娘之手，姑姑家的饭菜要比我家的好得多呢。我家早上从来没有炒过菜，姑姑家早饭就有炒鸡蛋、炒豆腐，有时还有炒豆芽。饭菜在诱惑，所以我也不管坐在谁跟前，就急急忙忙要吃饭。姑姑自个不吃菜，却一筷子一筷子往我碗里夹菜。她还笑眯眯地看着我吃饭，吃完一碗就赶紧起来给我舀饭。在此之前总是我娘给我舀饭，就连她们的饭也是我娘给舀的。我肚子都吃饱了，姑姑还要给我夹菜添饭。我觉得她太殷勤了。丢下碗筷，姑姑就急忙拿起毛巾给我擦嘴擦手。我说我想出去玩耍，姑姑就说，你要去哪玩，我连你一搭去。我说我想让娘领我去，我娘说："上午我要给你做被褥哩。你和姑姑去吧。"我说咱们睡觉有被褥啊。娘说这是你姑姑专门叫我给你做的，表、里、棉花三新。

　　——这是泊池（晋南农村村中挖的储水池）西侧一家住户的大门口。这家住户的门楼很高大，也像是古代的老房子。门口的砖墙呈"八"字往外撇开，墙上还有斗方，斗方中间有雕刻的图画。它的两扇大门紧闭着，石头做的门槛很高，门两边一边一个石头狮子，鼓鼓的大眼珠，漂亮的卷发。我就是要到这里来玩耍的。石头狮子的脊背又光又亮，我踩着石门槛就能骑到它的背上。它的背凉凉的，很让人舒服。姑姑站在台阶下脸带微笑关注着我，她胖胖的脸庞很富态，一看就知道是个有钱人。我在狮子背上骑够了，便抱着狮子溜下来了。姑姑见状，急忙跑过来双手护住我说："莫叫栽倒了！"随后，我就把手伸进狮子的嘴里去了。要干嘛？我要把含在狮子嘴里的圆球掏出来呢！这两头狮子都是青石雕的，跟运城的石狮模样很像。可不一样的是：运城的石狮都是露着紧咬的两排牙齿，或者半张着嘴里往外吐着大舌头；而这两头狮子张开的嘴里各含着一个苹果那么大的圆球，圆球也是石头的，跟石狮的石头一样。石狮的嘴张得不太大，可是它嘴里的空间却很大。我的目的是想把圆滚滚的石球掏出来！可是石球在狮子嘴里转来转去，无论如何也掏不出来——一掏到它嘴边的时候，就被上下两排牙齿卡住了。我趴在狮子嘴跟前，两只手抓紧它往外掏。石球的一半几乎露在牙齿外面了，但是就差那么一点点，还是掏不出来。姑姑说："三娃，这石球掏不出来。要是能掏出来，不是早就被掏走了吗？"可是我不信，我继续掏，掏过这头又掏那头。不知在这儿掏了多长时间，反正太阳影儿都移动得很远啦。这时娘找我们来了。她说："憨娃，这石头疙瘩哪能掏出来呀！"我说："它能塞进去就能掏出来。"娘说："到底是憨啊，它是匠人把錾子伸在狮子嘴里雕成的圆疙瘩，只能叫人看，哪能叫人掏走！"我不懂娘说的话。姑姑说："咱们回去吧。等哪天狮子的嘴张大了，你再来把它掏出来。"

——这是一个红霞如火的傍晚，娘告诉我明天就要回我们家去了。晚饭后她就整理好了她来时背的一个包袱。娘把她的衣裳包在里面，却把我的衣裳留下了。我很奇怪，问娘为啥不包我的衣裳。娘说了句"你还穿呢"，就不再说啥了。我知道明天要回去了，就趁机溜出去看那两只石狮的嘴张大了没有。没有，因为石球还是掏不出来。晚上要睡觉了，我就上到娘的床上。娘说："你还睡在你姑姑那屋吧。你这些天一直睡在那儿。"我说咱们明天不是要回家了吗？我就跟您睡一起吧。娘说："你还睡那儿，娘起来叫你。"我不想过去睡，娘抚摸着我的头说："去吧，你姑姑多想叫你跟她睡呀。"我一想也对，于是就到姑姑的北房去睡了。

马齿菜

——这是一个彩霞漫天的早晨，我朦胧中听见娘跟姑姑和姑父说话。姑父说："我兄弟马上就来了。他骑自行车把你送到通化镇汽车站，在那里搭上车，一下就开到运城了。"娘说："这娃脾气犟，你们该说说、该打打，千万不要惯他。"他们说着就去院子里了，再说啥我也听不见了。我这时突然一激灵，心想：是不是娘不领我回家了？我急忙把衣裳穿上跑了出来。院子里已经没人了，我跑到娘住的东厢房，房里空空。我赶紧跑出大门，看见娘坐在一个男人的自行车后座上正往村外走哩！我一边飞跑一边大喊："娘！娘！娘！"其实娘的自行车离我不过几十米远，可是娘总也听不见我喊她。姑姑和姑夫见状急忙追我来了，他们喊："三娃，你莫撵了！三娃，你莫撵了！"而我哭喊着越跑越快。自行车带着我娘在坎坷的土路上走不快，我越追越近。可是我娘脸对着骑车人的后背，就是听不见我喊她。我想我的喊声大概被风刮跑了，我娘听不到。我多想这时候娘能偏过脸来看到我。可是娘也没有偏过脸来。我还是拼命地追，姑姑也在拼命追我。姑父的腿有毛病，他跑了几步就站在路上了。就这样，我从村里追到村外，一路追一路哭喊。一出村子，路就平了，那人的自行车走得也快了。我眼看他们离我越来越远，就在这时候，路上迎面过来一辆大马车，路窄车大，那骑车的人骑不过去，只好刹住车停在路边。我这时发疯一样朝娘跑去，我嗓子已经嘶哑了，还张口喊着娘。娘终于看见也听见了，她把小包袱掼在路边朝我跑来，双臂接住我说："看我娃多凄惶，都哭成泪人啦！"

我抽泣着问娘："你咋不要我啦？"这时，姑姑也气喘吁吁来到了。娘看看她，看看我；看看我，看看她，说："娃呀，娘不是不领你回去，娘是想把你给了你姑姑给他当娃。你这些天也见啦，姑姑家多有钱，要啥有啥，糖果都吃不完，他们对你比娘还亲哩。你就跟你姑姑回家吧！"我死死揪住娘的衣襟说："我不！我要跟娘回去！"那个骑车的人过来掰我的手，想把我俩分开，我张嘴就在他手背上咬了一口。他赶紧抽回手说："咬破啦，咬破啦！这娃这么凶！"我娘掏出她的布手绢哧一声一撕两半，把一半给了那人说："快把手包住，都流血啦。"还说，"又没有人教过他，这娃生来就会咬人！"说着弯腰蹲下，用剩下的半个布手绢给我擦去满脸涕泪。这时，我看到娘的眼里泪珠打转、姑姑的眼里也泪花闪闪。姑姑说："唉，这娃死活不肯留，那你还是领回去吧。"那骑车人让我坐在自行车的横梁上、我娘坐在车后座上，把我们娘俩一路送到通化镇汽车站。我和娘坐上汽车后，娘搂着我说："娘心想把你给了你姑姑家，让你好吃好喝享福哩，可你还不情愿。你愿意跟着娘过着苦寒日子，那咱就回家。看来人的命是啥就是啥，或许你的命就要长在咱这穷家家里呢。"娘叹了一声又说，"那石头狮子嘴里的石头疙瘩为啥就掏不出来？因为它本来就是它嘴里的一块石头呀……"娘这话也不知对谁说呢。至今，我仍然记得姑姑村里的石狮和石狮嘴里永远掏不出来的石球。我想：娘就是那个石狮，我就是石狮嘴里的石头疙瘩……

马齿菜

# 相枣树

　　我的家乡运城市盐湖区有个镇子叫北相镇。北相镇的村民善栽枣树，所产的红枣浑圆肥硕，个大肉厚，且色泽艳丽，甜软适口，老百姓昵称之"相枣"。而又因慈禧太后逃难经过此地时，曾食用过这里的红枣，所以相枣也被人称为"御枣"。我家住在城市里，并不在几十里外的北相镇。可是我家院子里长着一株茁壮的相枣树。它枝繁叶茂，每年至少要奉献出两大筐红茵茵的果实，我们不仅自家食用，还把它分享给亲朋好友和街坊邻居。

　　人们都知道我家有株能结好枣的相枣树，可是很少有人知道这株相枣树的故事。

　　那是 1980 年的正月，元宵节刚过，我家就来了两位陌生人。一看穿着打扮，就知道他们是农民；再看说话走手，就知道他们是夫妻。那天风和日丽，我娘当时正在拾掇院子，见他们进了我家大门就问道："你俩寻谁呀？"那一双男女羞答答地看着我娘说："我们也不寻谁，就想在您这喝一碗水。"女人说："大婶，我们是北相镇的。天不明就往城里来了。这不，都半晌午了，我们还没有喝一口水哩，又不好意思去生人家里要水喝。"娘忙说："那我给你们拿两个今儿早起刚馏的软蒸馍吃，还有咸菜、油泼辣子。吃了馍，再喝水。"男人笑着说："大婶，我们都吃过自己带的干粮了，只是喝不上水。我们看见您在院子里呢，就进来要碗水喝。"

　　娘看他们说话挺实在的，就拿来两个小板凳让他们坐在院子里的小饭桌旁，说："炉子上正搭着一壶开水呢。我给你俩倒水去。"

片刻，娘从屋里端出来一碗冒着热气的开水冲的鸡蛋，接着，又从屋里端出一碗开水冲鸡蛋。娘对他们说："你俩出门老半天了，就是不饿也渴呢。我给你俩冲碗鸡蛋水，趁热喝了吧。"

这对男女赶紧立起身说："大婶，你太热心啦！你又不认识我们呀！"我娘笑着说："先前是不认识，可现在你俩都坐到我家里了，怎么还能说不认识？快坐下喝吧，这鸡蛋是我今儿早起才从鸡窝里收的新鸡蛋。"

二人坐下了，男人哽咽着说："实在感谢！本来我们只想要一碗水喝。可您……"我娘说："快趁热喝吧，凉了就有腥味啦。"他俩相互看了一眼，端起碗把水喝干了。娘又提来暖壶，给他们一人倒了一碗白开水。

男人问："大婶，您的孩子都多大了？"娘说："老大40多岁了，跟你年龄差不多，老小的也20岁了。"女人问："那您不给孩子们看娃娃呀？"娘说："他们弟兄四个，两个小的还没有结婚哩。两个大的都结婚有了娃娃，可家都安在外地。所以我落了个清闲自在。"

男人喝完水，起身在我家院子里看了一圈，他对我娘说："大婶，您这院子收拾得多干净利落。我们家的院子可没法跟您的比！"那女人也夸道："大婶，您人真好。我想不到城里还能遇到您这么好的人！"娘笑着说："只叫你俩喝了一碗水，哪能说到好不好呢！"女人说："大婶，我觉得您对我们就像对亲戚一样。可是我们以前见过的城里人，总是看不起我们乡下人呢。"娘笑着说："住到城里就是城里人，住在乡下就是乡下人，人跟人还不一样吗？"

男人说："大婶，我去后头上个茅房。"娘说："茅房在东北角哩。"男人去了，女人趁机跟我娘拉呱，她问了我娘一些我家的基本情况，还到娘住的屋子里看了看说："大婶，看您把屋里收拾得多整明，真是勤快利洒人！"

马齿苋

此时男人也进屋来了，说："大婶，真感谢啦。时候不早啦，我俩要回北相镇了。家里还有吃奶娃哩。"女人说："大婶，今儿我们贸然进了您家，可没想到还来对啦！我就觉着啊，您就跟我们的老人一样——不，比我们的老人还好得多哩……"她说到这里，男人急忙用胳膊肘碰她，示意不让她继续说了。那男人接住话茬说："大婶，少则一两天，多则三五天，我们很快还要来城里。若是来了，一定过来看您！"

他们走了，娘寻思道："这两口子，肯定要有啥事呢。"

娘没有猜错。只隔了一天，他们又到我家来了。不过，来的不只是他们两口子，那女人怀里，还抱了一个婴儿。娘把他们让到屋里，看了看那婴儿说："你奶水肯定好，看吃得白白胖胖的。多大啦？"女人说："1岁1个月了。"娘说："你俩就这一个呀？是个女儿吧？看她眉毛弯弯的，眼珠跟黑葡萄似的，将来是个好人样呢！"

女人忽然低下头说："好人样顶啥哩？我婆婆死活见不得她！非要叫我们把她给人不可！"说着，泪儿顺着她的眼角流了下来。那男人说："大婶呀，你知道我们今儿来是干啥来啦？"娘说你们前天说的要来看我嘛。男人说："大婶，今儿我俩是来看您的，可是，最主要的还是来这儿求您来了！"说罢，扑通一声双腿跪地说，"大婶，实话告您说吧：这娃是我们生的第三个闺女。我妈嫌她又是女娃，就非要叫我们把她给人不行，说绝不能叫她占了我们最后一个生育指标。我们家我和我爸是两世单传，我妈的意思，是一定要我们再要个小子传宗接代。这不，我们今儿就想把这娃给了您，给您当个小孙女，麻烦您把她拉扯大，将来伺候您到老。"

娘一辈子经历过许多事情，但是她见到这场面仍然愣住了。她愣了一下，急忙把男人拉起来说："大男人的，可不兴动不动就给我下跪啊。有话咱们慢慢说。"那女人于是一把鼻涕一把泪地跟我

娘哭诉开了。我娘听他们说完了就说："现在啥时代了，还这么老封建、老顽固！你们不要听她的，就把娃抱回去吧。难道她敢把她亲孙女给撂出来？"女人说："您问他，我婆婆是不是狠心人？心肠比石头还硬！这娃刚满月的时候，我们就被她撵出门了。我们都在别人家里住了一年了。她说你俩要回来能行，但不能抱着娃回来。多会儿把这娃处理好了，她才开开大门迎我们回家。"

"你俩是多好的一对夫妻呀，谁知道能遇上这号事呢！唉，生女生小还能由人吗？"娘说，"你们今儿个想把这女子给我，我倒是很愿意要她。可是，我今年都60多了，多年都没有摸过这么大的小孩子了，我怕都弄不了她呀。"女人说："大婶，您身体这么硬气，手脚勤快，人心善良，照看她是没有问题的。我这闺女呢，啥饭都会吃了，又不挑食拣食，好养。而且现在都有腿了，能走十几步哩，也不要您怎么抱她啦。大婶，您就费个辛劳吧！"

那男人从他推来的自行车上解下一个包袱卷放到我娘的大炕上说："大婶，这娃今儿就算给了您了，这是她的铺盖和衣裳，我们都拿来了。"他还从口袋掏出一张纸说，"大婶，这是我俩给您写的约。大意是我们自愿把这女子送给您，算您家的人，姓您家的姓。我们永远不会再认她是我们的孩子了。"娘说："你两口子真是疯啦！"男人说："大婶呀，您把这张约保存好，如果我们反悔的话，它就能证明。您瞅，这约上我俩都拓了手印，但是没写姓名，怕的是您老人家反悔了又去找我们。"

世上竟然有这事儿！娘瞅瞅这两口子，又瞅瞅那孩子。孩子此时在那女人的怀里睡着了。女人叫男人把包袱解开，取出小棉褥铺在娘的炕上，然后把孩子放在炕上盖好。她说："大婶，可妙这娃睡着了。看来，就是跟您有缘分哩。"男人说："大婶，我俩心里感激您，可是嘴上却不会说好听话。咱们不多说了。我们走啦！"

男人拽住女人的手大步出了屋门，我娘急忙撵到大门口说："给你们吧，大婶不要你的约！"娘把那张纸约塞给男人说，"天转地转，天底下的事儿，谁能料想都有啥变化哩！你们的孩子我先给你们照看着吧，你们啥时候想接她回去，就啥时候来找我吧。"

我爹中午从地里回来吃饭，看见小饭桌边上趴了个孩子在那里吃东西，就问这是谁家的孩子又放到咱这儿了。娘说："谁家的孩子？咱家的。人家两口子非要把她给了咱们不可，不要都不行啊。给就给吧，咱们只当多了一个孙女！"爹说："哪里的两口子？"娘说："说是北相镇的，可不知道姓啥叫啥。人家不说名姓，是着实想把这娃娃给咱哩。"

爹说："你一辈子就爱帮这个帮那个的，这一下好了，有你吃的苦头啦！"娘说："人家把娃娃往炕上一搁就走了，我能咋样？她是个人嘛又不是个麻雀。你瞅，这娃见了咱俩一点儿都不认生，就跟咱家的孩子一样！"爹嗨了一声说："一把屎一把尿的，照看这么大的孩子是容易的？我是怕累着你啊——老了老了，又添个'夜夜愁'！"娘说："也许我命里该着受这份累吧，只当是积福行善吧。"

就这样，北相镇夫妇的小女儿成了我娘的小孙女。娘真像孙女一样对她。白天陪着她玩耍，夜晚陪着她睡眠。少不了给她喂饭喂水，少不了给她洗洗涮涮。"有了她，不知一天要多操多少心、多说多少话。比伺候你爹还累人哩。"娘对我说，"可是这孩子也很灵性，从不搅闹人。"

正月出去，二月到了。春风和暖，绿柳垂绦，我家院子里的杏树开花了。一天上午，我娘带着孩子到有小孩的邻居家"游门"（串门）去了。虽然家里没人，但是大门是开得圆圆的。因为我家白天从来都不锁大门。等娘和孩子回来后，发现院子里多了一个物件。什么物件？树。什么树？红枣树。一个多钟头光景，谁在院里栽了

马齿菜

枣树还浇了水？娘以为是爹或者是我们栽的。可是她的小饭桌上放了一张写了字的纸。娘拿到门口让人一看，纸上说："给大婶您栽一棵长了8年的相枣树，让它年年给您结枣，愿您吃了这枣健康长寿。"

娘一听就说："一准是这娃的爸妈来了。唉，谁家的骨肉能轻易割舍呢？"这棵相枣树很争气。它虽然发芽迟缓了一些，但是生生机勃勃，夏天枣花飘香，秋后红枣满树。中秋节过后的一天上午，娘正在枣树下跟枣枣玩耍——枣枣就是这个北相镇的女孩，娘给她起了个小名叫枣枣。忽然，大门外走进两个人来。娘抬头一看，是枣枣的父亲母亲。他们看看我娘，又看看枣枣。男人还把枣枣托举起来，让她在枣树枝上摘了一颗红枣。女人说："大婶，这娃，哦，您的孙女您照看得多好啊！才半年多不见，都满院子跑了！"

娘很高兴，问他们说："这娃我给你们照看了好几个月了。怎么，你们还不把她接回去呀？"枣枣的父母你看我、我看你，脸都红了。男人说："哎呀大婶，怎么跟您说呢？我真不好意思开口。"那女人支吾着说："大婶，您不知道，我那要强的婆婆一个月前不在人世了。我们也把我公公说通了。前些天，我已经做了绝育手术，不再生第四胎了。"

娘听罢拍了一下巴掌说："好好好，天转地转，没事不变。算我说对了吧？我看呀，你们该把枣枣领回家了。多喜人的孩子哇！"娘话音未落，两口子就扑通跪地磕头，女人泪流满面地说："谢谢大婶的大恩大德！本来，我们说话是算话的，可是，我每天夜里都梦见这孩子，白天心也被这孩子揪着……您不怪我们吧？"

娘说："儿女都是娘身上的一疙瘩肉，我要是换成你，我也是这样呀。快起来吧。叫我赶紧给你们烧火做饭，吃了饭好领着枣枣回家！"那男人扛进来一个鼓囊囊的口袋说："大婶，您别忙着做饭了，我们这就回去了。这袋麦子您收下吧，枣枣吃您的粮食比这还要多哩！"

中午，爹下工后进了院子就喊枣枣。娘说："枣枣叫人家的爸妈接走了。今后，你要是想枣枣的话，就看看这棵相枣树吧……"

马齿菜

## 我所见和娘所说的娘

说是远在天边，却是近在眼前。娘
的样貌，娘的气息，我全看得着、
闻得见。感激造物主给宇宙预置了
量子神器，不管多少公里，哪怕
千百光年，我跟我娘、跟我娘的故
事，都会永久纠缠……

# 纺花车

距今 50 多年前，也就是 20 世纪 60 年代中期，我娘已经无可争议地拥有 3 辆车了——她一人独揽 3 辆车的管理和使用大权。除了我娘，家里的其他成员，包括我爹爹在内，谁想使唤它们都是不可能的。不过，我娘的 3 辆车既不是小吉普，也不是小卧车，还不是三轮蹦蹦车，它们的名字叫纺棉花车，娘简称它纺花车或纺车。

说它们是车，其实是专门用来将棉花变成棉线的加工工具。它一头有个由双排木片构成的动力轮，另一头则是一个长钉般的铁锭。动力轮上有个摇把连着它的木轴，用一根细绳将动力轮和铁锭连接，一转摇把，动力轮就带着铁锭飞转起来。我娘就是使用这样的工具，把雪白而松软的棉花纺成棉线的。

我曾去过延安，在延安窑洞瞻仰过周恩来总理坐在纺车前纺棉花的照片。在那艰苦卓绝的岁月，周总理身为中央高层领导，也和普通军民一样摇纺车纺线线，为了大家丰衣足食。

摄影师把周总理的优美形象和他手中的纺车给予了永远的定格，这才能够让我知道我娘的纺车跟周总理当年用的纺车相似相仿。中国的纺车大抵都是一样的结构和形态，所应用的都是一个工作原理。因为这种从农耕时代走来的生产工具，在漫长的使用过程中被改了又改，越改越优，到了近现代已臻于完美无缺了，所以才会出现了天下纺车略同的情况。我虽然没有去世界各国做过专门调查，但我敢肯定：这种在中国大地上最普及的纺棉工具，其发明创造者应该是中华民族的先祖前贤。

马齿苋

我听娘说，她的第一辆纺花车是我姥姥给她的。给她的时候，姥姥已经使用了20多年了。姥姥曾对娘说，她当年买的纺花车就是旧货。娘就是在这辆纺花车上学会的纺花。娘结婚时，姥姥把它送给娘作嫁妆。

"人家爹娘送金银财宝、绫罗绸缎作嫁妆，我爹娘哪有这些？他们送我纺花车，虽不值几个钱，可是叫我纺了一辈子、吃了一辈子、活了一辈子。要是给我的是钱财，早80年就花完了。现在想起来，还要感谢我的爹娘哩！"

娘的第二辆纺花车是她叫木匠做的。姚家巷有个木匠姓赵，我娘问他能不能做了纺花车。他说："织布机我都能做了，纺花车算个啥？"于是娘约他第二天就到我家来做活。他真不含糊，日头一出就来了。我娘已在院子里摆好了可能用的木料。娘叫他先吃饭再干活。过去木匠瓦匠上门做活，主家是要管吃管喝的。赵木匠也不客气，吃了一个大蒸馍，呼噜呼噜喝了两碗面汤。娘还要给他舀面汤，他说吃太饱了就干不动活啦。赵木匠锯割斧斫，又是凿，又是刨，像是使出了浑身本事。头一天没有做成，他说还得半天时间，因为娘给他的木料都不整齐，颇费功夫。次日午饭前，一家新纺车果然做好了。我娘很快把新纺车的摇把、铁锭等都配齐了，她满心欢喜地开始试车。可是，不论怎么鼓捣，这架纺车都不合适。娘说它摇起来很吃力，回锭时不灵活。总之，别扭得不行。后来赵木匠还来修理过几次，但还是达不到娘的要求。

娘说："不行就不用，把它搁着吧。原想把你姥姥那架给换了，因为它的卯榫都活络了。可它还不胜这活络仙家哩！"

娘的第三辆纺花车是她用她织的布匹换的。城里的二郎庙过去是一个繁华的农贸市场。娘在二郎庙见到一个卖树苗的农民，问他村里能不能买下纺花车。那人道："我丈人啥都不会做，他就只会

马齿苋

做纺花车。"娘问他做的好用不好用。他说："你到我们公社去问一问，十里八村的妇女都用的是我丈人的纺花车！"娘让他挑一架好的拿来。那人说："你给多钱？"娘说："我没钱，给你织的现成的布行不行？"那人说："布好不好？"娘说我的衣裳都是我织的布。那人只扫了一眼就说："行行行！明儿成交！"

于是娘得到了她的第三辆纺花车。娘说它纺起来很轻快，很得劲。我们全家都为此高兴，因为娘终于有了她满意的纺花车了。

娘是纺花能手。我小的时候，我娘几乎每天夜里都要纺线。她的纺车就支在大土炕靠着窗户的那一头，晚饭后一收拾停当，她就盘腿坐到了纺车前，嗡嗡嗡，嗡嗡嗡，一纺纺到大半夜。等我们一睡下，她就把窗台上的煤油灯吹灭了，可她的纺车还在转。有时月光照在窗棂上，她就借着月光纺；而多数时间是黑咕隆咚的，她就在黑暗中纺。她非要纺一个大大的线穗子才肯睡觉。

往往是我们一觉醒来，她还在嗡嗡地摇纺车。于是我们又在嗡嗡声中睡去。纺车的嗡嗡声不知不觉成了我们的催眠曲和依偎的东西，哪天母亲不纺线我们总觉得睡不实在。而天明我们睁开眼，母亲早已起床了。她常常拿着夜里纺的线穗子左看右看地说："好黑夜不胜赖白天。哎呀，看纺得多粗，快比上纳底绳啦。"

摸黑纺线是我娘的绝活。街坊的大娘大婶们都很佩服。我经常听她们说："李家姐夜里纺花从不点灯，人家的线纺得比咱们白天纺得还好哩。"

哦，原来这暗夜里纺线别人都做不到啊。我听了很自豪。我给娘学说这些话，谁知娘反而不高兴，她叹了一口气说："唉，夜里本是睡觉时间，谁想纺花呀？这不，娘白天要下地劳动，还要给你们蒸馍做饭，只有夜里才是个空。夜里不纺呀，就甭想纺花织布了。"

我说："婶子们都说她们夜里纺花要点上灯才行呢，可您纺花就不用点灯。"娘说："纺一个线穗子熬一灯油，线穗子值几个钱？一灯油值几个钱？嗨，那样还不如不纺呢！"

我听娘这么一说才恍然大悟。原来，娘坚持夜里纺线也是不得已而为之、吹灯纺线也是舍不得用灯油啊！

斗转星移，"天增岁月人增寿"，随着我娘的岁数越来越大，她的3辆纺车也先后退出了历史舞台。赵木匠做的那辆纺花车一直挂在东房房檐下，经过多年风吹雨淋，已经几乎散架了。于是2005年我们翻盖老宅时，二哥将它踩坏当柴火烧了。

我娘用她织的布换来的那辆纺花车呢，娘一直把它放在最北面的一间东房里，说她说不准啥时候还要纺线哩。2010年前后，娘把它送给了夏县裴介镇一个名叫好女的亲戚，娘说她手巧，爱针线活，送给她或许还有些用处。

剩下的就是姥姥的那辆纺花车了。娘虽然早就不用它了，但仍然当宝贝一样看待。怕它被人磕了碰了，娘就把它搁在她睡觉的大床西头，还用新床单蒙在上面。有人在床边坐的话，娘总要说："你可当心呀，莫叫老纺花车磕碰住你了。"很多收购老物件的人问她这辆纺花车卖不卖。娘说："你能给我搬一座金山么？搬一座金山就卖给你！"

马齿菜

# 拉去拉来一百回

一辆小平车，车上铺了一条装粮食用的大麻袋，麻袋上坐着一个女人，33岁，黑瘦而佝偻；拉车的也是一个女人，53岁，身材瘦弱却很有精神，一双曾在她的童年时代被裹脚布缠过的脚显得有些窄小。

这坐车的我认识，她是我堂哥管成人的媳妇，我叫她嫂嫂；这拉车的我也认识，她不是旁人，就是我的亲娘。

此时，我娘正拉着小平车攀上东城墙的大土坡。新中国成立后，东城墙其实早被人们一点一点毁掉了，但它的老根基还在，像一条堤坝横亘在那里。人们为了过往方便，就在城墙两边各修了一条土坡。土坡不陡，可是比较漫长。因此，像我娘这般年纪、这般身材的妇女拉着这样的车辆，要上城墙坡和下城墙坡，都是非常吃力的。

我娘为啥要拉着我嫂嫂过城墙？因为我家住在城墙外，地区医院位于城墙内，不翻城墙就到不了医院。她们去医院做什么？去给我嫂嫂扎针和烤电，因为她得的是风湿病，医生说必须这么治。

这是1972年的老故事了，但它也是一个新故事，因为我在写这个故事之前，从来没有给任何人说过。这年夏天到来的时候，我家也来了一位亲戚，就是我这位嫂嫂。她是被成人哥背进我家的。成人哥一家住在临猗县嵋阳镇农村，家穷孩子多且不说，嫂嫂近来还得了一种怪病：浑身疼痛发硬。时间一长，腰也弓了，腿也不能走路了。成人哥害了怕，知道嫂嫂病得不轻。如果她真的走了，那这一窝都还没有长大的孩子可咋办呢？他思来想去，于是找到我家来了。他管我娘叫婶婶。他说："婶婶，我也是万不得已才来您家的。求您领她到地区医院看看病吧！我得回村去劳动，还要照看我那4个孩子！她就交给您了！"

我娘正在迟疑，而他已经撩开大步走啦！我知道娘是个非常痛快的人，娘为啥没有痛痛快快地答应他？一是因为家里口粮很缺，全家整天喝高粱面糊糊；二是因为这看病需要花销，而我家又没有钱；三是因为嫂嫂坐下是一堆、提起来是一条，她连走路都走不了，又如何去医院看病呢？

爹爹晚上下工回家后见家里多了一个人，也知道了她此番光临的目的，爹大发雷霆说："你看看我家的日子都过成啥了？吃没吃，喝没喝，还没有钱。我那4个儿，一个坐牢，一个当兵，还有两个在上学。这你来了还得伺候你看病，不是雪上加霜吗？"

听了这话，嫂嫂就掉眼泪抽泣。娘说："他嫂呀，你叔说的都是实话，眼下家里确实困难。"娘这一说，嫂嫂立马泣不成声了。她说："叔、婶，我知道你们日子很难过，我不该来给你们找麻烦。明天我就回嵋阳去。"

娘说："回什么嵋阳哩？看你病成啥模样啦！唉，明天，我和你去医院看病吧。没有钱，我们想法借一点；没有吃的，我们吃啥你吃啥就行啦。你走不了路，好在咱家还有一辆小平车。给车胎打打气，我拉着你去！"

第二天上午，娘果然拉着嫂嫂出发了。娘个头不高，又是小脚，怎么能驾驭宽大而沉重的小平车呢？娘有娘的办法：她在两根车把上各绑了一个绳圈，把两个手腕分别套进绳圈之中，就这样咬着牙硬往城墙坡上拱。

在家里纺线织布缝衣裳做饭，在地里锄地栽苗出菜薅草，娘无一不是能手，可是让她拉车载人，这简直是"拿玉米秆当椽用"啊。

马齿菜

208

娘拉着车在城墙坡上左扭右拐，好不容易才攀到坡顶，天气不算热，可是娘已经满脸汗珠滴答答了。嫂嫂见娘这个样，她也是满眼泪珠滴答答的。要下城墙坡了，娘嘱咐嫂嫂抓紧车帮，她怕万一把不住车了，会把嫂嫂翻在城壕里。

我常听拉平车的叔叔们说："你拉车上不去的坡，那你拉车也下不去。"这话有道理。娘大概这一辈子都没有拉过小平车，更没有拉着小平车下这样大的坡。她学着男人们的样子，两手把车把往上抬，为的是让车尾巴蹭在地上，由此减缓小平车下冲的速度。可是她毕竟力弱手生，滚滚车轮还是飞快地往坡下奔去，娘无法控制住它。

这条大坡从城墙上伸下到帝君庙巷。但是快进巷口的时候，却有个向右的急拐弯。娘的小平车飞快地溜到了拐弯处，可是车太猛了，我娘无法让它顺路拐弯。她的车朝土坡左边的壕沟冲下去，眼看要到边沿了，嫂嫂吓得闭住眼睛大声尖叫。

就在这时，巷子里跑上来一个男人，他用两只大手和粗壮的胳膊拦住了小平车。那人说："大姐，你这是耍悬哩！"他还指着嫂嫂说，"你年轻，不拉车倒也罢了，还坐在车上让她拉着你！"我娘赶紧给人家解释，说我侄媳妇走不成路，我就是拉她去医院看病的，可没想到这小车车也不好拉……

危险过去了，她们先走出帝君庙巷和姚家巷，沿着庙背后街走北大街，又路过消防大队，这才到了运城地区医院。挂号，看病，医生说嫂嫂害的是类风湿病，可能是月子里得下的，需要给她烤电和扎针结合来治疗，疗程至少得 4 个月。

120 天！这就是说娘必须每天拉着她去医院。可是医院好走坡难翻啊！这简直就是要娘的命哪。

我爹对我娘说："这可咋整？"娘说："咋整？病还得看呀。"

马齿菜

爹说："那大坡你上不去也下不来呀！"娘说："我不会想办法吗？下坡再难，它不就是个坡嘛！"

次日一早，我娘又驾着小平车出发啦。她把车拉到坡下等人：有上坡的人走过来了，娘就求人家帮忙把车推上去。她还教嫂嫂嘴要甜一点儿，谁帮咱忙就大声感谢人家。

这样，一个很有意思的情景就出现了：一个老太婆拉着平车攀大坡，车后面有个人使劲儿往上推车，坐车的妇女不住地说着"麻烦啦麻烦啦"……上坡是如此，下坡也如法炮制。晚上爹下地回来，进门第一句话就问娘说："今儿咋上咋下的？"娘笑着说："走路的好心人多的是，央求他们帮个忙，上下也就不难啦！"

过了半个多月，成人哥来了。他背了十几个大蒸馍，说是给嫂嫂送的干粮。又过了一个月，他又背来20个馍馍。他知道我家没有油吃，就拿了一斤棉籽油。谁知搭汽车的时候把玻璃瓶子碰打了，油瓶跟馍馍一起装在一个毛褛袋里，油把馍馍全浸透了。之后，成人哥还送过一次馍馍。我娘说："要不是你成人哥3次送馍来，咱家就揭不开锅啦！"

就这样，我娘每天拉着嫂嫂去给她治病。风吹日晒路难走且不说，娘说最怕的是天下雨。有一回她们俩从医院回家，走到半路，忽然雷鸣电闪下起了暴雨。顷刻间娘和嫂嫂都成了落汤鸡。娘的车窝在泥泞的土巷走不动了。要不是我和弟弟前去找她们接应，真不知道她们该如何回家。

从夏天到秋天，如果没有特别恶劣的天气打搅，我娘天天都要拉着嫂嫂去治病。中秋节前几天，成人哥从临猗县来了。他一进我家门就气喘吁吁地大声叫婶婶。我娘还以为他遇到了什么急事儿，忙问："怎么啦？"

成人哥指着正在院子里独自走动的嫂嫂说："婶呀，您真是辛苦您啦！真是辛苦您啦！你瞅，她都能走啦！"

嫂嫂说："你这一个多月没来，我其实早都能走啦！"成人哥说："婶呀，医生咋说？是不是她这病就算好啦？"娘说："好不好吧，反正现在不用你背她走路啦。医生说得治疗 120 天哩，她这才去了 99 天。"嫂嫂说："婶，不是 99 天，咱们都去了 101 天了。我数着呢。"

我听了他们的争执后说："99 加 101 再除以 2 等于 100，娘，就算 100 天吧！"成人哥说："承群说得对！就算 100 天！"

娘说："管他多少天呢，反正你嫂嫂这病，一天比一天见好啦！再坚持 20 来天，说不定就彻底好啦！"

大家都很高兴。可是吃过午饭后成人哥夫妻俩说啥都要回家去了。娘说："十里路都走了九里半了，剩下半里却不走啦！不行，咬着牙也要坚持到底！"成人哥耷拉下眼皮说："这些天村里的活忙得要命，家里 4 个孩儿病了 2 个了。她再不回去的话，还不知道要出啥事儿哩。"

娘半晌没言语，只是轻叹了一声。临走时，他俩跪下给我娘磕了一个头，我娘急得说："我是你们的婶子哩，自家人还客气啥！"他俩起身之后，成人哥又跪下磕了一个头，说："我叔不在家，磕这个头是谢他的。"

马齿菜

# 着火的棉裤

20 世纪 60 年代，七八岁的孩子过年时都玩什么？玩手机？手机那会儿还没有问世呢；玩电脑？电脑那年代只有一些科学家才见得着。那么他们玩什么呢？玩哧火。什么是哧火？就是把一些木炭、硫黄和火硝之类的东西弄碎，用绵纸包成细条，这就是哧火。一到夜晚，哧火就被点燃。哧哧的响声、闪闪的火光和呛鼻的硝烟味儿，成为暗夜里一道美妙的风景。

我为何对哧火这么熟悉？因为我就是当年玩哧火的男孩。和我一起玩哧火的还有贵贵、让让和胜利。我们是邻居，年龄相仿，都是玩哧火的高手。所谓高手，是你必须精通制作技术并能做出一大把滋滋燃烧的哧火条。

再有几天就过年了，我们都非常兴奋。于是我们到女子中学的老砖墙上刮下了雪白的墙硝，又把早就藏好的硫黄粉拿出来，一起到城墙坡上的树林里弄些干树枝炼木炭。木炭炼好了，就按一硝二磺三木炭的比例混合起来捣成细末，再用写仿的绵纸把细末卷在里面，做成每根像筷子那么粗细的药捻子，这药捻子便是哧火。

哧火很容易燃烧，因为我们做成的燃料本身就是"准火药"，只是火药用的是火硝，而我们用的是老墙砖上沁出的硝碱罢了。

大家正鼓捣着，天已经黑了，于是大伙儿每人手持一根哧火点燃起来。星火闪闪，硫黄味刺鼻。而我们要的正是这个气氛。哧火的诱人之处就在于它只是一点点缓慢地燃烧，犹如小星星一样的火星从药捻上滴洒到黑暗之中，那种美妙，只有我们懂得。

正玩得高兴呢，突然我觉得我的右大腿内侧像蝎子蜇了似的疼了一下，接着又像针扎似的疼了一下。我低头一看，哎呀坏了！我看见我的棉裤上有个红红的火洞，有指甲盖那么大，它冒出一股与硝烟不同的气味儿，十分难闻。

"我的棉裤被烧着了！"我喊了几句，狂欢的同伴们才围了过来。贵贵说："赶快用手把火搓灭吧！"胜利说："里头的棉花烧着啦，搓不灭。城墙上没有水，洒些水火就灭啦。"让让出了个主意说："没有水不要紧，咱往着火的地方尿尿！"

贵贵说："这是棉裤，不是咱们刚才点的火堆。尿尿上去还咋穿呢？"大家正在出主意想办法的时候，棉裤上的火窟窿已经变得核桃大了，我的大腿也觉得火烧而灼疼。我想：还是赶紧往家里跑吧，我娘一定会有办法！

于是我把手中的哧火给了让让，飞快地朝家里奔去。几个伙伴也跟着我在后面跑。

谁知道这一跑更加坏事儿了！为啥？我腿上的棉裤是我娘今年冬天才给我装的新棉裤，娘用的是新里新表新棉花，因此又厚又绵，十分暖和。正是这样的好布好棉花，着起火来才更可怕。我没有跑动之前，棉裤虽然不停地燃烧，但是没有明火，烧得也很慢。我这飞快地一跑呢，就开始往火窟窿里"吹风灌氧"了！火窟窿迎风而亮，竟然着起了小火苗儿！

我感觉火窟窿下面这一块肉都快被烧熟了，疼得我满头冷汗。而越是这样，我跑得就越快；跑得越快，火就越旺！等我跑到院子里的时候，棉裤已经被烧出一个巴掌大的洞了。我的右膝盖都露出来了。

这时，我疼得大声哭喊，在院子里转圈蹦跳。娘拉开屋门冲了出来，她一看，急忙折回屋里，随即又冲出来。她喊道："快躺地上，

快躺地上！"我咕咚往院子里一躺，娘掀开我的棉袄，一剪子就把我的布裤带剪断了。随之丢下剪子，一手拽住我一条棉裤腿，连棉裤带棉鞋一齐脱了下来！

　　娘端来煤油灯仔细看我的大腿。她说："还好，皮肉烧红了，可还没烧烂呢。要是再迟一会儿，嫩肉都烧烂啦！"

　　听娘这么一说，我就不流泪了。我说："娘，这里很疼！"娘说："我这就给你抹药。"她翻箱倒柜地找了一会儿，高兴地说："好不容易找见它啦！"

　　娘手里拿着个小海螺瓢。我说："娘，这里头装的是擦脸油，不是药。"娘说："这是装擦脸油的海螺瓢，可是油早就用完了，我舍不得撂了，用它装花钱也买不来的好药。"

娘把海螺瓢打开，里面是乳黄色的油脂。娘用食指抠了一点说："你闻一闻，看知道这是啥吗？"我抽了一下鼻子说："哎呀，真难闻！"娘说："这是獾油，是你姥姥前些年给我的，我把它抠在海螺瓢里，撂了这么多时候也没用着，可没想到今儿用上了。"

"你姥姥说，獾油是个稀罕物，哪儿烧了烫了，抹抹就好啦。它还是越陈越好哩。今儿给你抹抹，看看究竟是啥！"

娘这么一说，我突然感觉这小海螺瓢十分神秘了！只见娘一点一点、一圈一圈地给我红肿的皮肤上擦上了獾油。她还找了一长条旧衣服上剪下的布条，将我的伤处包扎起来。

娘说："行啦，小孩皮肉长得快。过几天就不疼啦。"还嘱咐我说，"以后棉衣裳若着了火，可不敢飞跑了！赶快把它就地脱了。宁可烧了衣裳，也不能烧了人。"

爹听见娘的话就说："还烧哩，还烧哩，烧了一条棉裤还不够吗？"他还走过来狠狠瞪了我一眼，"再烧了衣裳小心我用棍打！"

娘说："你就知道用棍打！咳，他是个人又不是件东西。东西你把它撂在那儿它就在那儿，人你能不让他动吗？"

爹说："行行行，你说得对，你就叫他烧吧。反正棉裤也不是我做的，烧了你再去做新的。"

我说："爹，我以后小心，不烧棉裤了。"

爹此时语气平和了，说："不烧棉裤了？那你可去烧棉袄？"

我说："也不烧棉袄。棉裤棉袄都不烧了。"

煤油灯下，爹娘都哈哈大笑起来。娘说："群儿啊，你一定得记着：你们在外面点火的时候要十分小心哩。棉裤烧了，我还能给你做；要是把树林呀房子呀点着了，那就惹下大祸了！"

娘这话我当时就记住了，而且一直记到了现在……

马齿苋

# 鸡油油馍

　　我的家乡山西省运城市距陕西省西安市不足 300 公里，虽隔着一条黄河，但由于历史和地缘的因素，这两地其实同属一个文化板块。不仅说话相似，而且饮食文化也大致相同。比如，两地都把馒头叫作蒸馍、把烙饼叫作烙馍、煎饼叫作煎馍，当然，也把油饼叫作油馍了。

　　我娘做的油馍，就是把白面和好擀成面饼，然后放入油锅煮熟的油饼。我小时候家里很少吃油馍，原因是少面缺油。我家靠近大水瓮的地方有个半人高的瓷瓮，姜黄色，我娘专门用它装白面，叫它面瓮。磨回来的玉米面和高粱面是不能入面瓮的，它们就装在面布袋里，码在木头凳之上。面瓮口有盖，是由两片半圆形的厚木板做的，非常结实。娘每次到面瓮舀面时，先挪开瓮盖，再拿起放在面瓮里的葫芦瓢，娘说一葫芦瓢舀满能舀斤半面，看来这葫芦瓢也不太大。

　　我常常听到娘掀面瓮盖的咯当声，也常听到娘用小笤帚扫面瓮的沙沙声。一听到后者，我就知道面瓮里没有面了。这时候娘往往会自语道："留一点吧，要不，连发酵子的面都没有了。"天长日久了，我只要听见面瓮盖的响声，就能知道面瓮里还剩多少面。令人失望的是：面瓮盖的响声常常是渺茫而空旷的。

　　面如此，油更甚。那年月我们城市蔬菜生产队都吃的是供应油。每人每年大约可以分到 2 斤油。我 1973 年高中毕业后，就当上了生产队的保管员。全队 500 多口社员的粮油，都是经我手发放给每户

社员的。那年我们每人只发了 1 斤 6 两棉籽油。就这 1 斤 6 两油，还是分 3 次发给社员的。我记得很清楚：那年时近年关，大队通知各队保管员去运城轧油厂领油。老队长给我派了一辆大马车和 5 个壮劳力，大伙儿扬鞭催马，高高兴兴地去了。谁知我们还没有看见油厂的大门，就勒马停车了。为何？油厂的路上，已经被马拉的车和人拉的车塞满了。我们排了一天队，天黑终于排到大门口了，人家却把大门呼隆隆一关，说下班了。我急忙请他查一查我们生产队能领多少油，油厂人说，每人 2 两半，你算算就知道了。

我回来把这情况报告给队长。队长说："2 两半也是油。赶快领回来发给社员吧，到年下了。"不过队长说明天大马车就不用去了，再给你派个壮劳力，拉辆小平车就解决了。于是我找到那位壮劳力，约好次日凌晨 4 点出发去油厂，不然怕领不到油。第二天凌晨，我们不到 4 点就出发了。走到了油厂路口时，就看见马灯闪闪，人喊马叫的。我说："咱跳墙进去吧。要不今天还排不上。"于是他放好小平车，先把我顶到墙头，我再把他吊上墙。当我们滚着油桶走出油厂大门时，无数人投过来羡慕的眼光。

下午我们就在队部院里开始分油了。天冷，油凝成了黄色稠汤。架柴火把油桶烤热，才把油抽到盆里，然后用舀饭勺舀到一只小铁桶里，使一杆很灵敏的小秤来称。人多的户还好称，人少的户只有一人或二人，怎么称？不好称也得称啊。我们就这样硬着头皮把油分下去了。

那个时代，即使谁家里有钱也买不到油。因为粮油统购统销，买者你敢买，卖者谁敢卖？

分得少，买不到，吃油跟吃龙肝凤胆一样难。娘把油倒入油罐，放在案板旁边的墙窑里。她在一根筷子头上缚了一疙瘩布条，炒菜时提起筷子往锅底抹一抹，就算是添上油了。

吃油馍就是吃白面和油呢，当时面也少、油也缺，那还能弄成景？家庭的情势我们都知道，所以我不奢望娘会给我们做油馍。

然而有一天中午下工回家后，干干净净的土院中间摆着小饭桌，四四方方的小饭桌中间放了一个搪瓷盆，大大圆圆的搪瓷盆上苫着一块大笼布。娘神秘兮兮地问我说："群儿啊，你闻到香气了吗？"我说我在大门外就闻到了一股香气。娘问："是啥香气？"我说好像是油馍或炸馍片的味儿。我对娘说："大概是隔壁我四叔家今天吃好的吧？香气都飘到咱院来啦。"娘说："光兴他家吃好的，就不兴咱家吃好的？你不掀开盆瞅瞅盆里是啥？"

说实话，我此刻心里已经激动了，我知道娘这样说，肯定有让我意想不到的好事！于是我迅速掀开笼布，哈，油馍！我说："娘，这是给我们吃的吗？"娘说："不是给你们吃的，难道是喂猫娃的？今儿中午就吃油馍！叫我再焯一盆胡萝卜丝，给你们吃个油馍卷蒜菜！"

爹和弟弟都回来了，娘的胡萝卜蒜菜也调好了。油馍金黄灿亮，香气扑鼻；蒜菜又酸又辣，刺激味蕾，我们吃得太美啦！娘忽然问道："你们光顾吃哩，就不问问这油馍是啥油煮的？"爹说："就是咱的棉籽油煮的呗。"我说："是用平时炒菜的油煮的。"弟弟说："对。"

娘哈哈大笑说："都没说对。你们再仔细尝尝。"爹说："仔细尝尝也是这个，不会有错。"娘说："我断你们肯定猜不出来——这是鸡油煮的！"

"啊？鸡油能煮油馍？娘，你哪儿来的鸡油？"我和弟弟异口同声地问道。娘说："不记得前几天黄鼠狼咬死咱家那3只鸡了？鸡肉给你们炖炖吃了，鸡油我都掏出来搁在那儿。你们想不到能掏多少鸡油：饱饱一大碗！我从没见过鸡肚子里有这么多油，特别是那只老母鸡，光说它不下蛋了不下蛋了，原来它是叫鸡油把肚子糊

马齿菜

220

满了——金黄透亮，就跟蛋黄似的，一嘟噜一嘟噜，它一只鸡就掏了大半碗。今上午我把它们放锅里一炼，呀，喷香喷香，比咱们分的棉籽油还要清亮呢！正好，盆里有我蒸馍起的面哩，我就煮一回油馍试试。反正你们也半年多没吃油馍了！"

爹说："要是你不说，叫我坐那儿想一百天也想不到是鸡油油馍。你娘真行！"娘说："我是瞎摸揣哩，谁能想到鸡油还能煮油馍？真是活到老，经不了。"弟弟说："娘，我听说小喜在咱们土崖上打死了两只黄鼠狼。以后就没有黄鼠狼来咬咱的鸡了，那您哪里还有鸡油给我们煮油馍啊？"

娘和爹都哈哈大笑起来。娘说："憨娃，黄鼠狼不来咬了，咱们想吃油馍，不会把咱的鸡杀了？"

爹说："看你娘说得有多好！那还不如把咱猪圈里的猪咯吱了，猪油也能煮油馍呀！"

# 奶头上的黄连

我们弟兄4个，都是吃我娘的奶水长大的。要是没有娘的乳汁喂养，我们的婴儿时期几乎没有可食之物——牛奶没有，羊奶没有，驼奶更没有；奶粉没有，奶片没有，奶酪也没有。那个时代的婴儿大抵都是如此，很少有人能够有钱购买母乳的替代品，即使有钱，也不一定能买到这样的替代品。

娘的乳汁，就是我们的生命线，因为它是维持我们生命的唯一食品。对我们来说，有钱没钱都不要紧，只要有娘；对现在的婴儿来说，有娘没娘倒无关紧要，只要有钱。仅此一点，就折射出了时代的海拔落差。

我娘常给我讲我二哥的故事，说我二哥不到1岁的时候她就回奶了。回奶就是奶水很少，或者干脆没有了。二哥哑个干奶头却吃不上奶，这可咋办？有办法，那就是去吃别人家的奶。谁家的孩子长大了、已经断奶了，可是孩子的母亲还有奶水，那就跟人家说说，让二哥去吃人家的奶；还有一种情况是孩子的母亲奶水很饱，自家的婴儿还小，吃不了这么多奶水，那也可以让二哥分着吃一些，不过要以人家的娃娃为主、二哥为次了。因此，二哥吃过好几位妇女的奶。吃的最多的是运生娘的奶。运生姓程，他的爹高大威武，人称程大汉。每年过年时，钟楼底都要耍龙灯，程大汉便是舞龙头的人。一个龙头百十来斤，只有他舞得轻松自在。他的婆娘也高大强壮。运生比我二哥大一两岁。他都不吃奶了，他母亲的奶水还很丰满。于是他母亲就把自己的奶水挤到地上去，否则奶头夯得难受。爹跟

马齿苋

222

"婶婶的奶也甜。"

程大汉是好友，娘跟程大汉的婆娘称姐道妹，两家一说，程大汉的老婆就说，把娃抱过来吧，吃个奶算啥？这样，每到该吃奶的时候了，爹或娘就把二哥抱到程家，吃罢奶再抱回来。前前后后，二哥吃了多半年呢，一下吃到给他断奶。

记得娘曾经说过："吃谁家的奶，像谁家的人。你看你二哥，吃过程家的奶，他的头发跟程运生的很像，都是直愣愣地长，跟你们弟兄几个明显不一样。"

我吃我娘的奶吃到3岁半。"成了大小伙了还吃娘的奶，羞不羞？"邻居的婶婶们都这样跟我开玩笑。"都满嘴牙了，还要吃奶，也不怕人家笑话？"娘这样说我。这些话几十年来经常在我耳边响起，就连她们说话时的表情神态，我至今都记得清楚。因为我当时已经能够记事了。人说"三岁记到老"，这话一点儿不假。

然而，我不管娘和婶婶们怎么说我，我还是要吃奶。还记得有一回娘对一位婶子说："这娃3岁多了，按说我现在都该离脚离手了。可是这娃缠我缠得紧，你想干个啥就丢不开他。转过来脸要来吃奶奶，扭过脸要来吃奶奶。唉，也不知哪辈子欠下他的，还没还够哩！"那婶子说："你不会想个办法把奶断了？"娘说："有啥好法？打也打过，骂也骂过，可他就是要吃。有时候一想呢，咱家里吃也没有好吃的，喝也没有好喝的，娃就想吃你几口奶嘛你还不叫吃？谁叫你当娘哩。这么一想呀，心又软了。反正我现在还有奶水，吃就叫它吃吧。"

那位婶子说："我试过一个办法，不知你用不用？你弄点辣椒面，倒些水和一和，他要吃奶，你就抹在奶头疙瘩上。小娃都怕辣，辣他的嘴他就不吃啦。我的二小子就是这样断的奶。"娘说这法也不咋好，不过让我试试吧。

她们说这话的时候，我其实就揪着娘的袄襟站在娘跟前。我至今还怀恨那个出馊主意的婶婶。但她的面容在我的记忆里十分模糊，就像一团云朵。

实际上我娘最终听取了她的主意，不过也没有获得成功。这一天，娘按照那个婶婶传授的秘方对我采取了行动，我刚衔住娘的奶头，嘴里就觉得火辣辣发烧，我一边吐着舌头一边大哭大喊。娘说："瞅它有多辣！还是不吃它了。"我望而生畏，只好停口。可是辣椒面抹到奶头上，也把我娘辣得够呛。我娘用了几次，就不用了。

晚上，生产队队长到我家里来了，他说眼下菜地里活太忙，草都快把菜苗吃了，要我娘明天就下地锄草。娘说我还有这个小尾巴缠着呢。队长说你把他也领到地里吧，他玩他的，你干你的，没有影响。爹也说就先试一试吧。

于是我就跟着娘下了地。跟娘在一起干活的社员很多，男男女女老老少少，大多是我没见过的脸孔。有时候我想过去吃娘的奶，可是又怕这些陌生人笑话我。等到娘干完了活儿收工时，我就急忙跑过去揪住她的袄襟要吃奶。娘说这地里头没法坐，回去再吃吧。于是我扯着她的袄襟一路回家，走不动了娘就背我走一截。一进我家院子，我就跑到前面伸开胳膊拦住娘要吃奶。娘在我头上啪啪打了几下说："你得叫人回到家呀，跟土匪一样挡住人不让走？"记得娘打得很疼，可能她真的生气了。

我长大后娘还跟我提起这件事，她说："想起来娘觉得不该打你那几下。可是你不等到娘把手洗洗再喂你奶——就这么揪住我的袄襟不放手。"

还有一次我在菜地里缠着娘要吃奶，娘说她现在没有奶，等下了工有了奶再吃。我哼唧着不依她。此时有几个婶婶在不远处干活，其中一个婶婶喊道："李家姐，你叫娃过来，我叫他吃口奶。我今天还没喂我娃吃奶哩，奶水饱着哩。"可是我不熟悉她，说什么我也不到她跟前去。那婶婶扔下锄头走过来说："想吃奶还怕羞？来，你娘没有奶，你吃婶婶的。"我娘也说："叫你吃你就吃几口吧。别把婶婶咬疼了。"她还对婶婶说，"这娃有牙了，有时候就咬住我啦。"记得那次我吃得很饱，是那婶婶一直叫我吃的。以后，我还吃过几个婶婶的奶。可是我都觉得她们的奶水没有娘的奶水好吃，有时还觉得不习惯她们奶水的味道。

我长到 3 岁半的时候，有一天又要吃娘的奶。娘说："娃呀，娘的奶不能吃了，它变得涩巴苦！"我不信，娘就叫我吃。我一吃，啊呀，直苦到喉咙眼深处去啦！娘说："不能吃了吧？我说你还不信。"我不甘心，试了几次，都是苦得要命。

从此，我不吃娘的奶了。有时娘跟许多婶婶们在一起，有些正在哺乳的婶婶们知道我的故事，因而都会慷慨地叫我过去吃她们的奶。可是我记着娘在家里教我的话，就对好心的婶婶说："我长大啦，不吃奶啦。"

当我真正长大之后，有一回，娘笑着说起了我小时候吃奶的故事，她才把一个秘密告诉我，那就是她用黄连水抹在她的奶头上，才最终让我断了奶。

马齿菜

# 皂 角

皂角也叫皂荚，是皂角树上结的果实。皂角又扁又长，宽如普通皮带，厚如薄屏手机，有一本书立起来那么长。它成熟时为深褐色或浅黑色，存放时间愈长则颜色愈深，因此我娘叫它黑皂角。

百度百科的"皂角"词条列举了皂角的诸多用途，说它可做中药，也可用于工业金属部件的表面清洗，等等。但是它没有提及皂角具有良好的净头发和洁体肤功能。

我娘去世时已经95岁了。假如她今天还在世，那么她一定会说："百度百科，你听我说——皂角呀，就是最好的洗发水、沐浴液，就是最好的香皂和肥皂。不用跟我争辩，因为我用了它一辈辈了。我用的皂角比你见过的都要多哩。"

皂角是我娘之爱物。

她喜欢皂角的去油渍、褪脏污能力。她说："树枝上结的，春天才长出来，长到秋天就这么劲儿大！人身上脏了，人头发油了，使皂角一洗一搓，净净生生，利利爽爽！"她还说，"过去哪有肥皂、香皂？哪有洗衣液、洗衣粉？可是有皂角。衣领污了，衣裳脏了，只有皂角能解决。你爷穿的衣裳黑明油光的，尤其是他的领口，都能刮下二两油来，撒一大把土碱面也洗不净。咋办？我用皂角水泡，揉了几遍，还是把它洗净啦。"

她喜欢皂角的经济实惠。她说："皂角树哪儿都有。老康中后头有一苗两人合抱的老皂角树，付桂莲住的长胡同后头那一苗更比它粗，它可能是咱潞村城（运城县城古称）里最古的皂角树。我小

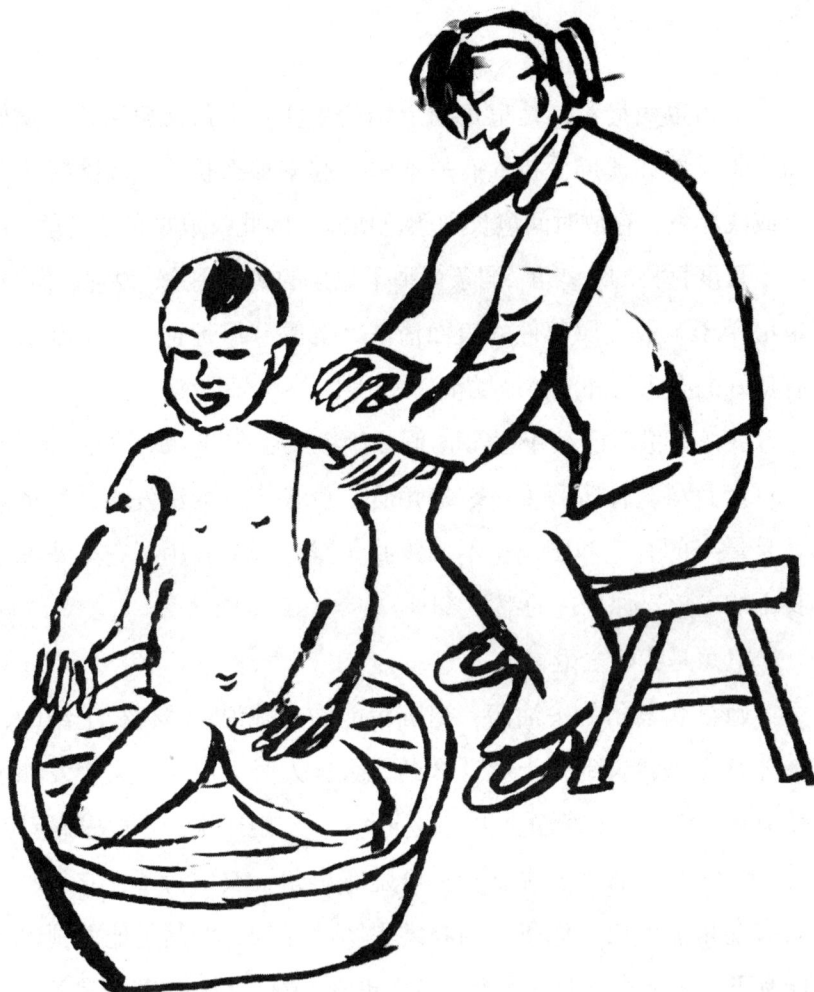

时候在永济赵伊镇、年轻时在芮城学张村，那里都有皂角树。平时人们对它不注意，可是到了秋天，树叶落了一瞅，嘿，满树上都挂的皂角。风一刮起，皂角就呼啦呼啦摇；风再刮大，皂角就滴溜滴溜转。这时候要离它远一点，因为皂角噼里啪啦往下栽哩，若叫它的尖尖扎住头，那可就疼死啦。有时候夜里起了大风，天明人们就去树下拾皂角。一地都是啊。拾一些就回来了，剩下的叫别人拾。这一回拾不上不要紧，下一回刮风再拾也不迟。一个村里有一苗或两苗皂角树，全村一年都够用了。拾多用不了，攒着它会生虫。下一年的皂角比今年的还要多，只要有日月，就会长皂角。"娘还说，"有的家皂角拾得多了，有的家拾得少或没拾上，那咋办？拾得多的就会说：谁家没有皂角，我家有哩。她就会把皂角匀给她用。反正是天生地产的，大家又不花一个钱！"

娘喜欢皂角的简单和方便。娘说："洗发水、洗衣液当然用起来方便，可是皂角用起来也不麻烦。你要洗头发了，就拿一根皂角使斧头轻轻一敲，不敲成碎末也行，只要敲开就行啦。然后往热水里泡一下，这你就洗吧。洗了头发，又光又黑又亮，就跟染过的头发一样！"娘还说，"都说这个洗头不落发，那个洗头能乌发，我看皂角就能滋养头发。它不是化学产品，不会伤人。洗完了，还有一股清香味。常用它洗头，枕头都是它的清香。老人们常说：这味道人喜欢，虫虫不喜欢，它们闻见皂角味儿就跑了！"

娘是从落后的旧社会、从贫瘠的生活中挣扎着活过来的。她的孩童时代和青少年时代，都是在极其穷困的时光中度过。那时，正值她的青春时代，虽缺吃少穿、宿居破庙祠堂，但洁净与爱美之心与富人皆同。"衣裳不怕破旧，只要干干净净"，娘和姥姥都有这样的讲究。于是乎，皂角就成了她们的好朋友和铁伴当，陪伴她们一路行走，不嫌不弃不舍不离。在那个时代，皂角，就是高天厚土恩赐予穷苦人，特别是穷苦妇女的最好的清洁品和化妆品！

娘从小就用皂角洁身和洁衣，这是姥姥的传承，也是生活条件所使然。可是这让她形成了一种生活习惯和性格癖好。记得我小时候，娘就经常给我用皂角洗头洗身。我或出去玩耍或出去拾炭核，回来都是一身土。娘用一盆皂角水，把我从头洗到脚。有时汗湿衣衫，周身都感觉黏糊糊的，皂角水一洗，简直如脱胎换骨般的轻快！

我娘也常常用皂角擦洗身子。记得我小的时候，爹和哥哥们都不在家，娘就烧一大锅热水，她把一根皂角放在台阶的青石板上，用斧头砸扁或砸成碎屑，然后让我把它抓在手心里。娘把屋门关住坐到水盆跟前，她用热毛巾把她的脊背擦热擦湿后，才叫我把手心里的皂角屑在热水里蘸一下，蘸湿了抹在她的脊背上，然后用小手轻轻摩擦。把她的整个脊背都擦遍后，娘就递给我热毛巾，让我再把皂角水擦去、把脊背擦干净。娘很少去二郎庙的公共澡塘洗澡，她说去澡塘花钱不说还老费时间，有时候还叫人膈应。说那里头啥人都有，有的人身上怪味熏人，有的人身上还生着皮癣呢。她还说在家里能用皂角搓背，人家澡塘里不愿意叫用，怕皂角渣堵住了下水口。

每次洗罢澡，娘都十分愉悦。她总是说："添一把柴火，就烧一锅水，一锅水就洗个澡，洗一回澡还用不了一根皂角哩。有跑到二郎庙（澡塘）的时间，我早洗罢了。"那时候的娘40岁上下，还是一身青春活力。她的长发经皂角水一洗，清水一漂，乌黑闪亮；她的皮肤用皂角一搓一擦，油腻尽除，白皙光滑。

有时候，娘拿着一根皂角说："要是光瞅它的模样，你都不想瞅它。为啥？刺刺扎扎还歪歪扭扭，似乎瞅见它眼珠都觉得不舒服哩。可谁知道这东西有这么大的用项！"她有时还发感慨说，"瞅见皂角就想到人。有人就像皂角，面目不起眼，可是能干实活；有人是

马齿菜

雪白母鸡，不好好下蛋，光是有个壳郎（空壳）。"

我知道娘喜欢皂角。一次，我和省电台记者站的负责人一同到永济市万固寺游览。万固寺坐落于半山腰，那时它还没有被开发为旅游景点，因此上山的路就在树木杂草中间穿行。路不好走但也有好处，那就是我在路边树丛中发现了很多低矮的皂角树，皂角树上有不少皂角。这是野生的，并无主人。于是我就采集了几大把给娘拿了回来。娘很高兴，说现在皂角树和皂角都不好找了，她用的皂角，都是托人从老远的村里寻下的。

有一年秋天，我到一个农村采访，发现村委会前面的土场地上，有一棵很大的老皂角树，树底下落了很多黑色的皂角。村民们都在树下的石头上坐着闲聊，皂角就在他们的面前和脚下，可是他们都是视而不见。我想过去拾一些拿回去给娘，可是村里的男女老少众目睽睽，我是个省报的记者，怎好意思弯腰捡拾那跌落在尘埃之中、村民们瞧都不瞧一眼的东西呢？心里斗争了几回，最后还是选择了放弃。回家之后，我后悔极了。我谴责自己死要面子，还暗暗在心里说：下次再到这个村子采访的时候，一定不顾一切地捡一些皂角回来送给老娘！可是，至今 20 多年已经过去了，我再也没有机会去那个村子采访了。不知那棵老皂角树还在吗？

# 正痛片

今生今世我认识最早、印象最深的西药片就是正痛片。它是一种像衬衣扣子那样大小的白色药片，主治头痛、牙痛、神经痛，10片一包，装在一种浅蓝色的扁纸盒内。每个药片的正面，好像还刻着两条小鱼，大概是它的注册商标吧——我最初认识的就是这种正痛片。

正痛片是我爹离不了的东西，也是我娘经常跟他吵架拌嘴的原因。我童年的许多记忆，都附着在这药片上。

爹经常牙痛、头痛，有时还胃痛。正痛片正好可以对症下药——爹说每当这儿痛那儿痛时，吞一片就没事儿了。因此，正痛片就成了他随身携带、不可须臾没有的神药。可是爹整天下地劳动，他没有时间上街买药。于是，娘经常指派我去完成这个任务。

娘是我家的"掌柜"，米面油盐、衣裳被褥、日常花销，全由我娘掌管。不要说家里没钱，就是有钱，也攥在我娘手里。我认为这很合理，因为娘不仅会精打细算，而且至勤至俭。

每次需要给爹买药时，娘就会把毛毛钱和分分钱给我说："去给你爹买正痛片吧。记着，出了咱的巷走阜巷，再拐到胡家巷一直走，走出巷子就看见西药房了。买了药赶紧回来。"

其实，这张路线图早就在我脑子里了，因为娘先前已经领着我去过好多回了。西药房正对着胡家巷口，它在院背后街的东口上。它的北邻，是鼎鼎大名的福同惠点心铺。西药房很小，人也不多，娘每次给的买药钱我都紧紧握在右手掌心，因此到了柜台前，我只

马齿菜

"他爹，没钱时，你总喝正痛片，现在有钱了，你咋不喝了？"

需要踮起脚尖，把手掌展开说："买正痛片！"卖药人就把正痛片递给我了。他还要随口说："小孩，钱不多不少。把药拿好啊！"

从药味刺鼻的西药房出来之后，我并没有执行娘的命令马上返家，而是要到福同惠点心铺里转一圈。福同惠点心铺是百年老字号，那里面香气浓郁，有金枣、糖豆角、南式细点、煮饼等多种糕点糖果，都是福同惠最驰名的产品，我十分熟悉。可是这些好吃的我基本上都还没有吃过。我饱了饱眼福、闻了闻甜香气之后，就很满足地回

我所见和娘所说的娘

家了。

　　爹拿到正痛片时，总是非常高兴。有时急忙打开盒子，取一片搁进嘴里，不喝水就吞进肚里了。我很羡慕他这个本事，因为有时感冒了娘也叫我喝正痛片，一片药掰了4份，一份一份喝，一茶缸水喝完、肚子都喝撑了，那四分之一大的药片还贴在舌尖上。正痛片苦中带酸，一入喉咙眼就想呕吐。我曾问爹，你为啥喝得那么香？他说："唉，没法子啊。"

　　那时正痛片一毛一分钱买一小纸盒，也就是说：一片一分钱多点儿。爹每天要喝两片正痛片。可是这也常常会在家里引起不小的风波。

　　有一回我放学回来，娘正和爹吵架。娘说："家里连灌酱油醋的钱都没了，你还不丢你的正痛片？"爹说："谁愿意喝？不喝它不行嘛！"娘又是老话："我光知道不吃馍馍饭不行，没听说过不喝正痛片不行！"爹说："病不在谁身上谁不知道痛呀！"娘又说："病是死的，人是活的。一个人还能叫病给拿住？你下个决心不要喝它，看能把你咋了？"爹说："能把我咋了？把我疼得心焦意乱的。"

　　娘接着说："如果家里有钱，那你就喝，没人说你。没有钱，你还是照样喝！"爹说："一盒药一毛一，你当花多钱？"娘说："一毛一？就是一分钱它从哪里来？一年到头谁给我一分钱？"说着，娘几乎要哭了。

　　爹沉默了。我想他是认为娘说得有理。那些年干生产队的活，吃生产队的粮，分生产队的菜，烧的是拾来的柴草和炭核，穿的是娘织的布、缝的衣，一年到头也分不到钱，我家人口多、劳力少，把本来能分到的钱都吃光了。

　　爹沉默了一会儿说："行啦，你不要唠叨了，我今后不喝就对啦，头痛、牙痛，就叫它狗日的痛吧！"娘说："不喝了？你还能不喝正痛片了？"

娘的预言是不错的，爹虽说他不再喝正痛片了，可实际上还在喝，他不喝就头痛。娘说他有瘾了，肚里生了药虫，不喝药，虫就在肚里拱。

儿时记忆中，就因为正痛片，娘跟爹不知吵闹过多少回数。有时吵得激烈了，正痛片就被摔在地上，碗筷也被摔在地上。此时的我，总是淌着泪蹲在地上，把正痛片一片一片地捡起来。我说："娘，您别吵了，就叫爹喝吧。"娘给我整整衣衫说："不是要跟他吵，有这一毛一，还买一斤盐哩。一斤煤油三四毛钱，一盒正痛片换成煤油还点十几天灯哩。日子呀比树叶还要稠呢，说是没钱，一分钱都没有呀。一个钱的东西要一个钱买，你不拿钱，就是笑成一朵花，人家也不会给你东西。"

我理解娘，她是我家的管家，要筹谋全家人的生计。我常常暗暗发誓：长大后挣下钱一定要给爹买多多的正痛片，放在他那个放火柴和正痛片的小柜里头，他啥时候想喝就去拿，想喝多少就喝多少，再不要娘因为这白片片给爹生气了！

然而等到我们弟兄几个都长大成人会挣钱之后，社会和家庭却发生了巨变。爹呢，早就改变了他对正痛片的初衷。他的小柜子还在，里面仍像我小时候那样，装着他吸烟用的一包包火柴，还有一盒盒正痛片。这些火柴他每天都用，而正痛片，他只有在感冒发热时才会喝几片，平时动也不动它。

娘有时跟爹开玩笑说："这么多正痛片，你现在倒是喝呀。那时候买不起，你偏偏还是非喝不行！"爹说："看你说的，那能由人？"

# 酸菜忆

初冬时节，我们自运城市开车去太原。帕萨特轿车轻捷地跑着，两个小时便抵达霍州。霍州是运城和太原的等分线，我们已经走过一半路程了。肚中空了，大家说咱们吃饭吧，于是开车到厦门镇一家小饭铺。外面风萧萧，里面暖如春。店主是位精干的老妇人。她一边殷勤地介绍饭菜，一边斟上滚烫的茶水。除了我们点的饭菜之外，她还特地推荐了一道据说是她家饭铺独有的菜——酸白菜。我们还没点头，她已经亲自下厨去了，片刻之间，一大盘酸白菜便端了出来。菜未落桌，扑鼻的香气就让我们不约而同地举起了双箸。她夸得不错，酸白菜真正好吃。

几个人风卷残云般将这一大盘酸菜顷刻吃光，却见女主人笑眯眯地又端来一盘："吃吧，我泡了几大缸哩！人们现在都爱吃过去的饭菜！"听了这话，我又吃了大大一口。

此时我想：您做的酸菜再好吃，也抵不过我小时候的酸菜好吃！只是，她的酸菜和她的话，勾起了我对酸菜的回忆，且一忆而不可收……

小时候，我怎么也弄不明白：为什么家里吃的总是那么欠缺？爹娘一刻不停地劳动，下地回来还要喂猪喂鸡、纺花织布，我们弟兄几个放了学也要割草拾柴、锄地担粪，全家没有一个闲人，用爹的话说，都忙得"连放屁的工夫都没有"。可一年到头口粮还是紧巴巴的。娘为了我们不断顿，就绞尽脑汁地节省口粮。每年入冬后，我们家至少要做两大瓮的酸菜。娘把我家的大瓷缸叫瓮，一个瓮一

马齿菜

236

米多高，能盛六七担水，你瞧这瓮有多大！这一冬天直至开春，酸菜就跟我们形影不离了。"酸菜也当粮"，当时我家把酸菜当作一半粮呢。

我家做的酸菜，绝不像现在超市或饭店里卖的酸菜，而是一种山东＋河南式的家庭用菜。我娘是山东人，爹是河南人。爹娘高超的做酸菜本领，来自他们父母的传承。我娘把从菜地拾回来的白萝卜缨、胡萝卜缨，还有芥菜叶、白菜帮等仔细过手，腾去沙土，除去干的、黄的、腐烂的部分。我爹担来一担又一担井水，他们把菜叶淘洗干净后晾在架起的竹帘上空去水分。这时候在专门烧柴火的锅灶上搭上大锅，添上树根、树枝之类的硬柴，把满锅水烧滚。

接下来，最紧要的工作才真正开始。娘腰系围裙，袄袖挽得老高，她把一大把菜叶放进沸水中，翻个个儿就捞到一个小盆里，爹一边照看柴火，一边把盆里的菜叶端到事先洗净的大瓮旁，一把一把地把焯过的菜叶装进瓮里。

就这样，柴火不停地加，大锅不停地煮，柴火用完了再取柴，锅里水熬少了再添水。将这两口大瓮全部装满，至少需要300公斤上下的菜叶和他们一整天的时光，而且还少不了我们弟兄几个的帮忙。

哪天爹娘做酸菜，哪天我家就是全家总动员：天不亮就起床行动，该吃饭时还吃不上饭。蒸馍、咸菜、白开水，就是这天的饭菜。因为做酸菜是我家天大地大的事情，隆重无比。若没有这几大瓮酸菜，我们都要忍饥挨饿哩！

瓮满火熄之后，娘打扫院子、洗锅倒水，爹照例是把两块年年都要使唤的压菜石洗净了压在菜瓮里。石头是青石的，每块超过30公斤。娘说，压不实菜就酸不好，还容易发臭哩。看来，这是个诀窍。娘说还有个诀窍，那就是酸菜瓮不能盖瓮盖，让它晾开口。可实际上，

马齿菜

瓮盖也盖不住，因为压在瓮里的石头半截都露在瓮口外面哩。

为了让酸菜尽快发酵发酸，娘在当晚睡觉之前就要烧半锅开水，开水中撒一把白面搅匀，然后趁热将这锅水倒进菜瓮。酵母菌有了面汤做营养品，自然十分活跃和努劲儿了。不出几天，菜叶就开始由绿发黄。夜深人静时，我们睡在炕上，都能听见菜瓮里"咕嘟咕嘟"的冒泡声。近前看，压在菜瓮里的石头都被气泡冲得微微抖动呢。每到这时候爹就说："能吃了。明儿炒一锅尝尝酸不酸。"

第一盆酸菜从压得很实在的石头下被一点一点拽出来了，酸味刺激得我们两腮冒水。爹娘把收完菜以后丢弃在地里的菜叶做得这么好吃，真是身手不凡！每天早晨，我家的饭食都是玉米面糊糊加炒酸菜。酸菜一炒就是多半锅。那时油太缺了，娘只在锅底滴几滴油就炒一堆酸菜，她经常说，油多就更香啦。我们先舀半碗玉米面糊糊，再从酸菜锅里铲几铲酸菜。这样，饭菜混合，连吃带喝，一会儿肚皮就撑圆了。每顿饭我总是吃得十分香甜。

尽管两大瓮酸菜不算少了，可是它也吃不到过年。于是，爹还要买些便宜的"凉帽壳"白菜来续补。立春节气一过，酸菜就变味儿了。母亲说灶王爷尿到了菜瓮里。每到这时，娘总是说："把瓮底儿捞一捞，腾了瓮吧，一冬天了，吃够啦。"于是，酸菜又与我们季节性地作别。

爹娘的酸菜很出彩。味道：酸甜带香；颜色：金黄灿亮。所有见过和吃过我家酸菜的人，都说它做得好。可是我娘很遗憾，她常常说："咱有了钱就不吃这烂菜叶子了。买它一车好白菜，美美压他一大瓮，多放点油炒一炒，那要比这好吃多了！"

酸菜瓮里的酸菜水也是晶黄透亮的。娘叫它"浆水"，说它能点豆腐，而且点下的豆腐，比卤水和石膏水点的都要好吃。酸菜水确实是个宝，邻居有人中了煤毒，我娘就从瓮里舀一瓢浆水让人给他灌下去，很快，煤毒就解了。我上火喉咙肿疼，咽东西都难受，

239

娘叫我舀一碗浆水喝下去，连喝两天，无药而愈。有时中午吃面条，娘就舀几勺浆水兑进饭锅，那酸香酸香的美味儿，连山西老陈醋也差得老远呢！

可是酸菜好吃却不耐饥。早上饱饱吃一肚子，等不到上第三节课时，肚子就空了。有时正在上课，肚子咕咕咕叫了，全班同学和老师都听得见，大家就笑。而且，吃酸菜特别能小便，每次下课铃一响，我就赶快往厕所跑，跑慢了就憋不住了。因为酸菜是当饭吃的，所以大便也是绿色的。有一回我被一同学看到了，说我的大便跟猪屎一样。猪吃菜多，我也吃菜多，岂有不同之理？但我认为他是侮辱我，我的拳头都打得有些疼了我还想揍他。从此以后，我上厕所尽量避人，尤其是在野外的壕沟里上厕所，更不能让同伴或同学看见。

然而，我对酸菜的热爱没有丝毫变化。一直到高中毕业，酸菜都是我们每年冬天必不可少的重要饭食。

时光流逝，世事转换，当年那种贫困的生活一去不复返了。随着我们的长大成人、爹娘的年老体衰和社会生活的整体改善，从20世纪80年代以后，我家再也没有做过酸菜了。那两口巨大的酸菜瓮，一口被抬到房檐底下，做了我娘的"雨水专用瓮"；一口被看中它的邻居抬走了，他们并非用它去做酸菜，而是另做他用了。还有那两块压酸菜的大石头呢，由于被经常使用，石头表面都被酸菜水腐蚀得斑斑点点，连棱角都没有了。爹把它们搁在台阶上像珍宝一样护着，可是多年以后，也不见其踪影了。

有次回家看娘，我看见台阶上空空的，就问我娘压菜石哪里去了。娘说："早些时候不知道：原来这压菜石就是穷困石——早把它扔了就早好了！"

马齿菜

# 娘给我剃光光头

我小时候家境苦寒，吃的穿的都很拮据。可是，在某些方面，我却显得十分富有。比如，我从记事的时候起，就拥有了一位私人美容师，哦，20年前叫作理发师、60年前叫作剃头匠。我的这位私人美容师其实就是我娘，她是我的专用剃头匠。

爹的手笨，娘的手巧，我从小就这么认为。为啥？因为爹给我剃头时，我不仅感到疼痛难忍，而且他还常常把我的头皮拉下几道口子。娘给我剃头则要好得多了。

其实，我家的剃头匠原来是我爹。他先打一盆很热的水，把我们的头发洗热洗软，然后抹上肥皂，之后，就挽起袖子，拿起剃头刀开始刮头发了。那时候别说电动推子，就是手工推子都很少见。爹让我坐在院子里的凳子上，脖子上围一条旧布单，以防头发落进脖项里去。我的两手还捧着一顶草帽。草帽是小麦秸秆编织的，表面凹凸不平，我爹剃下来的头发由于涂了肥皂，所以它一疙瘩一疙瘩的并不散落。爹把它用剃刀抹在草帽上，等我的头剃完光之后，把草帽反转来一拍打，头发就全部抖落在地上了。

这样的办法是我娘想出来的，它很适用于我们这个有5户人家共同居住的大杂院。娘说："咱家小伙子多，剃头时候就多。剃了的头发落得满地讨人嫌，咱要把它收拾好。"正因为如此，邻居们从不讨厌爹给我们剃头。可是我非常厌恶，我认为爹给我剃头就是让我过鬼门关。特别是他剃我的囟门顶时，每次都疼得我双眼擒泪、脊梁骨发冷。但是我不敢动，也不敢喊疼。那样的话，爹还会啪地

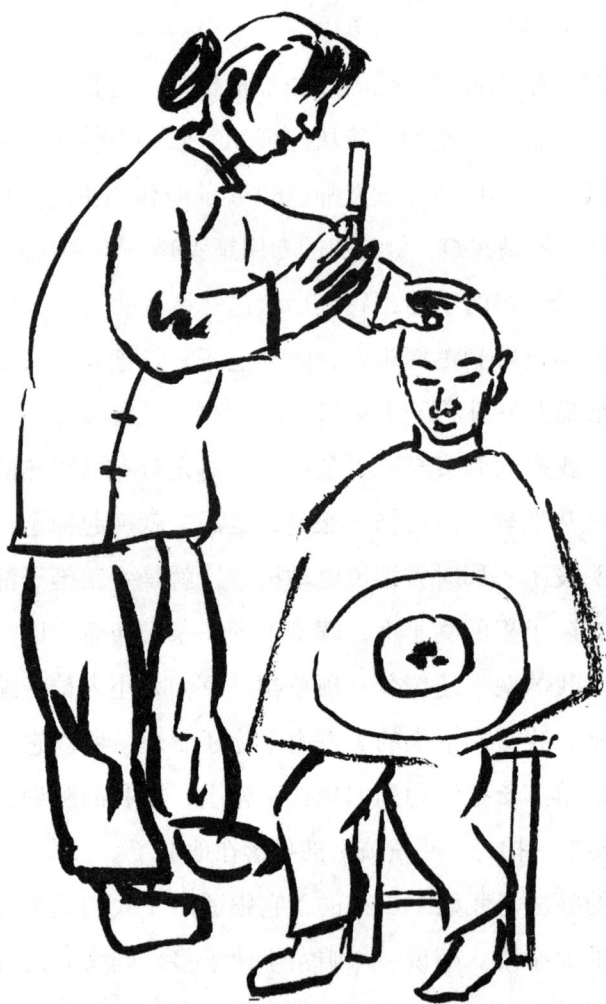

打我一巴掌说："我不信就这么疼！真是虚飘！"虚飘就是娇气的意思。这本是我娘平时责备他的词儿，却被他拿来责备我了。

我说："不是给你剃，你当然不知道疼！"爹扬起巴掌说："还犟嘴？再挨一巴掌！"娘这时不管在屋里忙啥，都会急忙跑出来说："群儿平常多皮实，就不知道疼痒。你肯定剃得疼啦！咋不会轻点给他刮？"爹说："这刀子这么快，我剃得跟用手拨拉似的，哪能疼？"娘说："你不看娃都两眼滴泪儿呢！你不疼，你的眼窝会滴泪儿吗？"

爹火了，说："好好好，我剃得疼，我不会剃！那今后你给他们剃头吧，我不干啦！"爹说不干真的就不干了。他把剃头刀放在我捧着的草帽上就走了。娘说："干得不好，还不叫人说，一说就撂下不管了。嗨呀，这种脾气！"

此时我的头上，还有一小片头发没有剃呢。娘把剃头刀拿起来了。她说："没办法，娘给你刮吧，总不能叫你头上留个台湾岛。可是娘只见过剃头，却从来没有拿过剃头刀呀。"这时邻居陈伯过来说："李家姐，剃头其实也不难。来，我给你说说，你一下就会啦。"陈伯告诉我娘："你一手摁住孩子的头皮把它推展，刀口放平顺着头皮往下走就行了。"

娘说："这要是把娃的头皮割破了咋办？"陈伯说："你照我说的试一试。头皮结实着呢，它不是菜瓜。"我感觉到娘的手有点颤抖。不过，她终于动刀了。一下，两下，她不敢用劲儿，生怕剃破我的头。陈伯说："你才学哩，这就不错！起码路数对头。一回生，两回熟，三回就成老师傅。你灵性，能行！"

娘问我："疼不疼？"我说："不疼。娘，你就剃吧！我不怕疼，割掉脑袋才碗大个疤！"娘说："看你说得吓人呼啦的。这话跟谁学的？"我说是一位革命烈士说的。娘说："这句话不能用在这儿，听见了吧？"我说是。

就这样，我娘费了很大的劲儿，才把我头上余下的头发剃完了。爹看见说："你娘剃的跟狗啃的一样。"意思是没有把头发剃干净，豁豁牙牙的。我说："我娘说，没有剃好不要紧。头没三天光，几天头发就长上来了，一有头发就能遮丑了。"爹说："好好好，那就叫你娘给你剃吧。"

从此，我娘便成了我的专用剃头匠。而我的哥哥和弟弟们，还是由我爹给他们剃头，他们并没有表现出难以接受的样子。娘说："我想呵，人跟人不能一样。你从小就护头。最要紧的是你的囟门顶这一块头发，剃的时候你总喊疼。这就要轻一些再轻一些，就会疼得慢一些。"我觉得我娘的这些话，说到了我的心坎上。

然而剃头不是理发，我娘剃头刀下修理出来的头型只是光光头，小伙伴们也戏称它和尚头。而我们班里的男同学没有一个剃光光头的，他们都是当时流行的学生头。我娘说："光光头，亮又白，不生虼蚤不生虱。它又好洗，又不需要梳子梳，多好。"我也觉得剃个光头很利索。可是，我们班的男同学不喜欢。他们也许只是喜欢——喜欢我的光头，因为他们在课间十分钟休息时就有了话题。这个说："跟电灯泡似的，怪不得咱们教室今天这么亮！"那个说："也像大西瓜，又圆又大，可惜不能吃！"还有的说："我看像葫芦！"

我本来不想理睬他们，而他们却得寸进尺。有欠揍的同学就跑到我身后来了，他们闪电般地在我光头上摸一把，就闪电般地跑开了。这个跑开了，那个又过来摸一把。摸过的都喊着说："光葫芦头，膏煤油！光葫芦头，膏煤油！"

这时我便把我娘上学前对我的叮嘱全部抛到九霄云外去了。我瞅准一个，飞冲上去，人不到拳头先到，这一拳攻击，那一拳预备；这一拳收回，那一拳出击，只打得这个倒霉的同学哇啦哭叫。一开始揍他时，还有几个同学过来帮腔，他们指着我说："光光头，野蛮狗！

马齿菜

光光头，野蛮狗！"

我心有主意：不管你人多人少，我只管扭住一个人打，把他打怵了，其余的也就害怕了。果然，被打的同学痛哭流涕地向我求饶，其余的围观者也都默默不语了。一顿饱打，胜过十句好话，我那时就相信这是一条真理。

打架自然是要得到批评的，何况在教室前面闹出了这么大的动静呢！放学后老师把我和被打者叫到他的"老师房"，问清了来龙去脉后，老师对那个同学说："你的学生头，是你爹领你到理发店理的；他的光光头，是他娘在家里给他剃的。学生头没啥了不起，光光头也不丢人。同学不可以随便欺侮同学，你明白吗？"那同学说明白。老师又对我说："他们摸你的光头戏弄你，你要及时报告给老师，让老师来批评他们，可不能用拳头来对待同学，你明白吗？"我点头说明白。于是老师就让我们回家了。

几天之后，我的头发长上来了，我们班教室里看不到光光头了。又过了一个多月，娘又给我剃了个光头。那天一上课，老师就在讲台上摘下自己的帽子说："我昨天到理发店剃了个光头，大家说好看不好看呀？"同学们都惊奇地笑着说："好看！"老师接下来说："管承群同学昨天也剃了个光头，大家说好看不好看呢？"大家异口同声地说："好看！"

这是我上小学一年级时候的事情了。从那时起一直到四年级，每个月都是我娘给我剃头。升了五年级之后，有一天我爹跟我娘说："咱们东阜大队部开了个理发店，理发的叫黄老苗，是我南阳的老乡。群儿现在也大了，叫他去找老黄理发吧。"于是娘让我去了。

黄老苗理发用的是手动的理发推子，亮晃晃的。他问我要个什么头，我说学生头。他使理发推子咯噔咯噔地给我剪头发，我却坐在理发椅子上嘿嘿嘿地笑个不停。黄老苗奇怪地问我："孩子，你笑啥哩？理发时候不要笑，我怕推子走偏了！"我也知道不该笑，可是还是忍不住地发笑。黄老苗晚上专门去我家找我爹说："老管，你要当心呐，你那个孩子的脑子出毛病了——我今下午给他推头的时候，他嘿嘿嘿从头笑到尾，还没见过这样的孩子哩！"他还说，"咱大队几千人口，就咱俩是老乡——不是老乡我还不来告诉你哩！"

我在屋里听见了他俩说话，忍不住又嘿嘿嘿笑开了。娘说你到底笑个啥。我说："娘，黄老苗师傅用推子给我推头，一点点、一点点也不疼，而且还给我留的是学生头！以后，我就叫他给我理发吧！"

娘也很高兴。从此以后，娘再也没有给我剃过头了，我也再没有叫娘给我剃过光光头了——直到今天。

# 绾布扣

蝴蝶扣，蝙蝠扣，兰花扣，不管什么花样的布扣，我娘都会绾。

纽扣，也叫扣子，是上衣的必备部件之一。现在人们上衣上的扣子，尽管千种万种，质地各异，但是很少能见到布扣了。偶尔在中式衣衫上见到的布扣，也不是手工绾的，而是属于机械产品。

20世纪人们的衣衫，尤其是中老年阶层的棉袄或夹袄，很多都使用布扣，而且还是手工绾的布扣。

跟我娘同龄的婶婶们，还有比她岁数还大的大娘们都知道：我娘绾布扣绾得好。她们常常找到我家，把手里的布料交给我娘说："我给孩子爹装了件新棉袄，就是这色的。麻烦您抽空绾几个扣子吧。就剩下钉扣了。"

娘笑着说："咱们还客气啥？要是等着穿呢，我今夜就绾好，你明儿来取。要是不急着穿呢，就到后个（天）再来取吧。"

人家一走，我娘就把人家拿来的布料看了又看，还从活蒲篮里找出线板来，比对着布料的颜色，挑选合适的细线。有时翻来找去，也难以找下她要用的细线。娘就说："记得还有一轱辘线嘛，可咋也找不见了！"

她翻遍了活蒲篮，又去翻她那个万宝箱似的老柜子，最后才找到拇指粗的一个线轱辘。她喃喃自语道："差不多吧？也许够用了。这要是还差一点儿咋办？"

娘一天的家务活很多，因此白天里是没有空给她们绾布扣的。晚饭后娘把该收拾的收拾停当了，就赶紧坐到灯底下忙她的布扣去了。

我自小就经常见娘给人家绾布扣。我认为绾布扣的核心技术，其实就是绾那个扣疙瘩。扣疙瘩总体是个圆球形，但是它的表面是凹凸不平的，因为它是由一根布绳穿过来、掏过去，再掏过去、穿过来，七穿八掏、又拐又绕而成的。说它简单，它不过是一个布疙瘩；说它复杂，它穿、掏、拐、绕的玄机，简直像猜不透的谜语、走不出的迷宫。

　　绾布扣的第一步是做布绳。即是将裁好的长布条横着卷瓷实，然后用针线缝制成长布绳。说实话，我已经忘记了我娘的专业术语，娘好像把这道工序叫作"滚布鞭"。她把布条的一端用针别在自己的裤子上，左手捻着布条，右手穿针引线。通常，她缝制好的布绳大约像一颗绿豆或豌豆那么粗细。端详这根布绳，就像一根浑圆而硬挺的绳子，几乎看不见针线的痕迹。因为娘把针脚都藏在布绳缝里了。而那条纵贯整个布绳的细缝，也几乎看不见。娘是如何做到的，别说我不知道，许多喜欢针线活的婶婶、大娘们也不知道。即使她们知道，也没有人能够做到。

　　"布扣要得好，布绳要做好"，我曾听娘这样说过。有了布绳，接下来就是绾布扣了。前面说过了，绾布扣是比较复杂和费工的。娘把布绳的一头用牙咬紧，然后双手操作，把一条布绳穿来穿去，一会儿拉紧，一会儿又抽松，所有绾的绳结或者绳圈，不能一下拉死了，都要给绳头预留下活口儿。因为接下来说不定绳头就要从这里穿将过来。只有该绕的全都绕了、该穿的全都穿了，娘才把布绳的两头使劲抽紧。

　　这是布扣的收官环节。为了使布扣漂亮而结实，娘还要把布绳浸点水弄湿，所以当她拽紧布绳时，总能听见吱吱的响声，此时，布绳所含的水分都被挤压出来了，娘的指头也勒出了红印，可见她使了多大的劲儿！

马齿苋

于是，一粒圆鼓鼓、硬梆梆的布扣就诞生了！

有时候，娘也会把布绳穿错了，但她在收官以前并看不出来。布绳两头一抽紧，娘才说："嗨，不对了，这扣子不圆了。"于是她用指甲使劲解那已经坚硬的布疙瘩。布扣此时已经完全成了布扣，它经过娘纷纭繁杂的逻辑编组，要想把它解开来那是难上加难呵。娘不得不舍弃，说："自个把自个绾住啦。解不开算啦。唉，还得再缝一条布绳！"

绾布扣费时费力又不要任何酬劳。娘绾一粒布扣就要花个把钟头时间，还要常常搭上我家的细线。爹反对娘给人家绾布扣，他说："买几个扣子缝上就行了，为啥非要这布扣子不中？如果想要，她自个绾嘛，为啥叫咱给她绾哩？"

娘说："我还会个啥？人家不会绾才找我哩。我要不给人家绾，人家会说：看那李家姐的心眼多拐！"

我们弟兄几个也不大愿意让娘给她们绾布扣，一是因为心疼娘；二是因为娘每次给人家绾布扣的时候，好多家务活就转嫁给我们干了。

我给娘出主意说："娘，您把方法教给婶婶们，那您不是就不用给她们绾了吗？"娘说："谁肯学呀？我又不是没有教过她们。不过呢，还是得找个人教会她。教会她就能顶替我给她们绾了。"

娘其实早就有这个想法了。于是她刻意物色绾布扣的传人，曾苦口婆心劝过好几个婶婶跟她学绾布扣。可是，都被她们巧言婉拒了，理由是：自己笨手笨脚学不会。

苍天不负有心人。娘70多岁的时候，终于说服一个比她年轻20来岁的婶婶来学绾布扣了。我叫她巧芝婶，她很精，手也巧，娘手把手教了她几次，她就掌握了。

娘高兴得长舒了一口气。恰好有人来求我娘绾布扣，我娘对那人说："我现在手指不灵了，手也没劲儿了，也不能熬夜了。你去

马齿菜

找巧芝吧，她也绾得好哩。"

　　大约一年以后，有一天巧芝婶来了。她对我娘说："姐呀，我现在不给人家绾布扣啦。有人找您，您不要让她来找我了。"

　　娘问道："绾得好好的，为啥不绾啦？"巧芝婶说："咱白搭工夫白搭线，谁家能长期这样干啊？所以，我不给人绾布扣了！"

　　娘劝了她几句，说这虽然没啥好处，却是个好事儿。你给人家绾扣子，人家能忘了你？肯定总念你的好哩。

　　巧芝婶说："姐呀，念好不念好，我可是不给人绾了。"说罢，她就起身走了。

　　娘轻叹了一声说："我都绾了几十年了，她才绾了几天啊……"

# 白花菜

这个故事,我用 4 张不同历史时期的剪影讲述——

剪影之一:民国十八年(1929 年)初夏。赤日炎炎,赤地千里,举目四望,往年框满眼帘的季节之绿和季节之黄都一概不见。乌鸦站在落光了树叶的活树枝上"啊啊"哀叫。风被太阳加热到烫人的温度,它干得连一丝丝水分都没有。本来该是金穗摇曳的小麦,长得却只有筷子那么高、檀香那么细。麻雀飞起飞落,找不到可以啄食的麦穗,因为地里的小麦就没有结穗。往年油菜和豌豆此时已经黄熟,农人或已在收割了。可是现在豌豆只是低矮的干叶,几乎找不到豆荚。油菜已经枯萎在地表,说它颗粒无收也不对,它还有那么一点儿收成,然而这点儿收成还不够它下种的数量。这就是民国十八年的大旱灾!仔细往田野上看,还能看见不少的人。他们面黄肌瘦,衣衫褴褛,满身尘垢。如果不是眼珠在转动,简直无异于一具具僵尸。他们在干啥?剥树皮,掘草根,剜野菜,逮蚂蚱,抓禾鼠,捉蛇虫。凡是能吃下肚子的、能叫人暂时饿不死的东西,他们都要。田野如此广袤,如此空旷,可是,这些人们也难以找到能吃的东西。因为树皮被剥光了——榆树、构桃树、杨树上的树叶和树皮荡然无存,一棵棵树木就像脱光了衣服的裸体。它们的根也被刨了出来。土崖边、水坑边的芦根富含水分,而且脆甜可口,可惜它们早被挖地三尺刨了个精光。在这些被饥饿逼得发疯的人群中,有我姥姥和我娘的身影。她们一人一个竹篮,一人一个铁铲,匍匐在烈日之下寻找野菜。初夏时节,最可能找到的就是白花菜。它的模样酷似荠菜,锯齿状

马齿菜

252

的长条叶片，开着白色的小花。与荠菜相比，白花菜到处可见，而且它十分耐旱，生存力顽强。在荠菜、灰条和其他野菜都因天灾和人灾几乎销声匿迹的情况下，白花菜仍然倩影可觅。姥姥是山东人，穷苦的日子使得她像李时珍一样能遍识田间百草。哪一种野菜可食，哪一种野菜好吃，哪些野菜有毒，她像传经似的传给我娘。我娘当时已经10岁了，她显然已经成为采野菜的小行家。两人在田头地埂沟底崖边搜寻着，竹篮里的白花菜一棵一棵、星星点点地增加着。这些野菜拿回家用水煮了，就是我娘、我舅舅和姥爷、姥姥四口之家的保命口粮！老天爷看到了姥姥和我娘，他赐予她俩能够比别人更多发现白花菜的慧眼与运气，祝福她们能够避灾而生……

剪影之二：1944年暮春，盘踞在芮城县中条山上一带的日本鬼子，已经走到了穷途末路。然而他们依然像豺狼般凶残，像魔鬼般可恶。一个下午，即将坠入黄河的血色夕阳，把山野映得一片血色。这是凶残的颜色，象征着人间的痛苦与劫难。是呀，生活在日本鬼子虎口之下的人们，哪个不是命如草芥、生如蝼蚁呢？血色的夕阳给我娘披上了一件血色的红袍，也给她竹筐里的野菜镀上了一层红漆。我娘蹲在烦乱的草丛中剜野菜，野酸枣的尖刺儿和蒺藜的针毛，锥她的裤脚，扎她的手背。蓦地，她前面蹿出一条浅绿色的长虫，窸窸窣窣地在草窝里航行。长虫就是蛇。还好，它是一条草蛇，吃虫吃鸟，但不咬人。今春的雨水还行，野菜长得比农人种的庄稼还要苗壮。此时我娘家中几乎断粮，我娘祈祷这生生不息、葳蕤蕃滋的春野菜大发慈悲，帮全家度过这青黄不接的时节，救他们的性命于水火之中！山川俱有灵，野菜很给力。我娘盛野菜的筐子渐渐装满了。她用手使劲把它们摁瓷实，哦，按瓷实之后只有少半筐。夕阳落未下，竹筐装未满，那就继续剜吧。剜，就是用尖锐之器挑或挖的意思。剜野菜是姥姥的山东话。姥姥是我娘的娘，所以我娘也把挖野菜叫

作剜野菜。其实，我觉得这剜字用到野菜这里，比挖字更为形象生动。不知不觉中，夕阳掉进黄河里去了。傍晚来临，夜幕落下。恰好我娘的筐子也装满了。我娘不会唱歌，我一辈子都没听过她哼过一首曲子。她若是会唱歌的话，她一定会在扎着野菜回家的路上引吭而歌，至少应该是轻轻歌唱吧，因为她今天剜到了这么多的野菜。您瞧：荠菜，灰条，扫帚苗儿，面条菜，还有苦苣和猪耳朵菜，而最多的，

马齿菜

还是白花菜！

剪影之三：1961年的阳春三月。天暖地热，草木欣欣，一派生机破土而出。运城镇东阜第一生产队的菜田里，菠菜碧绿，莴笋挺拔，韭菜趁风播香，春葱得雨狂长。胡萝卜抽薹开花，花白如雪；茴子白移栽大田，根苗苗壮。上百名生产队社员在各个地块里劳动，或锄地，或栽苗，或担粪施肥，或挥锨翻土。集体劳动的场景好似一幅油画。如果再仔细一点儿在画面上搜索，您就会发现我也在这幅画中——其实我已经5岁了。爹在靠槐树洼村的东崖地里整地，娘在大房前面的地里锄草。大房是坐落在我们生产队菜地中央的一座库房，平时存放各种菜籽、农具、农药和化肥等，只要是蔬菜生产所需的工具和生产资料，库房里应有尽有。因其大而全且贵而重，遂被社员们称为"大房"。我就在离我娘不远的一片洼地里采野菜。这一片洼地长满了野草，其间点缀了几座古坟。正因为这坟里长眠者的后代们反对，这片洼地才没有被改造为菜地。娘嘱咐我不要到人家坟上挖野菜，至于我应该挖什么野菜，娘不管。因为她早教我认识了好几种野菜了。她教我认识的第一种野菜，便是白花菜。而那时正是白花菜的世界，洼地里随地可见。我就用娘给我的小镰刀，贴着地皮，割断白花菜细细的白根，然后把土腾干净放在篮子里。蝴蝶在我周围翩翩起舞，我抓住它也不是难事，但这是挖野菜时间。我挖多挖少都无关紧要，娘的用意是给我个干的，把我给占住，怕我乱跑生出事儿来。可我知道白花菜对我家的意义——它能当我的饭食呀。娘收工后，就领着我回家了。我挖的白花菜，娘挂在她的锄把上。回到家里，娘把白花菜淘了切了，跟玉米面放在一锅煮。这就是我们的午饭。我至今还记得它清甜的香味呢……

剪影之四：2000年是中华龙年，也是人类的跨世纪之年。因此，这年的春天在心理上就能赋予人们更大的激励和热望。随着我国改革开放的步步深入，中国走向繁荣富强，人民的生活发生了翻天覆地的大变化。我家也和全国亿万家庭一样，彻底埋葬了穷困，过上了从未有过的美满生活。这是春天的一个星期天，我和妻子来到坐落在盐池岸边的东湖菜市场。这里商贩云集，堆满了各种各样的蔬菜和水果。有不少蔬菜上还带着田间的露水，就被菜农运到了这里。我在琳琅满目的蔬菜之中，看到了许多夏县农民采挖的春季野菜。野菜？野菜！它们就理直气壮地摆在摊位上兜售。这就是运城菜市场的特色之一——野菜上摊位！都有什么野菜？白蒿，荠菜，面条菜，扫帚苗，仁汉苗（野生苋菜），还有我最喜欢的白花菜！它们都是春季野菜的主力。我非常欣喜地买了1斤白蒿，买了2斤白花菜。白蒿15元一斤，白花菜4元一斤。我把它们送到了我娘家里说："娘，我给您弄到了白蒿和白花菜！"娘很欢喜地说，"好些年没有剜过它们了，也没有吃过它们了！"她停顿了一下又说，"白蒿给我留下，我蒸拌面菜。白花菜你拿回家去吃吧！"我说："娘，这是专门给您买的。我还记得白花菜的故事呢。您看，说不定这一兜白花菜，就是您以前剜过的白花菜的后代呢！"娘笑着说："白花菜真是救命菜。它救了我多少回的命了！叫它'恩人菜'都应该。我真喜欢它。可是呀，我现在不能吃它了，吃一口就跑茅拉肚子。哎呀，都是前半辈子把它当饭吃，吃它吃得太多了，把肠胃吃伤了！"娘说的话一点不假。她非常幸运地走出了"野菜当米粮"的艰苦岁月，而她当年的"米粮"，已再也不是她今天的米粮了……

马齿菜

# 柴 火

"柴米油盐醋，锅碗针线布"，其实我娘一生都是围绕这 10 个字来劳作和生活的。她的大半生，都在缺衣少食的艰苦日子中度过。特别是在新中国成立之前，她经历过好多回无食果腹的难关，几乎听到了阎王爷的召唤，但是命运之神和骨子里天带的顽强，又把她从死亡的边缘拽了回来。屡经磨难，几死几生，所以我娘对人间所有的东西都很珍惜。

我娘多次讲起过姥爷带着全家从山东逃到山西的故事。她说："你姥爷为啥要出来（逃荒）？还不是大水淹了村子，一个月水都不退！别说米面了，就连一把柴火也难找下。"

她说"没有柴火"是我姥爷下决心逃荒的最重要原因。因此，我娘一生都视柴火为神圣，把它当作可敬可畏的东西。

我娘把柴禾说成柴火（才火），因为运城方言的柴就读才，禾就读火。在我娘眼中，草叶叶、树枝枝、玉米秆、谷子秆、绿豆蔓、南瓜秧、茄子棵、棉花根、葵花杆、蓖麻杆、破木板、烂草绳、旧报纸、旧书本，只要是能够燃烧并产生热量的东西，都是她的柴火。别人能烧火的东西她当柴火，别人不能烧火的东西她也当柴火。她说就是这些柴火给她蒸熟了一笼一笼的馍，给她煮熟了一锅一锅的汤，是柴火伴随她熬过了一个又一个寒冷的冬天、度过了一年又一年漫长的岁月。

"柴米油盐，柴火是老大。没有柴火，光有米面也吃不成。"娘经常这样说。可见柴火在她心中的地位至高无上。虽然我娘做饭也使用烧煤炭的炉子，可她最喜欢用的还是烧柴火的锅灶。我娘把锅灶叫作"锅头"，因为我家邻居的婶婶们都这样叫。我们宽敞的土院子里房子不多，但锅头盘得不少。厨房里有一个锅头，厨房外的房檐下和东房的台阶上还各有一个锅头，3个锅头那都是我娘盘的。这些锅头有的用的是土坯，有的用的是砖块，不管用什么材料，娘都把它用麦秸泥泥得十分结实。娘在上面蒸馍、下面、熬汤、炒菜，还在上面给猪娃煮干菜、炖饲料。

我娘的锅头不是烧煤炭用的，而是专门用来烧柴火的。因此，我们院子里还有两个柴火垛。说到柴火垛，那也是我家院子一景。院子北头的高土崖下堆着一个柴火垛，那是"软"柴火的聚集处，庄稼秸秆、藤蔓和树叶、野草等，都堆在这里，一人多高，两大马车都装不下。影壁后面的西墙根还有一个柴火垛。这里的柴火主要是树枝、树根、破木料等"硬"柴火。

硬柴垛没有软柴垛体积大，但是它的柴火质量高。娘蒸馍时才肯烧这些硬柴火，她说硬柴火"火旺，耐烧，不起烟"。平时做饭，娘总是烧那些软柴火。软柴火烧起来很费劲，填到锅灶里，先是冒烟，等把眼睛都呛得流泪了，才开始着火，火苗一呼隆可就灭了，还得继续往里添柴。填得多了，烟大；填得少了，瞬间就灭了。所以我们都不愿烧软柴火。娘岂能不知？

而不管烧软柴火或硬柴火，娘都十分仔细。多年来，她已经修炼成了一种烧火的技能。她常说："烧火也要长心眼哩。独木不着火，粗树枝要和细树枝搭配上。添两根大柴火，就要添一些碎小的柴火。这样，大柴小柴一起着，火着得又旺，还不冒烟。"

娘还教我们烧火。她让我们烧火时找一根指头粗的树枝当烧火棍。烧火棍干啥用？就是往灶膛里添了柴火之后，用烧火棍把它推送和拨拉到灶膛中间。灶膛中间是放炉箅的地方，炉箅底下是空的，

马齿苋

258

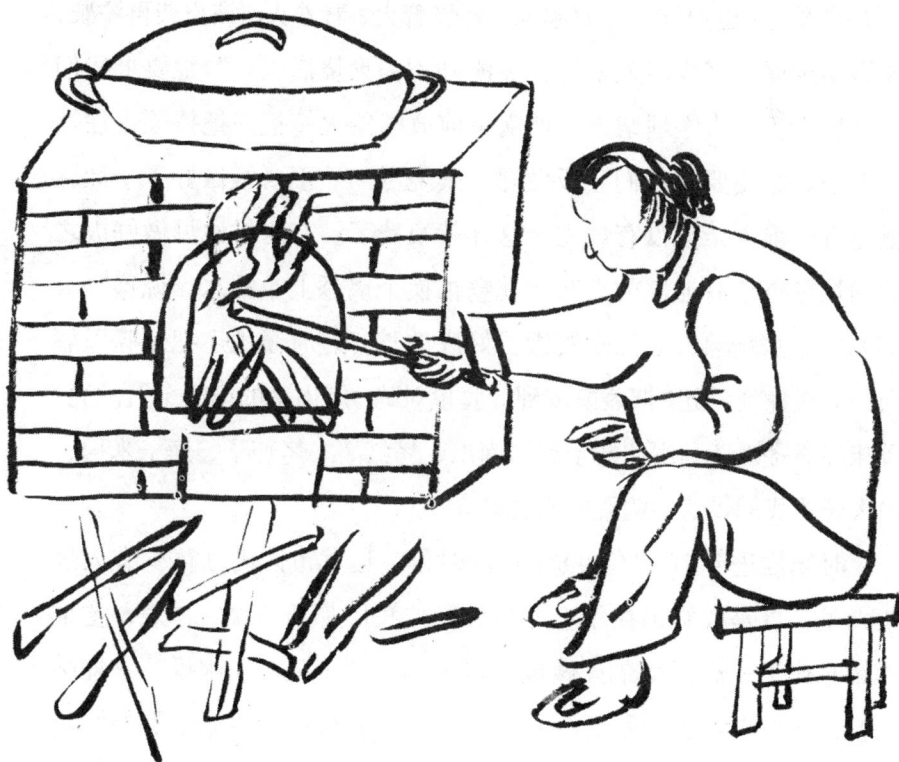

风可以从这里通进来。因此放在中间柴火最容易燃烧。她还说，要不断使烧火棍把灶膛里正在燃烧的柴火往起挑一挑，人心喜实，火心喜空。柴火沓在一疙瘩火就烧不旺，火烧不旺就沤死烟。

我娘盘的柴火锅头都是不用风箱的。因此她说的这些都是烧火的要领，非常管用。娘还多次告诫我们："想叫火烧得旺，就不能多往灶膛里搡柴火。人吃多了消化不了，柴火搡多了，一下攮进去一大疙瘩，它也照样不好着起来。要烧着火，看着火，该添柴再添柴，该添多少就添多少。人常说：少添勤添，火烧满天。"她要求我们一边烧火，一边整理柴火。把锅头前放的柴火一把一把捋顺再往灶膛里添。她还要求我们"饭做熟，柴烧尽"。不要饭做好了，灶膛里还有一堆生柴火没有烧完，这样就浪费了。有时候她见做好饭之后的灶膛里还有通红的火灰，就急忙换个锅添上半锅水，说这些火灰都能把水烧热，你们吃罢饭了好去洗脚。有时候她还把灶膛里剩余的火炭拢到一起，把蒸馍放到灶膛里烘烤。烤出来的馍馍金黄灿亮，香味扑鼻。她还利用这些余烬烤南瓜、烤红薯、烤茄子、烤玉米穗，雨天还给我们烘烤湿漉漉的布鞋。

时光推进到 20 世纪 90 年代的时候，运城市区内已很少有人烧柴火了，可是我娘仍在用它蒸馍做饭。我们都劝她说："娘，这都什么时代了，您还烧柴火做饭？快把锅头刨了吧。"娘说："烧柴火怎么啦？柴火做饭又快又省。我只燎上一把柴火，一顿饭就做熟了。又简单，又省事，还不用花钱买煤拉炭。"

我们说："娘，咱还用买煤拉炭吗？我们几年前给您买的钢炭您一直不舍得烧，堆在那里都快成了文物了！"娘笑着说："我不是不舍得烧，我是觉得烧了它太可惜的。"她说，"我年纪大了，没有着急的事儿，也没有着急的饭，烧那么好的炭块不是白白浪费么？人家见了就会说：看这个老婆婆折腾光景哩！"

马齿莱

我们问她谁家还烧柴火呀，她说："我不管他别人烧不烧，我就觉得烧柴火比烧炭还方便。"娘还说，"现在的人都有钱了，都不烧柴火了。大门外的垃圾箱到处扔的都是木棍棍、柴棒棒、破板板，随便拾一把就够我烧了。这些东西都是干干净净的，又好烧，又不冒烟，扔了沤了不是就无用了吗？"

娘不听我们劝，我们只好另想办法。既然她非要烧柴火不可，那就给她弄好的硬柴。我和我们楼上邻居进家具的包装箱都不要了，我就把这些木板箱拆了，把木板锯成一截一截的，再用绳子绑成一捆一捆的，然后送到我娘家里去。娘很高兴，说："你把这么好的木板都锯断让我烧哩，真可惜。不过，不烧它又能干啥用呢？人们现在都不用它了。比它们还好的木板也没啥用了。"

我说："娘，这些木柴够您烧好长时间了，您不要到门口去拾柴火了。烧完了，我再给您弄。"娘说行，有这么多烧的，我还拾它干啥？

过了些日子回去看娘，我发现这些硬柴都还摞在那里，一捆也没动。我问娘为啥不用它。娘说："这么好的木柴，捆得整整齐齐的，我放到天冷以后再烧吧。"

# 第三只胳膊

哪吒有三头六臂，我只有一个头，却有三只胳膊。

我的两只胳膊分别长在我的左右肩膀底下，您很容易看得见；我的第三只胳膊您不容易看见。说它是隐形胳膊也行，说它是臆想的胳膊也罢，它却是的的确确存在。

记得刚上小学一年级的时候，每天早晨，我都要独自背着书包上学校。那个时代，所有学童均是如此。每次出门之前，我都要背好自己的书包，这书包是我娘亲手缝制的。当时学童们背书包，都是斜挎在身上的。若书包带搭在右肩上，那么书包就吊在左胯上，反之亦然。

我和所有的儿童一样，上学之前从来没有背过书包，所以我认为小学学习其实就是从背书包开始的。既然背书包是我的新事物，那新事物我总是不适应。每次背书包总也背不好：书包不是抽到了前面，就是抽到了后面。有时书包带搭在了胳臂上，还没走一步书包就从身上溜下来了。

我娘常说：难者不会，会者不难。意思是不管什么事情，学会它了，就不觉得它难办了。可是我当时还没有学会背书包，因此觉得它很难。每次我都用两只手抓紧书包带往脖子和肩膀上套。每当此时，母亲无论在忙什么，都要咚咚咚地跑过来，伸出她粗糙的双手，帮我把书包带理顺、书包整好，还要给我把祆背捯展，然后说："去吧，看着马车，不要给人家搁气。"搁气就是吵架或打架。我点点头就出发了。

马齿苋

有时放学回家，半路上就尿急了。可是路过的姚家巷和帝君庙巷里都没有公厕。怎么办？只有像哪吒踩着风火轮一样飞快地往家跑。进了院子我就喊娘，说赶紧给我下书包。娘于是从屋里出来问道："你的两条胳膊呢？下书包还要喊娘！"我的两条胳膊呢？嘿，正在解我的裤带哩。不知怎么回事，娘给我做的布裤带，我系的是活扣，到解它的时候就变成了死扣疙瘩！娘看了扑哧一笑说："你需要再长一只胳膊才够用哩！"话音未落，她就将书包就从我头上卸下来了。于是我匆匆冲向后院的茅厕……

　　小学四五年级的时候，我已十一二岁了。个头虽不很高，但从小干这干那的，身上有一疙瘩劲儿。那些年，我们家分到的口粮全是原粮。也就是说，小麦、绿豆是颗，玉米、谷子是穗，萝卜分的是萝卜埝，红薯分的是红薯地。原粮需要磨成面才能做饭，这我很小的时候就知道。但是只有长到现在，我才体会到粮颗变面的艰难。离我家不远的东城门口，有一座我们大队办的粮食加工厂。我们的小麦和玉米，就拿到这里来加工。小麦比较简单，把粮袋扛到这里验了级、过了称、交了加工费，就可以排队领取白面和麸皮了，因为粮加厂的大机器日夜不息，早磨好了成百上千袋面粉给社员兑换呢。

　　可是粮加厂的大机器不加工玉米面，它另有一个叫作"一风吹"的电动磨面机专磨玉米面。玉米是我家的主要食粮，因此磨玉米面就成为家庭生活的主要功课之一了。我身体弱小的时候，磨玉米面都是爹娘和二哥的事儿。如今我已经能背能扛了，这活自然就轮到我的头上了。可是我顶多只能背动半洋面口袋，也就是 30 斤左右的玉米，再多了就背不到粮加厂。假如背到半路把粮袋放下来歇一歇，那么就再也无法把这沉重的粮袋重新扛上肩膀了。

　　那么，我从家里出发时，这粮食是怎么背上去的？是我双手抓紧粮袋的口子，使劲往右肩膀上一甩，我娘趁势提住口袋往上一提，粮袋就背起来了。每当这个时候我就想：人为何只长两只胳膊呢？如果我有三只胳膊，就不需要娘停了织布机下来帮我背粮袋啦！

　　说出来也不怕人笑话，我家虽然住在县城里，而且还是县城里的老住户，但是我家一直到1973年才安上电灯。不是没有电，也不是没有线，而是我家里没有钱。我上小学和中学的时候，都是在煤油灯下写作业的。幸亏那年月学校课程少，作业轻，老师经常不布置作业。然而暑假和寒假的作业还是有的，基本以记做好事的日记、

马齿苋

264

写学习心得体会和自拟题目的作文为主。

我从小学习好，作文更好。班主任老师自从给我们开了作文课之后，每次都会在下一节作文课时当堂表扬我写得好，很多时候还要宣读我的作文，或者让我上讲台朗读自己的作文；课后，还把我的作文贴在教室后面的黑板上，供同学们观摩。

可是老师和同学们只知道我作文写得好，却不知道我作文为啥能写好。为啥能写好？是因为我有个不识字却会做文章的娘。我刚刚能记事儿的时候，每次娘领我或背我出去时，回家的路上总要问我："群儿呀，娘刚才领着你去哪儿了？"我说去城墙外了。城墙外看到了什么呀？我说看到好多庄稼。娘问都是什么庄稼，我说不知道。娘就说那高的是玉米，低的是黄豆，趴在地上的是红薯秧。娘接着问我谁在庄稼地呀，我说爹和张叔、韩叔还有不认识的人。娘就问他们在做什么呀，我说不知道。娘说他们在锄地，手里拿的东西叫锄。昨天下雨了，今天天晴了，他们把地锄一锄，土就变虚了，太阳就不会很快把湿土晒干了。我问要湿土干什么，娘说庄稼喜欢在湿土里生长，土干了它就活不了了……

娘不厌其烦地又问又答，一会儿指着天空说："你看见天上飞的东西了没有？它是老鹰。飞得很快很高，能飞很远，人都应该学习老鹰。"一会儿又蹲到地头给我捉一只绿蚂蚱说，"蹦蹦跶跶，绿草蚂蚱。蚂蚱蚂蚱，吃咱庄稼。逮它回去，喂咱鸡娃。"她还让我跟着她说。一遍教不会，就再教我一遍。

回到家里后，母亲还让我把今天看到的都说给哥哥听一听。经常是我说的时候，娘也小声跟着说，她在提示和鼓励我把所见所闻的事情说清、说好、说完整，然后她就夸我说得好，还说哪儿哪儿你忘记说了。我这时就急忙抢着说："想起来了，想起来了，您叫我重说吧。"

娘的启发开导，使我从小就学会了放开眼界观察事物，并且对观察到的事物进行归纳、条理，进而用语言描绘和表述出来。这不是作文又是什么？因此我常对妻子说：我的文章是不会写文章的人教的，是我娘教的。

每次繁忙而多彩的假期结束之前，我都要自拟标题，把整个假期最有意义和我最受感动的事情写成作文。我很喜欢这样的作文，由于写的都是我亲身亲历的场景，因此就比较生动，可读性强。有许多作文，我不知怎么就写出来了。而这些作文交给老师后，都能得到夸奖。

可是这就害苦我娘了。为啥？因为开学前的时间总是十分紧张的，往往前一两天我才有时间写这些作文，所以我必须点灯熬夜。而我写作文就趴在我家平时吃饭的方杌子上，其面积不足一平方米，还要放一盏我娘用玻璃醋瓶自制的煤油灯。油灯光亮很弱，娘就用针把灯捻拨大。可是灯捻大了既费煤油又冒黑烟，因此还得拨小。娘见光亮不好，便放下手中的活，端起油灯站在杌子旁。她说："高灯低亮。我把灯拿起来，你就好看清楚了。"我如果写到夜里 12 点，娘也端灯照亮到 12 点。

有一天娘给我端灯照亮时，我心里突然闪了一道亮光：娘的双手，不就是我的第三条胳膊吗？我从小到大，这条胳膊就一直呵护着、帮助着我，跟我身上长的胳膊一个样！

我长大以后，娘却老了。我生活，我工作，再也不需要娘给我的这只胳膊了。可是，我始终觉得，我身上的的确确长着三条胳膊：两条长在肩膀下面，另一条呢，只有我能看得见……

马齿菜

# 峰 峰

峰峰是一个男孩的名字。他跟我们家任何人都没有亲戚关系，但是总能在我娘的家里看到他。他管我娘叫奶奶，我娘就叫他峰峰。不知内情的人呢，还以为峰峰是她的孙子。

其实，峰峰的家就住在我娘对面的邮电家属院，他父母都是邮电局的职工。他的两个姐姐都在上学。他本来也应该上小学了，可是他很小的时候得过一场病，连续高烧不退，后来烧退了，可是脑子已经烧坏了，从此成了个智障儿童。他的父亲曾领着他到处求医，可没为他少花钱，也可没为他少费心，然而始终不能如愿。

峰峰的父母都要去上班，而他却不能去上学。因为他不拥有同龄儿童的自理能力和学习能力。峰峰的奶奶和爷爷生活在很远的农村，把孩子交给爷爷奶奶看管吧，他的父母又不放心。峰峰是他们心头的一疙瘩肉。这疙瘩肉既痒也疼。

有一天，峰峰的父母到我娘家里闲坐。他们对我娘说："您把您的几个孩子都拉扯大了。看您现在多美呀，尽享清福了。"我娘说："你俩都有工作，工资都不低，也有女，也有小，你们还不美？"峰峰妈说："大娘，美是美，可您不知道，我们还有一块心病呢。"娘问有啥心病。峰峰爸叹了一口气说："大娘，我那两个女儿都很伶俐，在学校都是好学生。嗨，就是这个峰峰，他脑子出了问题，没法上学不说，平时还得专门有人看管。以前他还小，就那么让亲戚们轮番照看着。现在他七八岁了，也有脾气了，也长腿了。你说他脑子不够，他还趁人不注意就跑到街上去了，一跑出去就不知道回来。

人家问他，他啥也说不清楚。每次失踪后，我们都得动员亲朋好友到处搜寻。有一回，竟然找到八里铺村才把他寻着。当时他正在村边的一个水坑跟前玩水，跟前没有一个人，他要是掉下去，还不就淹死了！"

我娘说："哦，不知道你们还有这个愁哩。"峰峰妈说："大娘，我看您精神很好，我们求您给我们帮个忙，不知行不行？"我娘笑哈哈地说："不知道我能帮你们啥忙呀？都六七十岁了，纺也纺不了了，织也织不了了。你看，纺花车都叫他们给挂到房檐底下去了。织布机呢，这几年不用，都活络散架啦。"

峰峰妈说："大娘，一不叫您纺，二不叫您织。我们是想把峰峰放在您这儿，叫您给照护着。"峰峰爸也说："我们早上上班的时候，把他送过来；晚上下了班，就把他接走。逢星期天和节假日，就不往您这儿送了。"娘沉吟了一下说："嗯，照护孩子也得操心呢。我年纪大了，人都痴笨了，怕是操不了这份心啦。你俩再去找找别的家吧。"峰峰父母说："大娘，看您的状态，就跟五六十岁人似的。再说，我们听说大娘您这人好，孩子交给您我们也放心。您就帮我们这个忙吧！我们也是实在没有办法呀。"

峰峰父母苦苦相求，我娘说："好吧，我就照护几天试试吧。如果不行的话，你们可另找别的家去。"

这样，峰峰就来到我娘的家里了。他不喜欢玩玩具，也不看画书，大部分时间就坐在我娘旁边的小板凳上，看着我娘做针线活或者忙家务，就像一只乖小猫或乖狗狗。我娘问他吃饭啦没有，他会回答："吃啦！"问他吃的啥饭，回答："面。"娘一听就笑了，说："你爸你妈都着急上班哩，谁会早起就给你做面条？"峰峰说："奶，就是面。"我娘说："也许他说的对着呢。"可是每次问他，他都说吃的面。我娘问峰峰妈说："你一大早就给峰峰擀面条哩？"峰峰妈说："他

马齿菜

是胡说呢。不管吃啥饭，他只会说个面。教也教不会。"

而我娘说："我看着峰峰也挺有灵性呢。慢慢教他，他还是能懂得一些东西。"于是娘就耐心地教他识物说话。做针线就教他说针，说线，说这是袄，这是裤，这是背心，这是帽子。做饭时就教他说案板、锅、刀铲碗筷。我娘看见了啥就指着啥教峰峰说。天长日久，峰峰竟然能够把他在我家里看到的物件都一一说出来，而且不出错。刚来我家时他是做不到的。峰峰父母很高兴，尤其是峰峰爸。他看见峰峰有这样的变化非常惊喜，他对我娘说："我再找个好大夫给峰峰看一看，兴许他的脑子能看好呢！"

过了一段时间，峰峰爸果然带着峰峰到外地去了。一个多月之后回来了。峰峰爸问我娘峰峰有啥变化吗，我娘实话告诉他说跟以前差不多。峰峰爸皱着眉头说："花了这么多钱，还是同事推荐的大医院。唉，看来还是不行。"我娘说："他自小得下的病，哪能一月四十天就去根啦？你不要灰心泄气，该治还得给娃治呢。说不定啥时候碰上个行家，人家手到病除，这峰峰不就跟好娃一样样啦！"娘的几句话让峰峰爸的满脸愁云一扫而光。他说："大娘，感谢您的吉言。我不灰心泄气，还要咬住牙给他看到底呢！"

我娘很高兴，她开始教导峰峰学习日常问候用语。比如，每天峰峰送到我家的时候，我娘一定要问他早上吃过饭了没有、吃的啥馍、吃的啥菜、喝的啥汤；晚上他父母接他走的时候，还要问他你现在去哪儿呀、你家在哪儿、你明天还来不来，等等，并根据峰峰的回答进行更正，更正之后再让峰峰重复一遍。平时家里来了客人，娘总是把峰峰叫到她跟前，让他听大人们说话，而且不时把峰峰牵扯进来。比如娘和客人聊起了看戏的事儿，娘就问："峰峰，你看过戏没有？"如果回答看过，娘还会问："在哪儿看的？看的啥戏？"等等。有时候我们回家去看娘，娘也要指着我们跟峰峰说："这是

马齿菜

你三叔叔，这是你四叔叔。记着啊。"

我们觉得娘就跟幼儿园的小阿姨似的。娘笑着说："哎呀，峰峰一来，我一天多说多少话、多操多少心，我觉得我嘴皮都磨得薄了。可是对这号孩子就要有耐心。你们小时候我教你们学个啥，教一遍、顶多教不过三遍就学会了。可他这好，一百遍、二百遍也学不会，好像他的脑子就记不住事儿。"我们劝娘不必下这么大的功夫，说专家都对他没招儿，您能把他再造？娘说："光看这孩子吧，也长得体体面面，可就是这脑筋差些。所以我就想把他的脑筋扳过来。要是真能扳过来，将来不是一个好小伙吗？"

有一天下午，娘在屋里拾掇她柜子里的旧衣物，转眼峰峰不见了。娘急忙到院子里去喊他，喊也没人应。厕所里、厨房里都看了，没有峰峰的踪影。娘赶紧到大门外去看，马路上也没有。娘又赶紧到城墙路上去找，远远看见峰峰蹲在一个卖菜的摊子旁边呢。娘牵着他的手把他领了回来，一路上嘱咐他今后不能一个人跑这么远，出门一定要跟奶奶说。可是，峰峰能理解并记住吗？

还有一次，峰峰也是跑出门不见了。娘在我家附近找遍了也没找着他，怀疑他是自个跑回他家里去了。于是娘到邮电家属院询问，坐在院里闲聊的老人们都说没看见峰峰进来。啊，这问题就大了！幸好那天我和弟弟都回家来了。我们分头去找，最后在实验中学那儿把峰峰找见了。原来，他骑走一辆停在邮电家属院门口的脚蹬三轮车，竟然穿过了大街小巷来到了这儿！我们都惊得竖起了头发根儿！

回家之后，我们劝娘不要再照护峰峰了，因为他一年年长大，如今已经十几岁了。只怕一旦出个问题，不好跟他父母交代。娘说："这不怪峰峰，都怪我疏忽啦。你们怕他往后出事是吧？可干啥不会出事呢？出事还是不操心！今后我多操心就是了。"我们说何必费这心神呢，娘说："人家父母每月都给我看娃钱呢，不是叫我白干的，因此我要给人家担这个责任哩。"

我说："娘，他们给你多钱，我也给您出多钱。这样，您钱没少挣，还不担这危险了，这该多好啊。"娘说："嗨，这不是挣几个钱的事儿！你们给我的钱还不够我花吗？我是觉得我现在老了，是个闲人。而峰峰父母呢，正是上有老、下有小的忙人哩。闲人帮帮忙人的忙，这不是积福行善是啥？"

峰峰继续在我家里待着，我娘继续照护着他。天增岁月人增岁，一晃，峰峰长得比他父亲个头还高了。他跟他姐姐学会了唱歌，虽然他还不能去上学，但是他幸福地生活着。峰峰爸退休之后，他就有时间照护峰峰了。到了此时，我娘才圆满完成了这项长达 15 年的非凡任务。

马齿菜

# 烧鬼票

我娘会印"钱"，也印过不少"钱"，而且，她印"钱"的钞版还是她亲手雕刻的呢。这一切都毋庸置疑。因为这不但是我和我家人亲眼所见，还有历史实物为证：就在前几年，我娘印钱的枣木钞版还搁在她的小抽匣里呢，拉开它就能瞅见。

不过，我娘印的钱不是人民币，更不是美元，她印的是冥币，娘叫它"鬼票"。这种钞票，是不能用来到市面上买东西的，而是清明时节上坟时送给我外祖父的。娘制作的钞版，不复杂也不精细，它是用剃头刀刻刻剜剜而成的一个长方形枣木块，娘称它"枣木疙瘩"。

我娘从烧柴草的铁锅底刮些锅黑，加水和匀之后作为油墨，还把白粉连纸剪裁成类似人民币的长方块，然后用一个破布团蘸了锅黑涂在枣木块上，拿起枣木块像盖章一样往白纸上一拓，一张钞票就诞生了。它上面既没有面额，也没有发行银行。谁也看不懂上面的图形，没人知道这是干什么用的。

可是我娘知道。作为这种钞票的总设计师、总工程师和使用者，她知道有关这钞票的一切，并对此拥有唯一的解释权。

娘说："管他印得好不好，它也是票票。拿到坟上火一烧，都是一撮纸灰灰。印得好的，二郎庙倒有现成的，可是不给人家钱你能拿回来？咱这不花一文钱，只要能使唤就行。"娘还说，"要叫我说，这烧纸钱就是哄鬼哩——人死如灯灭，他有这口气的时候，你好好孝敬他，比你给他烧10座大院子、10万金元宝还有用哩！"

"群，咱给你
姥爷上坟去。"

听我娘说，我姥爷是新中国成立后才去世的。她说我姥爷是个大汉（大个子），人高马大饭量大。他是个半挂挂木匠（指技术不全面的木匠）。每逢给人家做木匠活，先得给人家说好他一天得吃12个蒸馍，每顿3个。当时蒸馍大，蒸12个蒸馍要一斗白面才行。许多家户一听，就不敢叫姥爷去了。

娘还说："你姥爷是个直骨直板的人，一就是一，二就是二，不哄人，不坑人。不该多拿的东西，哪怕是一颗豆，他都不拿；不是他的东西，你递到他手上，他也要给你放在地上。他吃得多，可活也干得多。他常说：'我老李是个大肚汉，能吃能喝又能干。我吃人家这12个馍，我就要对得起这12个馍呢。'他干一天活，顶别家木匠干一天半。不知道的，都嫌他饭量大；知道的，都老远跑来叫他。"

我小时候见过姥爷的一幅照片，他头戴礼帽，身着呢子大衣，正襟危坐，不喜不怒，双目闪烁，长胡子飘然胸前，一派气势夺人。娘说这是姥爷在照相馆照的。头上的帽子是照相馆的，身上的呢子大衣也是照相馆的。可惜的是，这张照片不知道我娘放到何处去了。当她老年的时候，我询问姥爷这张照片。娘说："早八十年都没（丢）了。要是有，也没有啥用。你要是记得他，他啥时候都在你心里头，你一睁眼就能看见他。"娘还说，"你姥爷不在的时候，你和你弟弟都还没有出生。他要是知道后世还有你们，肯定会很高兴。"

我娘印制的纸钱，其实就是给我姥爷敬献的"鬼票"。因为当时我姥姥还健在。记得有一年阴历十月初一的时候，娘用一块布巾包了一包她印的纸钱，又拿了一柄锄地的锄头说："群儿，十月一送寒衣哩。咱给你姥爷上坟去吧。"她吩咐我拿上一盒火柴装到口袋里。我问娘拿它干啥，娘说有用，还说到了地方不要多说话，娘跟你说话你再说。

娘牵着我的手过了城墙，沿着去养牛场墙外的土路一直向东，走到砖瓦窑那儿就往南上了土崖，走不远又下了土崖走一条南北方向的土路。路面高低不平，还有些泥水坑洼。娘就把我背到她背上。这样我们走到一个十字路口才停了下来。这是古运茅路与古盐道的交叉口。娘四下望了望，并看不见一人一马。她就把包纸钱的包递给我，然后用锄头在路中间吭吭吭地刨了三锄，坚硬的路面被刨出三道土痕。她丢下锄头解开布巾说："快把火柴给我。"

娘蹲在地上把她印下的纸票点着，阳光下火焰不是很亮，但烧得很快。娘不断地往小火堆上添纸票，一边念叨着："爹，我和群儿给您送钱来了，您收着啊。天快冷了，该置衣裳置点衣裳，该挖粮食挖些粮食，穿好，吃好，别让我娘和我替你操心……"

淡淡的青烟，浓浓的烧纸味儿，不一会儿纸票全部化为灰烬。娘双膝跪地，叫我也跪下。娘说："我磕一个头，你也磕一个头，咱们给你姥爷磕三个头吧。"我照着做了。娘起身给我拍掉膝盖上的黄土说："群儿，你姥爷听见娘说的话了，也看见你了。你瞅，咱们烧的钱他也收到啦。"我问："娘，我能问您吗？"娘说："你问啥？"我问道："您怎么知道姥爷收到钱啦？"娘说："憨娃，你不瞅那堆火灰都飘走了吗？"我往地上一看，啊，真的，路面上刚才烧的纸灰已荡然无存，只留下清晰的三道土痕！

回家的路上，娘还要背我走。我说："娘，您不用背我了，您只要叫我说话就行。"娘说："现在都上完坟了，谁还不叫你说话？刚才不叫你吭声，是怕你胡问八问的叫你姥爷听见。"我问："娘，您刚才烧纸的地方是我姥爷的坟吗？"娘说："憨娃，那是十字路口，怎么会埋人呢？"

我问："那您为啥在那儿烧纸？"娘指着路东面一片庄稼地说："你姥爷的坟就在这地中间，跟他的许多老相知都并排埋着。可是

马齿苋

去年这个生产队的队长领着人把坟堆都平了。平了不说，还套上骒马犁过来、耙过去，连天连夜种上了谷子，生怕人家再找到墓冢。唉，作孽啊……这样，你姥爷的坟就找不见了。我虽然知道它在这片地里，可是也说不准确到底在哪一块。这地里埋的人太多了，找错了还不如不找它。所以，娘就只好在十字路口烧纸了。十字路口四通八达，你姥爷会来到这里的。他肯定会来的……"

　　说到这里，娘低头哽咽。我瞅见娘的眼角，淌下滚滚泪珠儿，泪珠儿闪着夕阳的光辉，啪啪落地，有一颗落在我的脸上，它热乎乎的……

# 金镯子

天还没大亮，我也没睡醒。可是此时我听到了屋子里的脚步声——我其实就是被这脚步声唤醒了。

一个陌生的口音说："你们看看，就是这么多红薯和这么多棉籽油。要了，30块钱，不搞价；不要，我就趁天还没亮再去找买家。我不能叫人看见了，看见了就麻烦啦。"

娘的声音说："那你就搁下吧。唉，太贵啦。10块钱还买不到4斤红薯！"陌生人说："嫂子，实话说，咱这都是投机倒把哩。犯法的事情，它就贵些！"

接着，外间屋子传来咕咚咕咚几声响。我觉得好奇，悄悄溜下床，揭开布帘偷瞧，只见那人从一条毛裤口袋里倒出一小堆红薯，其中一个最大的圆骨碌碌，活像个人头，它一下滚到大水瓮跟前去了。地上还放着一瓶油。娘把钞票递给陌生人说："你可点好了。"那人头上裹着一条白毛巾，五大三粗。他接过钞票，迅速扫了一眼就揣进怀里说："对着呢。我去了。"他拿起毛裤就出门了。

我急忙上床钻进被窝。我知道娘给这陌生人的钱是从哪里来的。从哪里来的？是娘卖东西卖的。卖的什么东西？卖的金手镯。她有金手镯？没有她怎么卖呀！

娘告诉我，这手镯是我姥姥结婚时我姥爷戴在她手上的，后来我娘结婚，姥姥就把它戴在了我娘的手腕上。娘说这镯子满打满算她只戴过一个月的时间。"家里穷得叮当响，要吃的没吃的，要喝的没喝的。整天没明没黑地做活，手上带个它还嫌不利索呢！"娘

马齿苋

把它珍藏了 20 多年，这期间经历了多少艰难困苦的生死关口，娘都没有舍得把它卖掉。

而就在昨天上午，娘把她的金手镯卖了。

我记得十分清楚：娘在家里翻腾了一会儿，然后往腰里揣了个小布包，她把我背在她的后背上，一步一步走到路家巷（现在的解放南路）来了。来到小五金厂的斜对面，娘把我放在路东面靠着墙壁的高台阶上。她从高台阶中间的小台阶上来，那儿有个不大的门儿，娘使劲推开，领着我进了一个大房间。那里面有砖砌的柜台，柜台里坐着两个人，一男一女，都穿着制服，不笑。女制服比我娘年龄还大。我娘嘱咐我不要吭声，她就去跟那女制服说话。说的啥我记不清了，我只记得娘蹲在柜台下面掀开她的布衫，把那个布包掏出来了。

娘掏出布包之后依然蹲着没有起身，她解开小布包，取出一个带着黑锈的黄圈圈，圈圈就像是用一根圆铜条弯成的，因为它有个对着的缝口，铜条跟我当时的手指头那么粗。娘左手托着布包，右手摩挲着黄圈圈，嘴唇微微抖动着，像是在说话，可又没有发出声音。这时听见女制服在柜台里喊："哎，你快点呀。"

我娘听了对我说："娃呀，你知道这是啥？这是娘的金手镯。"我问娘："金手镯是干啥的？"娘说："戴在手上图好看。"说着，她两手使劲把那个有缝口的黄圈圈往大处掰了掰，然后套在她的左手腕上说："憨娃你瞅，就是这样戴的。好看不好看？来，你也摸一摸。你摸罢我就把它给人家了。"

我伸过小手轻轻触摸了一下。即使是很轻微的触摸，我也一定在娘的手镯上留下了指印。"哎，你快点呀！"女制服和男制服齐声催促。娘两眼又瞅着手镯慢慢站起来，我看见她咬了一下嘴唇，就把手伸到柜台里了。柜台高，我看不见，就往后走了走，终于看

马齿苋

见女制服拿出了一个很小很小的秤，筷子那么细的秤杆，长方形小秤锤，还有个 3 根丝线吊着的小铜秤盘。娘的金手镯就放到秤盘上去了。只听那女制服说："好了。"就把手镯收走交给了男制服。然后她坐下去拨拉算盘，我只能听见算盘珠儿噼里啪啦响，却看不见算盘。女制服给了娘一张纸票，叫她到男制服柜台前去。男制服拿出一些钱来给了娘。娘数了数说："咱们走吧。"

出了这房子的门，我问道："娘，这是啥地方？"娘说："是人民银行。"我问啥是银行。娘说就是存钱和借钱的地方。我说为啥他们还要你的金镯子呢？娘说他们是公家，卖给他们没有麻烦。当时我弄不懂这些事情，我只知道娘说怎样做，就应该怎么做。

我娘卖镯子——这是发生在 1960 年前后的事情。

1970 年，时隔 10 年之后，我家跟我们生产队的多数社员一样，又一次陷入饥荒之中。秋后的一天，我娘与俊兰婶、秀珍婶几人结伴，搭火车去闻喜县东镇买玉米。早上去，晚上天都黑洞洞了才回来。娘用一条 50 斤的白洋布面袋，背回来 36 斤玉米。她头发散乱，人很疲惫，嗓音都嘶哑了。我们在灯下都能看见她嘴唇卷起了一层干皮。

爹对娘说："你可吃苦啦！"娘说："吃苦不吃苦，咱们这几天先有吃的了。"我问她您去了长长一天，怎么吃的饭呀。娘说："火车上有卖大米饭的，两毛钱一份。你俊兰婶她们都吃了一份，我没有吃。因为我揣的钱都是块块钱，怕人家不好找开，就算啦。"爹说："人是铁，饭是钢，咋能就算啦？"我也说："火车上有的是零钱，您给她一定能找开的！"娘说："找开是能找开，可找开的钱就不是原来的数了。我拿钱是去买粮食的，粮食的影儿还没瞅见呢，先把钱花了。这哪儿行呀？"娘一整天都没吃饭也没有喝水。她说："出了门不吃饭不喝水倒是也有好处——不用急着找茅房上茅房了。"

哎呀嗨，我的娘！

# 看 戏

我有个姑姑，住在万荣县通化镇毋庄村。姑父是镇上有名的裁缝，因此家境富足。姑姑经常到我家来，她下午到了我家，晚上就要看戏。到哪里去看？北大街有一座老剧院，也是运城城里唯一一座剧院。剧院坐西面东，雄浑古朴，里面有楼下楼上双层座位，可容纳近千名观众。在 20 世纪五六十年代，又在这么一个小县城，这座剧院简直是鹤立鸡群了。

而姑姑就是要到这样的剧院看戏。她说万荣县城也有剧院，也演戏，但跟运城的剧院一比呢，觉得坐到这里才算看戏。姑姑是有讲究的人。

我娘知道姑姑有钱，也知道姑姑爱看戏。因此她一进门，不说吃，不说喝，我娘第一时间的第一项安排，就是打发我去剧院给姑姑买戏票。长大后，我才觉得我娘这样的安排机智而妥帖。为啥？因为那年月我家拿不出好吃好喝招待姑姑。姑姑每次来，都是自己带上十几个大白蒸馍，说是给我家拿的，可实际上还是她自己把这些蒸馍都吃了。娘从不让我们动她的馍，说你姑姑吃不了咱家的谷子面馍，她拿的馍还让她吃吧。于是我娘就把姑姑的馍收藏好，每顿饭都把馍馏透了给姑姑吃。一个小饭桌两样馍，姑姑开始还推让，后来就说："你们磨的谷子面粗，我喉咙管细，噎住硬是咽不下去。"等她把她拿来的蒸馍吃得差不多了，姑姑就要打道回府了。

但是只要她一日还在我家，她一日就要看戏。好在剧院天天演戏，姑姑就天天去剧院。爹从来不去看戏，他背后数落她道："勤有功，

马齿苋

戏无益。天天看戏还看不够，人都迷到戏里头去啦！那些戏有啥看头？哇哩哇啦聒噪人！哪儿胜在家里睡觉？"根据爹的话，娘私下里给姑姑起了个外号"戏迷"。有一回姑姑从我家走了，娘长舒一口气说："今晚可不跟戏迷去看戏了。"

姑姑看戏从来不让我家掏钱，她知道我家也掏不出钱来给她买戏票。我娘一说让我去剧院买戏票，姑姑就赶紧取出钱包给我拿钱。而且每次买戏票，都有我娘的一张。我娘说家里活多，推托不想去。姑姑不依她，非叫她去不行，去了还要把我也领去。只要有大人们领着，我进剧院是不需要买票的。可是不买票就没有座位，我只好站在姑姑和我娘两个座位之间。姑姑识字不多，但看戏多，所以她对每一出戏都很了解。从开场锣鼓响起到幕布落下，她从头至尾给我娘当解说员，说这个黑胡子将军是谁，那个白胡子老汉叫啥，他们都在干什么。连戏台上每个人物的唱词，姑姑都能讲给我娘听。姑姑讲得头头是道，我娘听得津津有味。只有我感觉姑姑太烦人。看戏你就叫人家自个看嘛，干嘛老给人家说这说那的？

有时候我听她唠叨得腻烦了，就把两只耳朵都捂住。娘轻轻把我的手拉下来说："你瞅，武将出来了，快看武将吧！"

娘知道我最爱看武将。我爱看武将的气派。嘿，肩膀上插着几杆护梗旗，头戴有穗缨的将军帽，盔甲闪光，胡子飘洒，手提大刀长枪，抬手动步锣鼓锵锵，就跟天神一般。我还爱看他们的武打。兵对兵，将对将，刀对刀，枪对枪，还有方天画戟、金锤铜棍月牙斧，多名武将团团厮杀，各种兵器眼花缭乱，真是好看极了！而最精彩的，还是翻跟斗。一个跟斗翻上去两三米高，有人能够一口气翻他几十个跟斗呢！每逢此时，戏台上鼓乐激烈而疯狂，宛若万马奔腾，犹如暴风骤雨，将姑姑的窃窃絮语瞬间淹没。

一看到这里，楼上的座席上就有人高喊"好好"。有一回我也

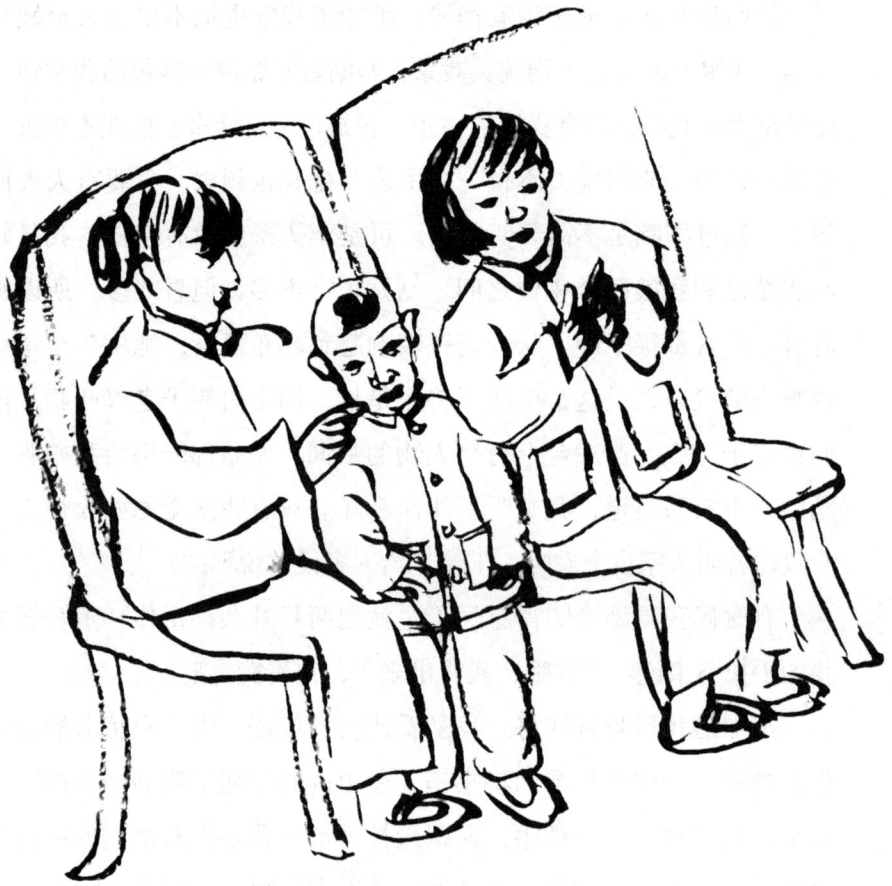

不由自主地跟着大叫："好好！"姑姑急忙把我的嘴捂住，捂得我气都出不来。我问她捂嘴干啥，她说小娃不要乱咋呼。我说你老是啦啦说话，我喊叫一声都不行？娘说："不要跟你姑姑顶嘴。你静静地看戏就对了。你瞅瞅，戏院里哪有小娃乱喊叫的？"娘说得对，我的确没有听到小娃在剧院里喊叫。

我最不爱看的就是有人跪在那里，甩着乌黑的长头发悲悲切切地唱。我问娘为啥他这样子，姑姑说他犯了罪要被杀头了。正说着拿刀的出来要杀他了。我吓得赶紧把双眼捂住，或者转过身不看戏台。等到娘给我说那人已经杀完了，我才敢继续看戏。看着看着我就睡着了。醒来时发现是我娘背着我走在回家的路上，于是我要下来尿尿。尿完了娘就叫我自己走路，说她背不动我。我就叫姑姑背我。姑姑人高马大，年轻有劲，可是我在她背上总觉得崴崴趔趔不自在。第二天，我跟娘说姑姑背得我很难受。娘说："你姑姑没生养过孩子，她不会背娃。"

一晃三四年过去了，喜欢到运城来看戏的姑姑似乎还是那么喜欢来运城看戏。有一天姑姑又来了，中午饭后，她给我钱要我下午放学后去买戏票。我去了剧院的售票口，售票口被木板堵着。我问剧院门口的人，他说早都不让唱老戏了，因为唱的不是帝王将相、才子佳人，就是牛鬼蛇神、封建迷信。现在只能演革命现代戏。问他今晚演不演，他说明晚、后晚都不演！我悄悄钻进剧院大门，看见剧院的检票口都被木料钉住了。我回家跟姑姑说，她不信。第二天她跑去看究竟，回来说："破四旧呢，看不成了！"姑姑只住了两天就回去了。

十几年后的一天，姑姑又到我家来了。她说老戏又叫唱了。她拽着我娘去剧院。剧院还是那个剧院，但是名字变成了和平剧院。她们俩看了一场戏，第二天我娘就跟我们讲她昨晚看的好戏，说一个小伙非要去做贼不可，他父母不管怎样劝他他都不听。最后他偷人家的宝贝被逮住了，县官后来把他斩了。娘一边讲得眉飞色舞，姑姑一边笑得泪花飞迸。娘把戏讲完了，姑姑还笑个不停。问她笑啥哩，她说你娘讲的跟她看的戏一些些儿都不沾边。然后姑姑给我们讲昨天她看的是什么戏，戏演的都是啥。我们听了也哈哈大笑。娘此时已经给我们做饭去了，她没有听见姑姑讲戏。

20世纪80年代初，运城河东剧院盖起来了，不仅演电影，还演戏。我家距离河东剧院只有300米左右，这剧院，就像是专门给我娘盖的一样。以后20多年间，每年秋季的关公文化节期间，河东剧院都要举办戏剧连演，市属和13个县市的剧团都要演出很多剧目。我们就弄下戏票给我娘送去。担心她年事已高夜间行走不便，于是我们每次都多送两张票，让邻居的桂枝嫂、成功妈等年轻一些的人陪她去看戏。

我娘头一天晚上看了戏，第二天白天一准要讲给人们听。桂枝嫂好几次见了我都说："承群，管娘（我娘）讲的戏跟昨天我们看的戏不一样！"我告诉她我娘不识字，看不懂灯光打的字幕，而且她也听不清台上演员唱的是什么。

我也曾陪我娘看过《周仁献嫂》和《西厢记》，见证了我娘完全是按照她的人生阅历来理解戏台上的戏。不管什么剧情，不管什么唱词，也不管什么人物，我娘自会从热闹精彩的表演中看出她要看的戏。

我娘看的戏都叫蒲剧。好看戏的姑姑看的也是蒲剧。

马齿苋

# 两捆谷子

"秋天怕天阴，不黑黑森森。"啥意思？就是说秋天如果逢上阴天的话，本来还不到天应该黑的时候呢，可是它就黑了。而故事发生的那天，恰恰就是个秋天的阴天，黑色的夜幕，过早地降临了。

我想那天肯定会有人咒骂夜幕。可我却在感谢它：如果它不早早到来，我也不可能遇到这桩好事——我就在我家大门前的路面上捡到一捆谷子。这捆谷子斜躺在坑坑洼洼的土路中间，好像睡着了。我发现它的时候，路上看不见一个人，也许远处的路上有人，可是夜幕吞没了他们。

我把这捆谷子抱起来，它沉甸甸的，约有30来斤，用一根浸过水的湿草绳捆着。谷穗奓拉着头，长的有20多厘米，短的只有10多厘米。我又往大路两端望了望，除了漆漆夜幕，连个人毛也看不到。

"发财了！"我祝贺自己，心里很高兴。我们小伙伴在一起的时候，谁如果得到了额外或意想不到的好处，都用"发财了"3个字来形容。这是我们之间的习惯用语，带一点"黑话"的意味，在家里是不适用的。因此，我把谷子抱回去放到院子里之后，就对我娘说："娘，我在大门外拾了一捆谷子，还有很多谷穗呢！"

娘在夜色中看了看那捆谷子说："这是谁掉的？这么大一捆呢！"我说管他谁掉的，反正他也不来寻找，肯定是不要了。娘说："咱要这捆谷子干啥呀？"我说："娘，谷穗喂咱们的兔娃和鸡娃，谷子秆晒干烧火。"

娘说："那谷穗兔呀鸡呀肯定都爱吃，谷子秆烧火也不错。可是这是别人掉的呀，咱哪能当成自家的用呢？"

娘让我把谷捆提到屋里的灯底下，她借着灯光看了看说："这是二队马车上掉下来的。今儿天黑得早，吆车的和牲口一见天黑了都急慌慌的，掉了一捆谷子都不知道。"我奇怪地问："娘，您只看了一下，就知道是二队马车掉的？简直是运城的福尔摩斯啦！"娘并不知道福尔摩斯是谁。她说："群儿你看：捆谷子用的是草绳，只有咱们一队、二队和三队3个蔬菜生产队才用这种草绳，它平时是用来捆菜和绑菜的。这谷子是你在咱大门前的路上拾的，只有二队的车马收工时才走这条路呀。这谷子，是他们拉到二队马号喂牲口的。"

娘说到这里又想起了什么，她说："群儿，你跑得快。你快到城墙坡那儿去瞅瞅！"我说："黑咕隆咚，您叫我去瞅啥哩？"娘说："你瞅瞅还有没有掉在坡上的谷子！"哎呀，我的娘！我心想刚才不该那样夸娘，她虽然不知道福尔摩斯是断案如神的大神探，但她知道我是在赞扬她。她一高兴，便有些飘飘然了——我捡了人家一捆谷子，已经是十分幸运了，难道那马路上还有一捆谷子等着我不成？

我一边嘀咕，一边动步。城墙坡离我家只有五六十步远，撩步便到。嗨呀，真是神了！坎坷不平的半坡路上果然有一捆谷子躺在夜色中。我跑到城墙坡上继续搜索，城墙路上平平坦坦，再没有第三捆谷子出现了。我把这捆谷子扛回家时，娘就在院子里立着。她说："没含糊了，这谷子就是二队马车掉的。这吆车的也太粗心啦。一到下工的时候，就跟个急死猴似的，东西掉了也不知道。嗯，要是他自家的，他能这样马虎大意？"

我高兴地说："娘，吆（赶）车的要不是急死猴的话，咱咋能拾到谷子！老天爷照顾咱们哩。兔子没有野草不肥，叫我揪几穗谷子扔到兔子圈里去！"说着，就动手揪谷穗。娘忙摆手阻止我说：

马齿菜

"群儿,咱不要动人家的谷穗。"我说:"娘,这是他掉在马路上的,又不是咱从他马车上拽下来的。再说,生产队里的东西,掉了就掉了,他们根本不知道,就是知道也懒得来寻找。"

娘说:"不管人家知道不知道,也不管人家寻找不寻找,人家的东西就是人家的东西,把它拿回咱家还是人家的东西。这谷子吧,咱一没有种，二没有收，三没有往回拉，说到底还不是咱自己的。"

娘的话在理，可我不愿意听。我想：好不容易发个小财，娘还不同意！唉，两捆谷草、几十个谷穗穗，算什么呀？这是生产队的东西，所以他们满不在乎的。即使马车上拉的谷子捆都掉光了，他们也不会心疼的。

娘见我不吭气就说："群儿啊，人家的东西咱不能要。这两捆谷子，你别喂兔了，也别喂鸡了，安心给人家送到二队马号去吧。"可我还是转不过"发财"的弯子，说："我知道不是咱家的东西。可是谁叫他掉在马路上了？这是我把它拾回来了，如果叫别人拾走了，谁还会给他送回去呢？"

娘说："吆马车的把谷子掉了，人家是不知道才掉的，顶多算个马虎人；可咱们拾了，明明白白知道拾的谁的谷子，咱要是不给人家就是财迷精啦。娘和你爹穷过半辈子，就是再穷、再没有啥，也从来没有要过一个不该要的东西。"

正说着，爹从外面回来了。他说："别说两捆谷子，就是掉个金娃娃咱也不眼热它。群儿，你娘叫你送去，你就给人家送去吧。咱不要。"

我看了看头顶上的天幕，无数星星在闪烁。漆黑的夜，也挡不住星光的璀璨。我说："送去就送去。可是现在天都晚了，我明天一早去送吧。"

第二天早晨，我用扁担一头挑着一捆谷子去了二队马号。马号实际是队部，因牲口喂在队部，所以称它马号。两个饲养员正在院里铡谷草，他们旁边堆着一大堆谷子捆，跟我担的谷子捆一模一样。他们问："你干啥？"我说我把在路上拾的谷子给你们送来。他们说："哟，还真有这种人！"

马齿菜

# 煤油灯

　　20世纪90年代中期，我曾在《山西日报》刊登过一篇新闻稿，题为《运城市最后一盏油灯灭了》，报道的是该市最偏僻的山村用上电灯、丢掉油灯的事件。其实，比这再早20年，也就是1973年的时候，我也应该写一篇《管承群家的油灯灭了》的新闻报道。因为我家此时才接上电灯。我家并非住在偏僻山村，而是居于市井闹区。在整个城市都是电光灿烂、夜同白昼的时代，唯有我家油灯如豆、忽明忽暗——这无疑是个新闻。

　　不是我家不舍得用电，而是我家1968年从东城墙根搬到了东城墙外的时候，这里的路边还没栽电杆，一城墙之隔，相距300米，照明的电线尚未扯到这里。那么，搬迁之前我家有没有电灯？只有油灯：点煤油的灯。

　　可以这么说吧，1973年之前，我家用的都是煤油灯。在我出生之前，我家也点过豆油灯。但这并非我亲眼所见，只是耳听我娘所说。我的记忆里，处处闪烁着煤油灯的辉光。直到现在，每晚上床熄灯后，我还能看到一盏闪亮的煤油灯，它的灯火温馨，祥和，可亲，可爱。它伴我甜甜入睡，它给我旧梦连连……

　　我记忆里有关煤油灯的最早故事，发生在一个月亮明晃晃的夜晚。我那时大约4岁多吧，反正已经能够记住很多事情了。记得那夜月儿明晃晃，而我家黑漆漆。为何？因为没有点灯。为何不点灯？因为灯里没有煤油了。我爹常说："鞋底磨烂磨袜子，煤油熬完烧捻子。"捻子就是灯捻，我家的灯捻是用古旧书的书页卷成的，上

面还有木刻版印刷的繁体字。可是作为灯捻，却不管它有字没有字，灯里没油了，它就熄灭了。

"面瓮里没面不行，油灯里没油不行。"娘这么嘟囔着。我问娘："为啥不行？"娘回答："没面做不成饭，没油点不亮灯。"嗨，我以为娘说的话多深奥呢，原来如此——这三岁小娃都知道，何况我已经四岁多了！

娘借着月亮的辉映从屋里拿出来煤油灯。我家的煤油灯，实际上不是灯，它就是一个饭桌上放的盛酱油或米醋的酱醋瓶。只因它小嘴大肚、底稳脖长，娘才委任它为煤油灯。娘说："管它像灯还是不像灯，能装煤油，能照亮儿，你说它不是灯是啥？"

我一看娘拿出了煤油灯，就知道娘要出门去，于是急忙揪住娘的衣襟角。娘说："我去领煤油，你跟着干啥？巷子里疙疙瘩瘩、绊脚绊腿的。"我非去不可。娘说了句"你这小尾巴"就领着我出门了。走到半巷了，我才问娘："啥叫小尾巴？"娘笑了说："就是老跟在娘身后头，甩也甩不掉，割也不能割。"我问为啥不能割，娘又笑了说："憨娃，尾巴长在身上，把它割了还不疼死呀？"

帝君庙巷曲里拐弯，疙里疙瘩，虽有明月如灯，却被高高低低的房屋和门楼你遮他挡，投下交错阴影，因而脚下并非一路银辉。路虽难行所幸离家不远。不大会儿，娘就领我来到生产队的队部，社员们也叫它"马号"，因为队里的几十头牛马驴骡都饲养在后院。前院有办公室和库房，最关键的是有食堂。那几年实行的是公共食堂制，生产队所有人都在这里吃饭，人们家里都不开灶，因为生产队不给社员发口粮。这当然好啊，好的是我娘不用为做饭而发愁了；可是又不好，因为爹娘排队领到的饭菜总是很少，不足以让我们吃饱肚子。

来到队部就先找库房。库房门上有锁，门前有人。原来也是找席宝安领煤油的社员。席宝安是谁？娘说他是保管，管着一大桶煤油。要领煤油没他不行。他啥时候来？不知道。有人说去他家找他吧，不找他他今夜也许就不来了。有人说咱再等等吧，上门找人家怕惹人家不高兴。等就等吧。娘有耐心，可我没耐心；即使我有耐心，我的瞌睡却没耐心，因为我双眼迷离，想睡觉啦。娘说你不敢睡着，这里没铺没盖的，还说你望天上瞅瞅月亮，你就不瞌睡啦。于是我强睁眼皮仰望明月，它亮堂堂的不刺眼睛，就像点着的煤油灯，真好。

我正看着月亮呢，忽然听见娘摇着我说："娃呀，你尿泡尿，叫娘给你衣服脱了睡吧。不叫你跟着，你偏要跟着，看你都瞌睡成啥样啦，把你撂到城墙壕里你都不知道！"我感觉我的鞋子被脱了，衣裳也被脱了，然后就啥也不知道了。第二天醒来时天还没有大亮，我看见桌上的煤油灯亮着。我问："娘，您领下煤油啦？"娘说："不领下煤油能点着灯？不叫你去你非要去，一睡着跟个死狗一样啥也不知道了。哎，我端上煤油还得抱上你，好几回都差点儿把我绊倒。"我说："那席宝安来了吗？"娘说等的时候长了，别人都不等了，都回家去了。娘不能回家，如果回了家家里仍是点不着灯呀。咋办。我就去他家里找他。他已经睡下了，说都啥时候了怎么还灌煤油哩？我说我和娃两个在库房门口都等了半夜了。席宝安开门出来先看看月亮，又看看咱俩。他说："哎呀呀，看你娘儿俩辛苦的。夜深了，我也怕去库房了。这样吧：我家油灯里还有油，先把它倒给你拿走吧。"就这样，娘回来了。

1973年夏天我家接上电灯的时候，我已经高中毕业了。电灯一亮，煤油灯就无用了。可是娘去北大街买线的时候，还是提了一个4斤容量的绿色大玻璃瓶，那是我家的煤油专用瓶。娘花了两块多钱，灌了满满一瓶煤油，回来就把它放在屋角大水缸后面的旮旯里。参说："安上电灯了，你可买那么多煤油干啥？"娘说："点了几十年了，

马齿菜

294

一下还能断了它！你们睡觉的时候，我想用灯的话，就点煤油灯。到底点煤油比点电要便宜多呢！"

可是这个时候，我的眼睛已经有点近视了。因为我从小学到高中，不在家做作业便罢，凡在家做作业就在煤油灯下；不在家看书则已，一看书就熬个灯枯油干。长时间在光线不足的地方用眼致使我 1.5 的视力下降到了 1.3。但是，煤油灯让我获得了知识，懂得了道理，争取到了荣耀。从小学一年级开始一直到高中毕业，我的学习成绩一直稳稳地名列全班前茅。高中时每次学期和学年考试，我的语文卷子总是被贴在黑板上摆在学校大门口展示。全年级同学中我的作文分总是最高的。

我娘辞世后，我只保留了她的两件遗物：一件是她用了多半生的盐碗；一件是她用了多年的煤油灯。煤油灯时代结束了，但它和我娘的故事永没结束。煤油灯如今也不点亮了，但它的辉光永照我心头……

我所见和娘所说的娘

# 冉　奶

　　没有人知道她姓啥叫啥。她已过世的丈夫姓冉，她和我姥姥是平辈，所以娘让我叫她冉奶。我小的时候，冉奶已经六七十岁了。她身板瘦高，长脖细项，年轻时节定是个漂亮女人。可是她的脚很小，是典型的"三寸金莲"，走起路来一扭一颠、踉踉跄跄的。这不稀奇，因为我姥姥也是这样的小脚、这样的步伐。她们原本宽大的脚丫都被那旧时代的裹脚布弄坏了。

　　冉奶有 3 个儿子，每个儿子都有一大群儿女。运城解放前他们家曾拥有土地，而现在他们似乎还有厚实的家底。她们住在北房和西房，我家住在东房，我们共同住在一座老旧的四合院。我家于 1958 年加入人民公社，因此我们是农民，我们虽然住在县城里，却在城外的田野里耕田种地，属于蔬菜专业生产队。而她的几个儿子都是搬运公司的搬运工，很出力，也能挣钱，他们是城市市民。我家一年到头只分一次红，还不一定能分到钱，口粮分得也不多，其中还包括萝卜、蔓菁、红薯和山药蛋。他们每月领了工资后，就到东街的粮食局去买供应粮，有白面、玉米面、小米，还有黄豆和大米。

　　我们两家相比生活悬殊。我在我家一个旧机子上喝着萝卜块煮的稀面汤时，人家的孩子则手里拿着白蒸馍边吃边在院子里跳皮筋。放学后人家孩子不用干活，有时间看书写字，可他们总是玩；我想坐下来看书写字，可家里的活儿总也干不完。给猪割草、拾炭核、拾柴火，等等，农忙时还要下地干农活，还要筛炉灰垫猪圈、出圈、担粪，等等。我羡慕他们有时间玩，也可惜他们没有利用这些时间

马齿菜

看书写字。

　　冉奶的几个儿媳妇一个个红光满面，她们比我娘年轻，因此叫我娘姐姐。我则叫她们婶婶。她们妯娌几个经常在北房和西房的台阶上蒸馍做饭。他们老家都是河南的，喜欢吃烙馍卷菜。她们烙馍的时候，总是香飘满院。而这时候她们如果瞅见了我，就一定会喊："群儿，过来，给你块烙馍吃。"她们蒸枣馍、蒸豆包时，也喊我过去吃。他们真的喜欢我，也很愿意给我点好吃的。可是我从来没有伸手接过她们的吃食，总是赶紧跑到我家门口，竹帘一掀就进了屋门。婶婶们总是埋怨我娘管束我太严。其实我娘从来没有说过不让我吃人家的东西，只是我从小就不愿意这样做。

于是婶婶们都说："这孩子真怪！"可是冉奶说："这孩子真乖！"每当她们让我吃这吃那的时候，冉奶总是非常及时地出现了。她把她那曾经动人的脸庞紧绷起来，不是指责她们炉灶里的火没有弄好，就是指责盆呀碗呀搁的不是地方。此时她的儿媳们就赶紧闭了嘴，不再殷勤召唤我了。

月光非常皎洁。皎洁的月光穿透我家居住的东房，屋里明晃晃的。那夜，我还未入睡，听见院子里嚓嚓嚓响起轻微的脚步声。走路的人故意不让发声，因此声音微弱。一会儿，脚步声停止，而我家窗户外面堆放炭核的砖池子里，响起细碎的哗啦声，像是老鼠刨炭核的声音。我对身旁的娘说："老鼠在炭池里掏洞哩！"

娘没吱声。哗啦声消失之后，嚓嚓的足音又响起来，随后消失。北房的屋门轻声碰了一下，接着什么也听不到了。娘"唉"了一声说："人真是怪呀。"我问您说谁怪。她说小孩子不该问的不要多问，快睡觉。几天之后的又一个夜晚，我入睡前又听到了相同的足音和炭核的哗啦声。以后又有几次听到了一样的声响。

有一次，我爹买了面面煤掺上土和成煤泥做成了煤糕，煤糕晾干后摞到了我们房檐下的台阶上，那时每个家户都这样堆放。天黑之后，娘坚持要在煤糕上面压很多砖头。我不理解为何如此。半夜里，嚓嚓的足音又在院子里出现了，接着盖在煤糕上的砖头也有声响。爹在外间睡着，他大声咳嗽了一声，砖不响了。很大一会儿过后，炭池又传来哗啦声。我说要去看个究竟，娘说不用去，外面冷，冻着了才麻烦。她小声告诉我，那是北房的冉奶在舀咱们的炭核。

她差不多每天晚上都要舀一小瓢回去封炉子。我说："她们家有钱，一买就是一大车煤，为啥还要偷咱们的？"娘说："世上就是有这么一种人，她不沾别人的光就睡不着觉。"

娘说的没错。我只要入睡晚了，准能听到炭池上的哗啦声。有几次我在睡觉前把炭核拨拉得又平又光，还撒些碎纸片做记号，而天亮后便发现炭核被人动过了。还有几次我们剥玉米穗子或煮酸菜，熬过半夜才睡觉，就发现北房冉奶的灯火总也不熄。等娘吹灭了煤油灯、院子里她的小脚走过、炭池的哗啦声结束之后，冉奶的灯才熄灭。总之，整个冬天，每晚都必须有这么一个演出，我家必然损失一点煤核。明白了这些，我才明白了当时我娘砖盖煤糕的用心。

冉奶此举，与她富足的家庭条件显然格格不入。他儿子拉回来的煤块就堆在她家门外，烧也烧不完。我家一个冬天只买一车面面煤，其余都是烧我们兄弟几个冒着严寒到盐池下面捡回来的炭核。我那时认为：炭核是我家才烧的东西，你冉奶烧它做什么？可是冉奶放着好炭块不烧，偏爱烧炭块烧过以后的残渣。

我问我娘：她年年冬天都偷咱炭核，为何不捉住她？娘说：你冉奶那么爱面子，我和你爹都不愿为难她。再说，她那么大年纪了，还能烧咱几瓢炭核？你们多拾一筐两筐不就有了嘛。既然娘都这么说了，我也不再计较这事儿了。说也奇怪，从那天以后，我再也没有听到过夜间的足音和哗啦声了。而冉奶也很自律，她从来不多要我们的炭核，每次只取那么一小瓢。

多年以后我才悟到：当年冉奶虽然取走了我们的炭核，他老人家却给我们留下了一个故事……

# 拾　麦

　　我的家乡古称河东，位于黄河大拐弯处，日照多，积温高，降雨量偏少，无霜期长，土肥水美，特别适合于冬小麦生长。20世纪90年代初我到山西日报运城记者站工作时，全地区900多万亩耕地，每年小麦种植量就达800多万亩。家乡由此而享有"山西乌克兰"之美称。在我童年的记忆里，广袤的田野里只有两个字：麦子。

　　我娘没有文化，但她形容运城小麦的8个字恢宏霸气，至今无人能及。那是一年麦黄时节，我跟随小麦观摩组的领导，在全地区13个县市看了一圈。回家后我把所见所闻说给娘听，说我们所到之处，皆是"麦海翻金浪，热风送麦香"。我娘听了之后显然十分激动，她随口说道："今年麦子又要大收了！真是铺天盖地、压塌地球！"

　　我当时大吃一惊，忙问娘"铺天盖地、压塌地球"这8个字您听谁说的。娘灿烂地笑着说："我听谁说的？我听我说的呗！"她胸脯一起一伏地呼吸着说："这麦子嘛，我见也见得多啦。嗨呀，漫山遍野，遍野满山，就是给你个望远镜，你也望不到头、看不见边！我常想啊，这么多麦子都是咋种的、咋长的？"听到和看到娘这样的话语、这样的表情，我确定它就是我娘的心语，而绝非他人之美辞！

　　由于麦子很多，所以有关麦收的故事也就很多。譬如割麦的故事、拾麦的故事、碾麦的故事、晒麦的故事，等等，一提一嘟噜，一拽一串串，说也说不尽，听也听不完。而我今天最想说的，是我娘拾麦的故事。

　　拾麦，就是在收割过小麦的麦茬地里捡拾遗留的麦穗。我娘拾

马齿苋

300

麦的年代，割麦都还是使用镰刀收割。唐代大诗人白居易曾写过一首诗叫《观刈麦》，刈麦就是割麦。我不知道唐农如何割麦，我却知道我小时候父兄们是如何割麦的。每年开镰时，人们都显得十分庄重而紧张。一大片黄熟的麦地边，一个割麦好手挥动锋利的割麦镰开始"攻衖"，即是从茫茫的原始麦海中辟出一条通道来，而便于全体割手操作。他第一个开路向前，第二人、第三人紧跟他左右，叫"挂翅"。其余的割手则都呈斜线形跟在这两人之后。只听嚓嚓嚓，嚓嚓嚓！每个割手只把住3行麦垄，也就是1条耧腿朝前推进，直至地头。割手们所过之处，麦子倒地成堆，捆麦个的"捆手"则紧随其后，下腰子的下腰子，捆麦个的捆麦个，一堆堆散麦瞬间变成了捆绑结实的麦个（麦捆）。在他们身后，运输大队就来了——马车、牛车、驴车或人拉的平车，都会咯巴巴碾着麦茬来装运麦个。人们手持铁叉，叉起麦个掷到车上，车装满就呼隆隆拉到大麦场上垛成垛子了。那种场景，非常壮观、非常气派，无论谁见了也要感而慨之并铭之于心呢！

麦子割倒并运走之后的麦田就叫麦茬地。站在地边望，麦茬地一片金黄，因为割断的麦秆还在地表剩下十几厘米高的根茬。走进地里看，麦茬缝里、麦垄之间，散布着大大小小的麦穗。这些麦穗，有的是割手们一把未抓牢而散失的，有的是因为麦子过熟了茎秆发脆，而致麦穗断头的，还有的是在捆绑和运输过程中弄掉的。那些年每到麦收时总要强调"颗粒归仓"，可事实上，收割时的麦穗遗落现象是古今中外的不解难题。

正因如此，我娘才有了可拾的麦穗。记得我还很小的时候，就跟着娘去地里拾麦穗了。"蚕老麦黄，绣女下床"，那个年代麦收其实就是一场全民战争。农民自不必说，即便是党政机关也全力以赴。干部、学生，甚至工厂的工人和部队官兵，都要去支援夏收，龙口夺粮。

马齿菜

妇女和孩子是拾麦穗的主力。娘和我是在我们生产队的麦地拾麦穗，拾下的麦穗过秤记分，拾得多挣工分就多，工分多就可以多分红。这道理我那时还不懂，只知道把地里的麦穗拾干净交给娘就行了。

这时候我去拾麦穗是轻松而愉快的。我拾多拾少或者不拾，都无关紧要。因为我还小，我娘领着我只当是幼儿园阿姨在看孩子，只要我不哭不闹不乱跑，就是好孩子。麦茬地里不光有麦穗，还有不少蹦蹦跳跳的蚂蚱。有的是土黄色，粗而短，娘说它是蝗虫；有的是草绿色，细而长，娘说它叫扁担。我起初害怕咬我手指头，试了试它们不会咬，于是就下手逮住它们，用毛毛穗草穿过它们的脖子穿成一串。拿回家里，小的都喂鸡，大的放到锅灶的柴火上燎一燎，香喷喷好吃极了！

地边地脚和麦垄里，还有些麦秆青绿的麦穗，它们属于发育不好的那极少数，娘叫我把这些接近成熟却尚未成熟的麦穗连麦秆揪下来，每回都能揪几十穗。娘把它们绑成一把，就像现在年轻人结婚拿的手捧花似的。这把青黄的麦穗是不给生产队交的，娘叫我拿回家里来，她把麦穗放在火上也像烤蚂蚱一样燎一下，把麦芒烧去、麦颖烧黑，然后放在柳条簸箕里一搓一簸一吹，嘿，留在簸箕里的是一颗颗还带着绿色的软麦粒。娘把它分给我和二哥，她自己只把簸在地上的麦粒捡起来放在嘴里嚼。她说："今年雨水好，麦颗饱夯夯的，又筋又香！"她还告诉我：旧社会那会儿，一到了三四月就没吃的了，那叫青黄不接。有些断粮户就把快成熟的麦穗剪下来，烧了簸了，再摊到碾盘上用碾子一滚，麦子儿被碾扁了，粘连在一起，这就叫"碾串"。往里调点儿熟油和盐，吃着又好吃又顶饥。听娘这么说，我咕咚咕咚往肚里咽口水。我问娘为啥你不给我们做碾串，娘说如今的麦子都是集体的，不长熟谁敢去动一指头啊？就是长熟了，也要收到库房才给咱们分哩。那夜，我便做了一个吃碾串的梦。

我上小学的时候，每到收麦时节，学校老师都要带着全班同学到城外的生产队去拾麦穗。这虽然是一种劳动课，但是我觉得也是比较轻松愉快的。因为我们没有任务指标，只要认真踏实地拾麦穗就行了。麦茬地里仍有蚂蚱蹦跳，但是老师不让逮它们，捉一两只玩一玩还可以，但是不可以一下逮一长串拿回家去吃烤蚂蚱了。

我拾麦穗的记忆，可以说都是美好的。然而我娘就没有我这么幸运了。她告诉我她小时候一到了麦天，就跟着我姥姥去拾麦穗了，前后要拾一个多月，什么时候麦穗都沤烂或出芽了，才不拾了。每天都是顶着太阳流着汗，早起出去天黑回家。拾下麦穗坐到地头揉，揉碎了再把麦颖、麦芒吹去，这样才好往家里拿。城边的麦茬地拾完了，就到远处去，最远都跑到几十里外的地里去。拾麦穗最难受的是没有水喝。娘和我姥姥就在嘴里嗑一根麦秸秆，据说这能止渴。拾下的麦子就是全家的口粮。

1970年夏天，我正上初中的时候，家里没有吃的了。爹坐在小板凳上寻思着到哪里去借粮。娘说："眼下正是麦天，叫我去拾麦吧。多少拾一些，不是就有吃的了？"娘天不明就走了。她不敢在县城附近拾麦穗，怕人们认得她，认出来就要挨整。于是她就穿过铁路，过了袁庄，到刘家村的地里去拾麦。娘看见一块麦茬地里有一大群绵羊，就知道这片麦茬地已经被村里的社员拾过了。只有人家拾过麦穗的地块，羊群和外面的拾麦人才可以进入。

绵羊和我娘都在地里寻找麦穗。烈日如火，汗水湿了娘的衣衫，热气却又把衣衫烘干。拾到中午，娘饿了，就拿出干粮准备吃。可是口干舌燥没水喝，她于是又把干粮放进包袱里了。这时，一个年轻人拿着木棍出现在她面前。他说："谁叫你偷拾我们麦子的？"娘说："你这麦地都叫放羊了，我来拾一把回去救饥荒——家里都断顿啦。"年轻人说："不行不行！羊是生产队的，你是哪儿的？

马齿菜

304

快把麦穗给我！"他噌地窜过来，伸手就掠走了娘装麦穗的包袱。包袱里掉出了一个东西。那人拾起来一看说："原来还有好吃的。"娘说我哪有好吃的，是一个榆叶蒸的玉米面窝窝。那人张嘴咬了一口，立即呸一声吐出来说："难吃死啦！"娘说："我们连这都吃不上哩。你不叫拾我就不拾啦。你把麦穗留下，包袱还给我吧。"那人头也不回地拎着包袱走了。娘撵不上他。这时放羊的老汉过来把他拦住了。听不清他跟小伙说些啥，小伙子丢下包袱走了。老汉扬起羊鞭，在他远去的背影上叭地抽了一鞭。

放羊老汉把包袱提过来给了我娘说："我一早就瞅见你了。唉，不是饿肚子，谁肯跑这么远背日头？你尽管拾吧，只要我在这儿，那坏怂娃就不敢欺负你！"那老汉还指着那边地头说，"那里有一眼水井，正抽着水哩。你想喝水就去吧！"娘谢了老汉，到井跟前洗了脸，喝了水。井水清凉清凉的。娘就着井水，把那年轻人咬了一口的榆叶玉米面窝窝慢慢嚼着吃了。她说它又香又甜……

我所见和娘所说的娘

# 水

　　举世闻名的运城盐池就坐落在运城市区，距市中心不足2公里。它其实就是运城市的内湖。正因为这个咸水湖的影响，运城市区的浅井水才水质很差，又苦又咸又涩，人们把它叫作苦水。苦水根本不能用。可是新中国成立之前，这里没有深井，大部分运城人用的就是这种苦涩之水，就跟他们所过的苦日子是一个滋味。只有少数富人和官宦家，才能用上从20公里外的解州城拉来的甜水。那水是花钱买的，或是自家去用水车装的。一般人家哪儿有这银子和车马？

　　日本人占领运城之后，他们对运城盐池的食盐和芒硝非常贪婪，可是他们喝不下去运城的苦水。于是，鬼子的军队在城北门内靠近姚暹渠的地方打了一口甜水井，还用洋灰（水泥）盖了一座又粗又高的水塔。水塔外面彩绘了一幅中国地图。城里的有钱人家就用一节一节的玻璃管引来这水塔里的水。穷人，尤其是像我娘这样的人，哪儿能喝上这样的水？直到解放后，水管才接到了我家居住的帝君庙巷，就在曲明仁家的大门西边设了个水管房。每天中午12点开水管，人们都担着水桶排队担水。6分钱能买10担水票，一担水用一张水票。我12岁就学着担水了，常常因为提不动满满一桶水而只敢接多半桶。

　　1968年冬，我家搬出了帝君庙巷11号院，住进了东城墙外的自建土坯瓦房。现在的门牌号为东城墙路东巷26号。初居此地时，四周围没有人家，尽是庄稼地，所以担水要走很远一段路程，到鸡场那边的一根小水管接水。水龙头很大，水管也很粗，就是水流细小，老半天流不满一桶水。而且来担水的人还很多，经常一排队就是一

马齿菜

两个钟头。

即使担水不易，我家门后头的大水瓮里的水也是很充足的。只要吃下去一点儿，马上就会补充。大水瓮可盛6担水，爹从来不让瓮里的水下到半截，如果那样，他就大发雷霆。我家面瓮里的白面经常会吃得见底，但水瓮里的水总是保持高水平。爹说："粮食多少由人家发哩，不由咱；可是水吃下去了可怨咱懒哩。"

后来鸡场的水管不能用了，我们就用水车拉水。到哪儿拉水？地委家属院或者水利局。有时我和弟弟还去我们菜地里刚打成的钢管井上装水，拉一趟水两个多钟头。我们长大了，要像爹爹一样保证我们家有足够的甜水。

可是我娘从来不多用水。她淘菜时很惜水，先洗叶叶菜，再洗萝卜和红薯，最后把它浇到树根底下。洗碗刷锅的水都要喂猪，夏天洗过脸的水也要喂猪。淘菜水和洗脸水如果还比较清亮，娘还要把它澄一澄下次再使用。水到了她手里，真是物尽其用了。

娘最讨厌我们把她只用过一遍还打算再用的水倒掉，责备我们不心疼水。有时我说："娘，水是我们担来的，我们不心疼，您还这么心疼？"娘说："不管你担的我担的，无端地浪费这些水干啥？"

1979年我上大学之前，我和弟弟在我家影壁后面打了一口井。这口土井深达20米左右，淘井时我在井底的水线之下挖得很深，井筒也开得很粗，因此井水很旺。邻居的土井，都是绞上两三桶水就浑了，我家的井，连绞十几桶水还是清凌凌的。可是它的水又苦又咸又涩，是人们所说的苦水。苦水浇湿的土壤干了的话，硬梆梆像骨头块似的。用它淘菜淘米还凑合能用，但不能洗脸。"苦水洗了身，变成非洲人"，脸或手用了苦水，便黢黑干燥。尤其不能洗头，头发蘸湿后就粘在一起，撒上洗衣粉也搓不起泡沫，洗来洗去油垢就是洗不掉，头发晾干却又板结成一缕一缕的。洗上几次，头发就

像干谷草似的又炸又脏。

天旱，我们用它浇葵花、浇树，也洗菜、喂猪。可是猪也有味觉，它不情愿喝苦水。队里的兽医说猪吃苦水长肉慢，因此我们很少喂它苦水。苦水最大的用处是和泥或浸土打土坯。到了三伏盛夏，我们绞上一桶井水冰西瓜、甜瓜或西红柿。井水冰心凉，冰出的瓜果十分解热。

而我娘却常用苦水洗手洗器具。她说："旧社会你到人家井上挑一担水还要看人家脸色哩。咱自家的井水还嫌它不好？"

有了水井的第二年，我们又从巷里接了一根水管，珍贵的自来水终于源源不断地流进了我家。全家无比欢悦。这水管标志着一个时代的结束和历史转折。我家祖祖辈辈为之朝思暮求的事情彻底解决了！不要说我娘了，就是我也觉得这是改天换地的大事件。因为它圆了我小时候的梦：我曾经多次做梦梦见家里有了清水哗哗的水龙头。

从此之后，我家用了几十年的大水瓮就停用了。娘淘菜做饭洗衣，一拧龙头水就出来了。我们希望她可劲地使用，然而她依然惜水如金。她洗过脸的水不舍得倒掉，还要洗几次手，直到水的颜色深了才肯泼出去。

随着我们成家立业，我们都不跟她一起住了。可有时去探望她，她的案板上的小铝盆里，总有半盆已淘过菜但还不很脏的水，那是她还要使用的。我去拧水龙头，立即窜出一股清水。我说："娘，这水管里有的是水，为啥还舍不得用呢？淘过菜洗过碗的水就有了病菌和病毒，您再放上半天，更会发酵繁殖。如果用这水会有害的！"娘说："过去不老是这样吗？我也没见有啥病菌病毒。我知道水管里水多哩，用也用不完。可是这水还能用，倒了不是太可惜吗？现在也不喂鸡了，也不喂猪了，要不倒给它们喝也行。"

我没有办法，只好把她盆里的水倒掉。可是下一次回去，发现仍是外甥打灯笼——照旧（舅）。娘见我回来了，就端起盆子倒掉她本来舍不得倒掉的水。有时她还说："这盆里的水是我刚洗过红薯的，还没顾上倒哩。"她洗衣服用水也很节省。我娘年轻时洗衣服很出名，但她从来不用"汪洋大海"那么多的水。

　　可是邻居如果来借水，娘总是很大方慷慨。在那时还没有自来水管、担一担水都很艰难的岁月里，常常有邻居提桶或拎盆端锅登门说："借我点水吧，中午做饭一点水也没啦。担着水桶找了一圈，所有的水管都停水了！"世界上借什么的都有，但借水纯属是奇事！然而这种奇事常常发生在我家水瓮前。

　　等借水人走后，我总要概括一下，认为借水就是要水，就是赖水。因为借别的东西可以还你，比如打气筒、斧头、米面，借水怎么还呢？实际上百分之百都是刘备借荆州——只借不还的。每当我发议论时，娘总是笑着说："算啦，你们多担一担不就有了。谁叫咱家水瓮里总有水呢？这几瓢水对咱们不算啥，对他们可就是一顿饭呀！"

　　人们常说世界在变、事物在变、人也在变，此话当真。因为我发现来到 21 世纪之后我娘也变了。她老人家 90 岁以后，还是自个做饭自个洗衣，但是她把自己过去用水的老习惯改掉了。她对我们说："过去吃水跟吃油似的，现在清水哗哗淌，再不能使用不干不净的水啦。"果然，无论洗手洗脸、淘菜刷碗，她用过之后的水就不会再用第二次了。

马齿菜

# 挑

挑是个双音多义字，既能当动词，又可作名词。我在这个故事里所讲述的挑，三声，是"用尖或条状的细长物由下往上用力拨开"的意思。

我娘的针又尖又细又长，那是她缝制衣裳被褥等物件的利器。但是她也经常用它给人扎针，就是在印堂间、后咽窝、脊背上或手指头的穴位上扎针眼或把皮肤划开。娘把她的这种作为叫作"挑"，因为人们都把它叫作挑。挑其实是一种民间医术，与我娘平辈的一代人都对它十分熟悉，其中的好多人甚至对它还爱有所倾、情有独钟呢。

在那个年月里，家乡的人们患了感冒不说是感冒了，而说是凉着了或者着风了；牙疼、咽喉疼不说是发炎了而说是上火了或者有火了；关节脱臼了不说是关节脱臼了，而说是钩斗掉了；胃涨胃饱不消化不说是消化不良而说是滞住了……这些对常规疾病的语言描述，一是受传统中医学的影响，二是由方言土语所致。

娘不识字，她却是运城县城内四街八巷都公认的"针挑"高手。我在生产队劳动时，经常是咽喉疼痛。一些婶婶辈的社员就对我说："你回家后，叫你娘给你挑一挑嘛！你娘那针，一挑就好啦！"有的就插嘴说："喉咙疼要挑指甲肉哩，还要挤出血哩。哎呀，尖疼尖疼的，疼得耳根都麻！""没听说一疼了百疼嘛？哪有治病还怕疼的道理？要怕指甲疼，那你就叫喉咙老疼吧——看你咋往肚里咽东西？"听一窝婶婶们叽叽喳喳地吵闹，我一时间已经忘了咽喉疼了。

而忘了疼不等于不疼。回家吃饭的时候喉咙就提醒我说："喂，我还疼着呢。"于是我就跟娘说要她给我挑一挑。娘说："你憨？喉咙疼是疼，那挑指头尖就不疼？"我说："婶婶们都说您一挑就好了。您不是说长疼不如短疼嘛。"娘说："别听她们胡说。我又不是神仙，哪能一挑就好？不过，有人认我的针，一挑就好啦；有人不认，挑了也是白挑，多受一回疼。"

我缠住我娘说："小伙子还怕疼？娘，我肯定认您的针，您就挑一回试试嘛！"娘说："那你快把线板和火柴拿来。"我知道娘的线板上总是扎着几根针，而线板总在她的活蒲篮里，所以一找就找着了。娘让我划着一根火柴，把她手里的针尖燎了燎，然后用她左手的拇指和食指，紧掐住我左手拇指的指甲盖两侧，右手上的钢针飞快地在我拇指上挑了几针。针尖与皮肉接触的那一刹那，似乎是又往上剜了一下，因此都能听见轻微的嘣嘣声。不过，这一刹那非常之短，最多不过四分之一秒。

娘把针别在她的头发上，用右手的拇指和食指使劲捏我的左拇指，把殷红的血从针眼处挤出来一点点。接着，又把我左手的食指也照样挑了挑。娘说："行啦，你咽一口唾沫，看还疼不疼了？"我咽了口唾沫，又咽了一口唾沫。我说："不疼啦！"

我娘轻易不给我们弟兄几个用针挑。我跟我娘在一起生活了整整60年。60年间，她只给我挑过两回。上面说的是一回，挑的是指甲，治的是咽喉肿疼；还有一回挑的是印堂、鬓角、肩膀、后背和后咽窝，治的是重感冒。这一回，我娘使出了她的针挑绝技。

记得那是1995年的隆冬腊月，我从太原坐火车回运城，坐车的人很多，上车时十分拥挤。我背着一大包资料和书本，在人海中左冲右突，费了一龙二虎九牛之力，才挤到二站台上来。我要坐的天津开往西安的261次列车就在二站台上车。我气喘吁吁，棉衣全被

马齿苋

汗水湿透了。而261却晚点了1个多小时，我在站台上冻得瑟瑟发抖，先前湿透的棉衣外面都结了一层薄冰。回到家之后我就头疼、头晕、发烧还猛烈咳嗽，浑身所有的关节都疼痛，简直就跟受刑一样。喝药、输液都不顶用，而且症状还越来越厉害。

娘看我难受的样子就说："娘给你挑挑吧？看你现在这个样儿，像是得了羊毛疔了。不挑这一针，恐怕是不行。"我说："娘，您不是总不愿意给我们挑吗？"娘说："我那针是糖疙瘩，能让人随便吃？娘看你们没啥大病，何必让皮肉受苦？"

娘把屋里的炉火添旺，一会儿屋子里就很暖和了。她燎了针尖，还给小碗里倒了些白酒，拿了一团白棉花放在酒碗边上。她说："先挑印堂和鬓角吧。"我只听针在我眉宇间嘣嘣地响了几声，然后娘就在针扎的地方用指头挤压，接着用棉花把挤出的血粘掉。她说："看这寒气有多重，挤出的血都是黑乌乌的。"

下来挑的是鬓角，其实就是太阳穴。娘一手紧捏着我的鬓角，一手嘣嘣地挑。她说："就是得挑！皮厚得连针都剜不进去了！"挤压鬓角是比较疼的。娘问："疼么？"我说疼。娘说："疼也得挑狠些。这是个重要穴位，不挑狠些不顶用。"

这两处挑完后，娘让我把上衣脱了趴在炕上，她分别在我的后咽窝和左右两个肩头各挑了几针。挑完这些，娘又下了炕，从小柜里取出一把老式剃头刀说："我看你的情况就是羊毛疔。你别嫌疼，娘给你挑羊毛疔吧。"

她在我后背两侧摸准了穴位，然后改用纳鞋底用的锥子针，使针把皮肤挑起来，然后用剃刀在挑起的地方猛割一刀。娘说："就是羊毛疔。针锥也攘不进去了，跟牛皮一样，必须用刀割。"她在割开的口子上用针拨拉了一下说："你看不见你自己，可是你以前见过我给你三奶挑羊毛疔。你现在就跟她一样：割开的地方尽是细

马齿苋

314

细的白丝丝，就跟蚕吐的丝很像。这就好了，把它挑开割断了！"

说来也神奇——娘这一挑，我又喝了一碗生姜、干芫荽和葱胡子（即大葱的根须）煮的热水，蒙着被子出了一身汗，下午便觉得浑身轻松了。两天之后，我就跟好人一个样了。

可是，我脊背上却留下了两个黄豆大的伤疤，我把手伸到背后，就能摸到它们。它们是我娘给我的纪念品，将随我终老，永不消失。

说起这羊毛疗，我认为它是我娘对重感冒的一种称呼。我娘挑羊毛疗是出了名的。武家的三奶，张家的二娘，还有彩兰婶，很多街坊邻居都叫我娘挑过羊毛疗。我娘认为这是比较严重的病症，给人挑羊毛疗时格外当心。娘每次给病人挑了之后，不仅帮她把衣服穿好，还要给她煮一碗姜汤再加点红糖。有年龄稍大的，娘还让她在我家大炕上盖着两层被子睡一阵儿再走。

每年秋冬和冬春季节转换时，人最容易伤风感冒。有时我家一天能来好几位头疼脑热的人。有的人我娘认识，有的人我娘根本没见过。她们是慕名而来的。而我娘总是不分男女老少、不管亲疏远近、不厌其烦地给人家挑。有时我走在路上还有人问："承群，你娘在家吗？我牙疼得腮帮都肿了，想请你娘给我挑几针下下火哩。"还有的时候，娘为了给人挑而耽误了做饭。爹回来就不高兴，说："不挣银子不挣钱，你倒是瞎忙活啥哩？"娘说："你说我还会帮人家干个啥？人家来了，总不能把人家推搡出去吧？"爹说："好好好，那你就在咱家门口挂个牌子，开个'雷锋医院'吧！"

从我记事的时候起，一直到2010年前后，来我家里请娘"挑"的人就没有断过档。漫漫数十年间，我娘给人家针挑治病的人数和次数有多少？问娘，娘就说："我挑过就忘了，谁还记这哩？"

她90多岁以后，我们都一再劝娘不要给人家挑了。娘说："我耳不聋，眼不花，手也不抖，拿针还行哩。"我们哄她说："来的都是病人，您年岁大了，怕给您传染，也怕给家里人传染。而且，您给人挑算是私自行医，人家工商局知道了要罚您呢！"娘说："它罚个屁！我又不收人一分钱，也不要人一根草，它罚我干啥？"

后来，娘终于想通了。有一次我回家看娘，她告诉我："你们不叫我挑，我就不给人挑了。今儿上午你月仙婶领了个她的邻居来了，说要挑一挑，我就说我眼花看不见啦，没有给人家挑。人家走了。"

娘说罢，显得很愧疚。我知道，娘一辈子不会说谎，这回说了谎话，她觉得很对不起人家。

过了一阵子，她才慢慢地说："人活着啊，就跟在戏台上唱戏一样样。你不能老唱、老唱，唱到时候就该下场。娘这就唱到时候了。唉，都快一百岁了，你还能给人挑到啥时候呀？不给人挑了，不给人挑了……"

我鼻子猛地一酸，眼泪差点涌出来。我赶紧岔开话题说："娘，您成功地实现了华丽转身啦！"娘擦了擦眼角问："群儿，啥叫华丽转身？"

若问我娘的"挑"术是跟谁学来的？娘在世的时候娘没说过，我们也没有问过。

马齿苋

# 万能药

　　这是一个历史的小镜头。如果说人类历史犹如长江黄河一般滚滚流淌的话，那么这个小镜头连它们河床上的一粒细沙也算不上。可是这个小镜头能像短视频那样，不断地在我眼前重播回放，它能框满我的整个心屏……

　　那是晚秋的一天，金色的阳光和暖可亲。我当时大约四五岁的样子，我娘、姑姑和几位婶呀姨呀的带着我去村外摘辣椒。这个村子名叫东毋庄，属于万荣县通化镇。村子不大，但姓毋的很多。我姑姑和姑父却不姓毋，他们都姓薛。我娘和我实际上是来姑姑家走亲戚的。现在呢，正同她们一道来到了村外的辣椒地。干什么？摘辣椒。

　　姑姑管辣椒不叫辣椒而叫秦椒。因为她们的村庄坐落在黄河岸边，与陕西省一河相隔。秦是陕西的简称。她们受陕西的文化风俗影响，也把辣椒叫秦椒。不管姑姑怎么叫，我仍然把辣椒叫辣椒。因为我早就认识它了。可是眼前这一大片辣椒地我却从没有见过：站在地这头，望不见地那头。碎叶碧绿的辣椒棵上，挂满了红艳艳的辣椒角，又尖又长。秋风一过，叶响红椒摇，煞是好看。娘和姑姑一人提一个竹筐，一把一把的红辣椒摘到手里又投进筐里。她们嘱咐我在地头玩耍，可我偏要跑进辣椒地里头去。有时也揪一两只辣椒丢进娘的筐里，但多数时间我蹲在辣椒丛中逮蚂蚱。

　　忽然我觉得想要大便了，就告诉娘说："我要拉屎。"娘说："那你快到地头去吧，不要拉在地里。"我一边答应一边跑，然而来不及了，于是只好褪下裤子蹲了下去。娘远远看到了就说："哎呀这娃，把这辣椒地就当成茅房了！你们一会出去时可要当心，别踩上一脚！"

姑姑、姨姨们都笑了。我心想：这有啥好笑的？不让我在辣椒地上茅房，那刚才有个婶婶不是蹲在离我不远的辣椒地里尿尿吗？你们还以为我没有瞅见呢。

她们继续摘辣椒，我可要擦屁股了。我一摸，口袋里没有纸。找个土坷垃擦吧——我和小伙伴在庄稼地拉屎时，常常用土坷垃擦屁股。可这是姑姑村的辣椒地，土壤湿润润的，一块合适的土坷垃都找不见。我想拽些辣椒叶来用，可辣椒叶不像我们曾用过的棉花叶或蓖麻叶，它太碎小了，不中用。

马齿菜

我忽然看到了大大的红辣椒。于是就提着裤子摘了两个大辣椒揩屁股。哪知这厮光不溜秋的不好用。我就把它掰断了，用它富含水分的断面来揩。看来这很不错。

娘远远地问我："擦干净了么？"我说："干净了。"谁知话没说完，我的肛门就火烧火燎起来，那个难受劲儿不可言传！我大喊："娘，我屁股烧疼烧疼！哎呀！"我疼得大哭起来。娘和姑姑都大吃一惊，姑姑说："娃就跟叫蝎子蜇了一样！快看看！"她们急忙跑过来。娘解开我的裤子查看，说："这娃就是憨，他掰了一根辣椒角擦屁股，不疼才怪哩！"

姑姑说："今年种的秦椒可辣哩，吃一点就烧舌头尖哩。这可咋办哩？"有个婶婶说："有水就好了，洗一洗就不辣了。"可是黄土高原的荒郊野外哪儿能有水？我哇哇哭着，一蹦一跳的。

娘一把抱起我跑到地头，她坐在土坎上，叫我屁股朝天趴在她大腿上，随即从她的夹袄口袋里掏出布手绢，接连往手绢上吐唾液，然后用被唾液浸湿的手绢给我擦屁股。擦了一会儿，她又往手绢干的地方再吐唾液，接着再擦。一番操作之后，我觉得烧疼感大大减轻了，于是也不哭叫了。

此时有个村里的叔叔走过来了，他说："看这娃哭得泪汪汪的，谁打你啦？"听了原因之后，他大笑起来说："谁小时候不干几件痴熊事儿？我小时候还用枣核擦过屁股呢，嘿，不小心把屁股扎破了！"

姑姑、婶婶们都笑了。一个婶婶说："老大人了说这话不害臊！你会上树，快上柿子树上摘些软柿子哄哄娃吧！"那叔叔说："是是，马上就上！"他身手真好，噌噌几下就攀到了地头的大柿子树上，并从腰间解下绳子垂下来说："给我腾个筐子。"姑姑赶紧将辣椒倒在地上，把筐绑在绳子上。叔叔把筐子吊到树上挂住，就往筐里摘柿子。片刻他把筐子又放下来了。他在树上喊："这柿子都烘了。挑好的叫娃吃！吃了就不难受啦！"

那柿子是长在树上自然成熟的，稀溜软，甜似蜜糖，可以说这是我这辈子吃过的最好吃的柿子了！可是我吃了柿子之后，屁股仍觉得有些烧疼。娘说："柿子软甜软甜的，真好。我吃了几个，现在嘴里又有唾液啦。来，再轻轻给你擦擦吧。"她又用布手绢加唾液给我擦拭了一遍。这遍擦完之后，就不怎么难受了！姑姑说："嫂，你的唾液真管用，就跟药水似的！"娘说："你说我能有啥办法？就是医生在跟前，恐怕他也没有治这号屁股疼的药哇。"

回家路上娘对我说："你瞅多吓人！往后可不敢随便拿东西擦屁股了。看你多受疼。"娘的这个句式我非常熟悉。比如她说："你瞅多吓人！往后可不敢让小刀刀割破你的指头了，看流了多少血。""你瞅多吓人！往后可不敢走路不小心，叫墙角把你额头都碰破了。碰住眼睛才危险哩！"

我是个听娘话的孩子，可是不知为何，却不断地弄出一些让我娘想不到的"吓人"事情来。不是削玩具时划伤了手，就是上树时蹭伤了腿，或是打架被挠伤了脸，有时候还被蜜蜂蜇了胳膊。用我爹的话说就是："他身上就没见囫囵过——这儿痂痂还没掉哩，那儿又给你开个新口子！"

每遇此事，娘都会把我拉到她跟前，她在指头上抿些唾液，然后轻轻地涂抹在我的伤痛处。因为我家里从来就没有碘酒和红汞这一类的外伤消毒药水。说来也十分神奇：我娘给我涂抹过的所有伤口，都很快就长住了，而且，在它长住之前一点也不疼。不管千伤万伤，娘的唾液都能治好。

马齿菜

# 心　硬

　　隆冬时节下了一场雪。雪倒不大，风却很冷了。有多冷？我家的房檐底下，都挂起了长长的冰柱，娘叫它琉璃喇叭，它是雪水冻结而成的，晶莹剔透。可不是吗，那形状确实像吹乐人用的喇叭（唢呐）。喇叭一天都不化，越吊越长。您说天冷不冷？

　　已经放寒假了。但是我们弟兄3个仍然是天不亮就起床了。是娘把我们唤醒的。早晨寒气袭人，唤我们起来干啥？二哥独自背了一条空麻袋去煤建公司那儿扫草。那儿每天都有很多车马排队拉煤，赶车人趁机支起铁槽给骡马喂草料。二哥的任务，就是把洒在地上的草料一点一点搜集起来，装入麻袋背回家中。满满一麻袋草料能卖两毛钱呢，而玉米才卖三毛六一斤。

　　我和弟弟的任务呢，就是扛着筐子去农技校或轧油厂拾炭核。每天早上都有人将炉灰倒出来，我们刨开炉灰捡那些黑色的未燃尽的煤渣，这就是拾炭核。手脚冻得生疼，就跟猫咬似的。我看弟弟的鼻涕流到了嘴唇上，就赶紧用袄袖给他揩一揩。我怕它像冰喇叭一样冻在他的鼻子下面。

　　寒冬很快过去了，我们又来到了酷暑。三伏天，我和弟弟几乎每天都要去地里采野菜喂猪。娘说："猪是张嘴货，一顿不吃都嗷嗷叫。"因而我们就得不停地给它弄吃的。中午的烈日晒得我们头发都冒烟，我感觉吸进鼻子里的空气都是火烧火燎的；穿着布底鞋走在城墙路上，脚板都滚烫滚烫的。

　　我们住的帝君庙巷少说也有五六十户人家。有一位人称葛老师

的，和蔼可亲，文质彬彬。她瞥见了我们弟兄们一寒一暑的两个瞬间，于是在路上遇见我娘就说："李家姐呀，你真是心硬，真舍得让孩儿们吃苦。"那意思是说我娘心肠硬，不知道关爱和心疼自己的孩子。

娘说："谁家孩子不是娘身上掉下来的肉？你看看咱家：面瓮里缺面，炭池里缺炭，二十四个旮旯，找不出一个有用的钱。不让他们挖闹些东西，吃啥喝啥？"

娘说的不错。当时我们年龄虽然都还不大，但家里的日子是个啥情况，都很明白。爹和娘都是一年到头一刻不停地劳作，尤其是我娘，就是我家的劳动模范。她白天下地，又是锄又是铲，栽苗薅草，无活不干，晚上回家，还要蒸馍做饭、缝补洗涮，那真是累死累活的呀。

娘心疼我们吗？也只有我们自个最清楚。葛老师她只看到了我们寒来暑往的两个瞬间，可是她绝对没有看到我娘舐犊之爱的那无数个瞬间——

有一回弟弟着凉了，他烧得像个火疙瘩，摸着都烫手哩。娘一会儿给他额头上敷湿毛巾，一会儿给他喂白开水。我第一觉睡醒时，娘坐在弟弟身旁，煤油灯亮着；我第二觉醒来时，娘还坐在弟弟身旁，一灯油已经燃尽了。三天三夜，娘都这样看护着我弟弟。他是娘的第四个儿子。

有一次，我和同伴在烧瓦窑里玩耍，一个名叫要要的男孩，突然从窑顶上踢下来一块浑砖，不偏不倚地砸在我头顶的漩涡处，鲜血涌流而下，把双眼都糊住了，我栽倒在地。那一夜我一回回惊叫着从梦里疼醒。母亲彻夜不眠，轻轻地抚摸我的额头，一遍遍轻声念叨着："群儿不疼啦，群儿不怕……"娘的泪珠儿时不时吧嗒吧嗒地滴落在我脸蛋上……

那年月白面少，因此很少能吃到干面条。不知多少天娘才给我们做顿咸汤面。娘用一点油放在舀饭用的铁勺里熟葱花，并放上她擀的花椒面和盐，然后趁热泼在汤面锅里。一时间香飘万里。

我们端上碗吃汤面的时候，自然是先捞面条后喝汤了。娘总是先给我们舀了饭，最后才给自己舀。我们总是满满一大碗，娘的碗呢，有时候能舀满，有时候只能舀半碗或多半碗。这时候她就会说："整天做饭呢，也估摸不住了。看，今儿的水我又添得少了。"她把自己少吃的饭归咎于自己。我们吃得快，她吃得慢，边吃边瞅着我们的碗。看见我们把面条捞光了，她就把自己碗里的面条夹到筷子上放到我们碗里头。她自己只喝清汤，还说："面条娘可比你们吃得多多了！"

虽然家里吃的总是缺欠，但娘从来没有让我们饿过肚子。她说："不管吃的好不好，都要叫你们吃饱。哪怕是野菜麸皮哩！"

每逢学校组织活动或我们出远门，娘总要早早起床，先到鸡儿下蛋的草棚下去寻鸡蛋，然后把二面馍（白面和玉米面蒸的馍）切碎给我们炒鸡蛋馍花，再烧些白面汤。娘说："这吃了顶饥。不然你还没走到地方呢，肚子就饿了。"我问："娘，我们把馍花都吃完了，您吃啥哩？"娘说："你们只管去吧，娘还能饿着？"

那位好心的葛老师在我们还未成年的时候就已经去世了。即使她现在还活着，也不可能看到这些永存于我们心底的美好瞬间……

记得娘经常对我们说："咱家就这个条件。你们还都是一身嫩骨头呢，娘能忍心让你们干这干那？可是，没有办法啊。"

娘还说过："不过，人在福中不知福，人在苦中也不知苦。你们干惯了，也就不觉着苦、不觉着难啦。小时候吃点苦不算苦，长大后就变成你们的金银财宝啦。"

我娘不是哲学家，她说的却是哲学家才会说的话。

马齿苋

# 腌咸菜

我娘拿出 5 块钱递给我爹说："我洗萝卜，你去上街买盐吧。今儿咱先把这一瓮白萝卜腌了，明儿再腌胡萝卜。"爹答应着，拿了一个布袋子就出门了。此时刮起一阵寒风，枣树和石榴树枝丫晃动，落叶簌簌。有不少黄叶飘落在俺娘面前的水盆里，水盆边堆了一堆白萝卜，娘正在把白萝卜上的黄泥洗净——这是初冬时节我家院子里的一个剪影。

每年霜降前后，生产队都给社员们分冬菜，无非是白萝卜、胡萝卜和芥疙瘩（芥菜）一类的常规蔬菜。娘和爹非常喜欢这几样菜，因为这是他们腌咸菜的理想用材，而咸菜是全家整个冬春的主力菜。我家每年都要腌一瓮三坛的咸菜。瓮就是缸，我家的咸菜缸能放进去 150 斤萝卜。坛是口小底小肚子大的瓷器，一只坛子也能装几十斤萝卜。

有一回腌咸菜恰巧是星期天，我不上学，因此不可推卸地加入其中来了。娘说："把袄袖挽得高一点儿，勿叫弄湿了。来，搬个板凳坐到瓷盆跟前。娘洗头一遍，你洗第二遍，水脏了就倒了再换干净水。你爹早起到你清顺叔家担了两担井温水，温乎乎的，洗着不冻手。"

于是，娘用大盆把萝卜身上的大泥大土洗刷之后，就丢进我的小水盆里，我负责把它搓洗干净搁在竹筐里。小风吹着，本来我也感觉这风并不太冷，可是当我的手拿着冰冷的萝卜浸在水盆里的时候，我就想起了最近才在语文课本上学到的一个词：凛冽。是的，凛冽的小风吹冷了从土井里绞上来的温水，也吹冷了我热乎乎的双手。那种滋味，是一种难受的苦味。

可是我娘只是忙着洗萝卜，她的两只手在泥水里搅动着，她觉得冷吗？我一边想，一边洗，不敢稍有怠慢。因为我和娘已经组成了一个生产线，如果我这里慢了，我水盆里的萝卜就堆满了。

娘见我两只手都冻红了，就问我说："群儿啊，手冷吧？"我反问："娘，您手冷吗？"娘说："我手不冷。"我说："我的手红是红，也不觉得冷。"娘说："不冷才怪呢。你快擦擦手，到炉子跟前烤一烤，烤热了再来洗。"

说实话，我的手确实觉得很冷。娘这么一说，我就急忙回屋去烤手了。我觉得烤热了，又急忙跑出来了。娘在我烤手的时候，已把泡在我水盆里的萝卜全部洗净捞出来了。

我们洗过萝卜的水都用来浇树了。当枣树、石榴树和小梨树底下的土坑已不再往下渗水的时候，地上的一大堆泥萝卜也不见了。娘高兴地说："这白萝卜啊是土里生泥里长的，没洗它的时候，浑身泥里吧唧的，谁都不愿挨它。这洗干净了，白是白，青是青，瞅着都喜欢！群儿啊，你说是不是？"

"'不洗浑身脏，一洗浑身光'，娘，您不是经常这样说吗？"我搓着手说。娘说："对对对。可是，那是对你们说的，是让你们讲卫生，把自己身上的汗呀土呀洗干净，干净了就少生病。不过，这话说给白萝卜也行。"

"什么'一洗浑身光'？不管是啥，洗净了都比不洗净强！"爹回来了。他右手提着一个布袋，沉甸甸的；左手提着一卷旧报纸卷着的黄叶片，轻飘飘的。我一看就知道：那沉甸甸的是盐，轻飘飘的是烟叶。

娘瞅了爹一眼，本来洋溢着笑容的脸突然变了。娘大声说："叫

马齿苋

你去买盐了，你可好——拿买盐的钱去买烟了！盐能往腌菜瓮里搁，烟叶能往腌菜瓮里搁吗？"爹自知理屈，喃喃地说："这不是我的烟叶抽完了嘛，碰到个熟人，人家给我便宜，买了一斤，才七毛钱。"

娘气呼呼地说："一斤盐一毛二，你一斤烟叶顶6斤盐哩。腌了咸菜全家吃，你买了烟叶就装你的烟袋锅！"爹说："谁叫我有这个毛病哩？不抽它又不行。唉！"

"你长大了，不要学抽烟。"

我所见和娘所说的娘

"我光知道不吃馍馍饭不行，我就不信不抽烟不行。还是怨你个人没有志气！"我娘说："一年到头，家里哪有进文？好不容易攒几个钱，都是穿在肋子骨上哩——舍不得动它一分钱。为啥？还不是为了这一大家子吃呀喝呀的。你倒好，一花就是7毛钱，扑哧冒一股烟就没事了，又不顶吃，又不顶喝。要是我呀，早就把那烟袋撂到锅灶里烧了！"

爹说："对对对，烧烧烧。这包烟叶子抽了，我就把烟袋锅给砸了！也不再受你数落了。"

娘听了半晌没言语，随后说道："不是反对你抽烟，而是家里不是没有钱吗？"娘又转过脸对我说，"你爹呀，长工的身子害财主的病。"爹笑着说："你咋说都对。"

爹和娘都默不作声了。他们忙着把我们刚才洗得干干净净的白萝卜一根一根地排在腌菜瓮里，排到半瓮的时候，娘把盐布袋提过来，一捧一捧地把爹买来的盐撒在萝卜上。盐是颗盐，一粒粒像黄豆那么大，白色，泛青，这是运城盐池有名的潞盐，味咸而香，中华民族早在五千年前就已经知道开采和食用它了。用它腌制的咸菜，质地美好。

撒了这层盐颗之后，爹娘继续往瓮里排萝卜。排到瓮口时，我们把布袋里所有的盐全撒上了。娘看了一下爹说："明儿再买半布袋盐吧。一斤萝卜二两盐，盐少了菜腌不好。"

爹摸摸我的头说："你长大了，可不要学抽烟………"

马齿菜

# 讲故事

记忆中，我娘总是忙忙碌碌，一天到晚，也没有歇息的时候。用她的话说，就是"不时闲""不停气儿"；用我爹的话说，就是"忙得连个放屁的工夫都没有"。爹的话虽然粗糙一些，但我觉得，它就是普通民众形容自己"忙"的最精彩而贴切的语言。

我娘35岁生我，我在她身边成长的时期，正是她的中年时代。那时的一个"忙"字，不知吞噬了她多少的话语和欢笑。因此娘那时不多说话，要说也是短话。只有在夜间结束了手头的"要紧活"之后，娘才会放松一些，把白天急促的说话语速放缓，给我们平心静气地说话，有时还给我们讲一些故事。

斗转星移，时光行进，"年增岁月人增寿"。我娘步入耄耋之年后，她的生活也步入安详、娴静、幸福的时代。用娘的话说，是"过上了神仙一样的日子"。她说："都说神仙这也好那也好，我想我现在的日子，要吃有吃，要穿有穿，要钱有钱。想吃啥，想穿啥，想买啥，那还不是动个念头就行了吗？真是吃不完、穿不尽、花不光。你看我现在，一人住的屋子，比过去咱们全家人住的屋子都宽敞。冬天有暖气，夏天有电扇，就跟神仙洞一点儿不差哩！"

若问您怎么知道神仙洞就跟您住的差不多，她就说："谁见过神仙洞？不过，它就是再好呀，也不过就这个样儿吧！"

娘80岁的时候，她突然变得话多起来。她的话多，并非说话啰唆或喋喋不休。不是这样。之所以说她说话多，是她开始更多地给人们讲故事了。

不管是谁，不管她认识不认识，只要坐到我娘跟前来跟她说话，你就很快变成她的"故事听众"了。我娘说不过三句话，就开始给你讲故事了。至于讲什么故事或怎样讲故事，完全取决于你当时跟她说的话引发了她的什么联想，或者勾起了她的什么记忆。她的这些联想或记忆，便是她要给你说的故事。无论什么样的话题，都能扯出来一串故事。

　　"一个十五六岁的小伙，有个瞎眼的老娘。娘俩就靠要饭过日子。可是旧社会家家都穷，要饭也不好要。平时都是要人家的残汤剩菜。这一天，小伙要到一个热蒸馍，就把它揣在怀里赶紧回家，想叫娘能吃口热馍。谁知他半路上茅房，一解腰带，蒸馍滚到茅粪坑里去了。小伙赶紧把它捞出来回了家。他烧着一堆柴火，把蒸馍埋在火灰里烤。烤黄烤焦后，他把外头沾了脏东西的馍皮剥下来自己吃了，把干净的馍瓢给他娘吃。他娘听见他咯嘣咯嘣吃得香，就想吃他的馍皮。小伙赶紧把馍皮填到自己嘴里说：我吃没啦……"——这个故事是劝人孝顺老人的。

　　"韩介公的奶姆手脚不干净。她在韩家停的时候长了，就跟他家的狗很熟悉了。有风的黑夜，他两口子去韩介公的磨坊偷白面、背蓝炭，狗都不咬。后来韩介公这老汉也察觉到了这奶姆是贼，就把奶姆辞退了。奶姆就断了生活来源。她男人只得变卖家里的东西。一天，他卖给收烂货的一盘井绳，谁知叫学校伙夫见了，说这是学校水井上丢失的。这一下把奶姆的男人叫了去，用弓弦绑住拇指吊在柳树上。后来判他坐了牢。奶姆没钱给他送饭，他饿得病得都该死了才放出来，没几天就咽气了。最后奶姆也不知跑到哪里去了……"——这个故事是劝人"饿死不做贼的"。

　　"我爹（公公）上午把家里的骡子牵到集上卖了，卖的银圆没离地方就全部还给了债主。可是土匪还是闻见腥味儿来了。半夜他

马齿菜

330

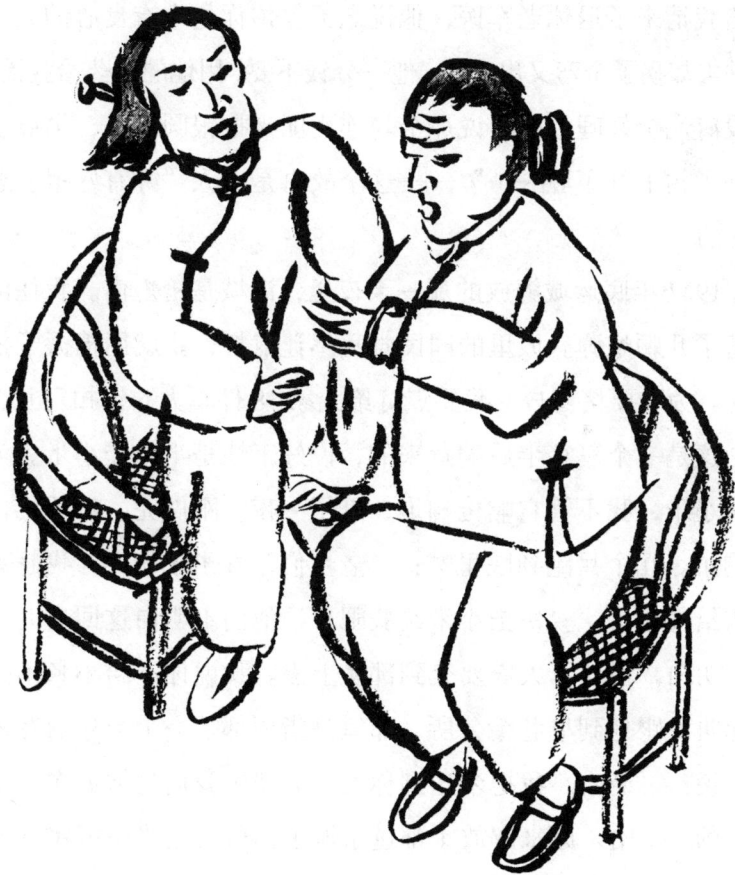

们进了我家的窑洞就要银圆。我说已经还了人家了，土匪不信，摇着手枪说拿不上钱就要人命。我就哄他们说银圆埋在棉花籽底下。他就圪蹴下端着油灯刨棉花籽。我心想这土匪不会善罢甘休，就一下抱住他的后腰想推倒他，把他搁在腿上的手枪弄掉。可是灯灭了，枪没掉。土匪就伸到后背朝我头顶开了一枪，我就啥也不知道了。村人给我请来了退休老军医，他说老天保佑你这个有良心的人，子弹打进去却拐了个弯又出来了。他一分钱不要，用他的好药给我治伤。伤还没有完全好哩，就听说那个勾连土匪来抢银圆的人，早被土匪挂在柿子树上开了膛……"——这个故事是劝人"好有好报、恶有恶报"的。

"1947 年底运城解放的那一天夜里，满城是枪炮声。我住的院子也落了几颗炮弹。城里的国民党兵不让点灯，我就用棉褥子把窗户堵住。为啥要堵窗户？我要点灯给人家 18 件军大衣锁扣门儿、钉扣子。这是一个军官半后晌背来的，说好工钱是半布袋小米。为了半布袋小米，我不管它响枪响炮，赶了一夜。刚做完，就听见枪炮声不响了。几个兵跑到院里喊：'老乡们，都出来吧！'我赶紧把军大衣给他们说：'快把小米给我吧！'他们不明白这回事儿，一问，才明白，说这军大衣要交到部队上去。我说你不给小米不能拿走。他叫我跟他到阜巷街公所，那里是指挥部。一个当兵的背来半袋小米说：'老乡，我把米送到你家里去吧。我们是解放军，不会坑老乡的。'哈，原来解放军都进了城了，可我还当是国民党的兵哩……"——这个故事是说她亲身经历的趣事的。

我娘 1919 年出生，7 岁时，外祖父带着她从山东逃荒到山西运城。她经磨历劫，逢灾受难，几生几死，才活了下来，并且享受到了改革开放之后的安逸生活。她的人生经历，本来就是传奇。这些传奇，都变成了她的一个个精彩故事。

马齿菜

我娘虽不认字，但是她记性特别好，她听人们讲过的故事，能够过耳不忘。这些故事，自然也进入了她的故事库。

我娘还善于表达。她是中国最普通的老百姓，因此只会说大众的语言、老百姓的话。她说话形象生动，词汇丰富多彩，而且形成了自己的语言特色和风格。加之我娘说话叙事能力很强，她的故事就很抓人。

正因如此，我娘的故事通俗，朴实，沧桑，原生态，几乎没有进行艺术雕琢，因为她不会、也不需要这样的雕琢。她的故事听起来有头有尾，很有故事性，而且都能"自圆其说"。其中许多故事，都是她亲身亲历的实事，因此具备独一性。我活了大半辈子，读了不少书，看了不少影视剧，还听过不少的故事，可是，至今还没有发现我娘的这些故事跟他们叙述的故事雷同或"撞车"。

我娘活了一生，讲了一生故事，它实际是向世人讲她自己的生活，讲她自己的人生。她80岁以后进入讲故事的巅峰时期或叫黄金时代，一直讲到95岁她辞世的时候。

我娘讲的故事数量众多，内容庞杂。我从小就听她讲故事，听了整整50年了，也还有我没有听过的故事呢。她的故事就像一篇篇长长短短的报告文学，是她经历的所有时代的底层百姓的生活写照，它折射了社会的发展变迁，是以往岁月的记录和影像，也是以百姓眼光对人间世界的观察和审视。它们串缀起来形成一条五颜六色的历史项链，其中凝结着普通民众的辛酸与无奈，也饱含着他们对幸福生活的追求与热望。我娘用她的智慧和理解反复讲述这些故事，诠释着中华民族最基本的传统道德，传播着趣味和快乐……

# 月亮谣

　　"初一生，初二长，初三出得明晃晃。初五初六月牙子，初七初八半茬子。初十到十三，月亮多半圈。十四月亮大，十五月亮圆，十六月光闪满天。十七十八，活黑摸瞎。二十增增，月出一更。二十三，公鸡叫了月出山。二十五，二十六，月亮出来去套牛。二十八九往后走，日头露脸月露头。"

　　这首口歌或者民谣叫《月亮谣》。乍一看，它还有些地方不易理解。可是再仔细一读呢，它也没有什么艰涩难懂之处。其中的"半茬子"是半截子的意思；"活黑摸瞎"指的是天刚刚黑下来什么也看不见的意思；"二十增增"说的是二十和比二十再增加一两天的意思；最后一句"日头露脸月露头"，说的是太阳出来的时候月亮才会出来。

　　《月亮谣》本来只是一段没有名称的歌谣，是我给它拟了这个名称。这首歌谣，描述了一个完整的农历月份（29天或30天）的月出状况。它描述得非常形象，臻于完美。

　　《月亮谣》从何而来？《月亮谣》是我娘唱的，我娘的名字叫李俊英。为何在这里要报上我娘的姓名？因为我活了大半辈子，翻阅了不少书籍，学习了不少民谚和民谣，除了我娘的《月亮谣》，还从来没有见过和听过别的《月亮谣》。我曾对流传在运城地区的民谣《河东口歌》进行过多年的搜集和研究，但是也从未发现跟我娘的《月亮谣》相同、相似或相近的歌谣。

　　那么，我娘的《月亮谣》从何而来？我真不知道。我很小的时候就经常听我娘唱这首《月亮谣》，我也很早就会唱这首《月亮谣》，

马齿菜

可是我从来也没有问过我娘跟谁学的这首《月亮谣》。

人生总有一些奇妙的东西。"越是熟悉的事物越容易忽视"便是其中之一。我跟我娘在这个世界上生活了整整60年，60年间竟然没有把她时常念唱的歌谣的来龙去脉问个清楚，是疏忽呢还是根本就缺乏学问意识？每当想起这件事我就内疚和自责。不能不说它是我今生今世的憾事之一。因为我从大学毕业直至退休，不间断地当了数十年的新闻记者，很多事件和人物的来龙去脉我都采访得一清二楚，至今仍记在脑海。

我对我娘的《月亮谣》就缺少一句采访。这是我要把这篇《月亮谣》写进《我娘故事》里的缘由之一。

我猜想：《月亮谣》可能是我娘从她的长辈那里学来的。因为她没有上过学，也没有老师教过他。也许她学会之后，还根据自己的观察和理解进行了一些补充与完善。只有我娘能够证明我的猜想是对是错。

我娘把中国的农历叫作"阴历"。每逢阴历初一，娘就对我们说："又是初一了。一个月30天，没觉着可就过去了。今儿呀，月牙可就成新的啦！"接着，她就一字一句地给我们唱起了《月亮谣》。唱罢《月亮谣》，娘还要评论说："还说在世上活个人不容易呢，就是这月亮，它活得容易吗？每个夜里都要升起来、落下去，该弯的时候它就弯弯的像把镰刀头，该圆的时候它就圆圆的像只银盘子，有几天它钩钩朝上，有几天它又钩钩朝下，真个是一丝儿都不能马虎，一点儿都不能推托。成年累月，从古到今，就没有变过样。它就不乏吗？它就不烦吗？常听说要学这个先进哩，学那个模范哩，能学当然更好，假如你学不了呢，就好好向月亮学就行啦！"

我小的时候，娘常常领着我坐到东城墙上看月亮，还指着月亮给我讲嫦娥奔月的故事。她说现在嫦娥还住在月亮上，那里还有个

"等你们长大了，让月老也给你们都找个好媳妇吧。"

老汉名叫吴刚，还有一只会捣药的玉兔。娘说："群儿你仔细看，那月亮上影影绰绰的，就是嫦娥种的桂花树。"

我听了这故事后心想："怪不得娘喜欢月亮，原来月亮有这么好的故事！"直到长大以后，我才明白了娘喜欢月亮的真正原因——她是喜欢那不用花钱的皎洁月光，因为明晃晃的月光能给我娘在暗夜里照亮，能照她纺棉织布做针线活！

娘对月亮情有独钟。她最喜欢借着月光纺线，她说月亮是老天爷点的神灯，不管你住的是高楼大厦还是破庙祠堂，也不管你吃的是山珍海味还是剩饭剩汤，月亮都一样给你光亮，从不偏谁向谁。因为月亮在高高的天顶，它看谁都是一个样。可惜的是，很多人都不珍惜月光，让它白费了。娘说她在月光下纺线很轻松，线也纺得又均匀又结实。她还说亮堂堂的月亮光让人心里安详，天底下的妖魔鬼怪都害怕月光呢。

夏夜的晴空繁星满天。记得我们坐在土院里纳凉的时候，娘总是用手中的蒲扇指着夜空说："今儿后半夜才有月亮呢。老人们常说：月明星星稀。你们看，没有月亮的时候，这一天星星都能数得清清楚楚呢。"

娘还教我们看星星。她说那排成一长溜的小星星是银河，银河两岸各有一颗又大又亮的星星，它们就是牛郎和织女。

我问娘牛郎织女是谁，娘就说："牛郎是个放牛娃，勤快能干，还是个老实疙瘩。他把他的老牛喂得又肥又大。可是他家里穷，娶不起媳妇。有一天夜里，月亮又圆又亮，挂在天上像个大汽灯，黑夜呀，亮晃晃得就跟白天似的。月亮地忽然来了个白胡老汉，这白胡老汉就叫月老，是专门给人配姻缘的。他对牛郎说湖边有一群仙女洗澡，叫他快去给自己挑一个媳妇。牛郎去到湖边，他看织女长得漂亮，就把她的衣裳抱走了。织女没有衣裳穿就回不了天上了，她就嫁给了牛郎。两人生了两个娃娃，日子过得可好呢。可是天上的王母娘娘不准仙女嫁给凡人，就派天兵天将把织女抓到天上去了。于是牛郎担着娃娃就撵到天上去了。眼看就要撵上织女了，王母娘娘急忙拔出头上的金簪一划，划出一条银河把牛郎隔住了。后来织女跟她闹活，王母娘娘没办法，就允许牛郎织女每年七月七相聚一回。到了这天，一只喜鹊也看不见了，它们都飞到天上给牛郎织女搭桥去了……"

娘讲完故事后看着我们说："快长大吧。等你们长大了，也叫月老给你们都找个好媳妇吧。"我和弟弟都说不要媳妇。娘说："你们还小哩，长大了就要要哩。"

我娘是中秋八月出生的。她说她听我姥姥说过：生她的那天夜里，月亮再没有见过有那么明了，黑夜亮晃得就跟白天似的。月光透进窗户，屋里就跟点了灯一样……

马齿菜

# 说 媒

　　影视和戏剧上的媒婆形象，都是手拿一根大烟袋，能说会道的老妇女。我娘不是这种已被文学艺术定格了的媒婆，但是她充当过媒婆的角色——给人说过媒提过亲。

　　俊兰婶生了5个小子。老大和老二都娶了媳妇了。老三叫小龙，27岁了，还没结婚成家。俊兰婶很急，因为小龙下面还有两个弟弟呢，他们也到了结婚的年龄了。下雨天是农民的星期天，人们都不下地劳动，俊兰婶到我家来了。其实她就住在离我家不到200米的小巷里，不算紧邻也算近邻，况且，我们两家都属于一个生产队，俊兰婶跟我娘还在一个劳动小组，我娘是小组长，她是记工员。加上俊兰婶跟我娘同姓，姓和名上有两个字相同。我娘叫李俊英，她叫李俊兰。单从名字上看，二人好似亲姊妹。正因为有这么多的缘由，所以俊兰婶跟我娘关系亲密。

　　俊兰婶的家务活也是成疙瘩成堆的，她到我家来一定是"有事才登三宝殿"的。果然，她们没说几句话，俊兰婶就说叫我娘给小龙趄摸（物色）个媳妇。"李家姐你认识人多，操心给小龙找个媳妇吧。不管她丑不丑、俊不俊，只要掀起尾巴一看是个母的就行。哈哈哈！"俊兰婶说话粗放痛快。

　　我娘说："要找就找个合适的嘛，哪能像你说的是个人就行？那瘸子盲眼你也要？"俊兰婶说："咱家就这个条件，房子少，弟兄多。一人还摊不到一间房呢。我知道世上好媳妇多哩，可谁愿意进咱家来？"娘说："你叫我给小龙说媳妇，我可是大闺女坐轿头一回哩——

咱俩谁不知道谁，我啥时候给人说过媒？不过，这也不叫说媒吧，我看着哪家的闺女对茬口，就给你两家说说不就行了呗？"俊兰婶拍着手笑哈哈地说："就是这，就是这！姐，你多操心啦，只当小龙也是你的娃！我屋里的活还忙哩，看你也忙着哩。咱闲了再谝吧。"

俊兰婶冒着雨走了。娘却嘀咕开了，她边做活边自语道："小龙二十七了，年岁有点大了。谁家还有闺女在等着他哩？"她忽然对我说："雨停之后，我到西花园你姥姥那儿去一趟。不知道每天都忙啥哩，半个多月都没去看你姥姥了。看看她，再顺便打听打听你俊兰婶托付的事儿。"

爹说："你本来就忙得要死要活的，这又给你加个忙！你有三头六臂四条腿？"娘说："你没听老人们说嘛，修桥补路，连理姻缘，这都是积德行善办好事情呢。再说，他俊兰婶也不是旁人呀。"娘还说，"给人说媒实际上就是多跑腿、多磨嘴哩。这谁不知道？可是人家央我了，我也承许了，就要当真给人家跑一跑哩。忙？啥时候会不忙？等到我不忙了再去给人家说媒，小伙子早成了白胡子老光棍啦！"

爹说："好好好。你要是不给人家说媳妇的话，人家就要打光棍啦？那就赶紧去说吧，只要你不嫌忙就行！"娘哈哈哈笑了，说："我再忙一点都不算啥。要是给小龙找下媳妇了，这不是帮他们成了一家人了吗？"

后半晌雨停了，可是巷子里和城墙路上还泥水嘈杂的。娘给我们做好晚饭叫我们先吃，说她趁天还不黑去趟西花园，赶天黑就回来了，明儿天一放晴还要下地干活呢。娘踩着泥水走了。可是天黑了很长时间了她还没回来。到了我们每天睡觉的时间，娘才进门了。她两脚脏泥，说："帝君庙巷真不好走！烂泥一杵多深，看把两只鞋都粘成泥坨坨啦。"爹问她去西花园问得怎么样。娘说："他姥姥住的前巷后巷倒是有几家有闺女。我去问了3家，一听，就觉着

都不合适。嗯，算是白忙活半天！"爹说："这号事儿都是对茬口哩，哪儿能一黑夜就能找好？"

没想到事情就叫爹给说中了。几天后的一个傍晚，娘下地回来，见我家大门口立着一个人。那人老远就喊："嫂子，下工啦！"娘说："你咋来啦？快到家里吧。"那人姓陈，原来在部队上、现在在县公安局工作。县公安局在南街上，他也住在南街，前些年却跟我家住过邻居。他和蔼可亲，说话不紧不慢。我娘问他翠玲结婚了没有，他说我就是为翠玲的事儿才来找你的。

老陈对我娘说："这娃娃小时候是难长大，但凡长大了又不听话。你道翠岭多大啦？26岁啦。嫂子，26岁了还没嫁人，以后更难找家了！"娘说你的家庭条件也不错，为啥没给她早早找个家。老陈说这女子挑拣劲儿太大。说过好多家，她都有说辞，一家也没成。老陈道："嫂子，我们南街那一片是不好找了，你在东街这一片给翠玲找个合适的家吧。东街人口多，兴许好找呢。"

我娘问了翠玲的一些情况，说："原来翠玲也是农民户口呀。这就对啦，我把我队里的小龙给他说说吧。这娃聪明伶俐，可就是条件稍微差些。关键是两人要对象，能对着象的话，啥条件也不嫌，对不着象，就难过到一搭。"接着，娘把小龙家的情况也给老陈说了。老陈沉吟了一下说："嫂子，情况我了解啦。我回去跟翠玲说说。如果有眉眼，还得麻烦你给当媒人哩。"

两天后的又一个傍晚，老陈来了。他提了2斤干粉条，说是村里亲戚做的。我娘不要，老陈说："请你当媒人哩。翠玲的事，你就去给小龙家里说吧。"他顿了顿又说，"嫂子，翠玲这女子搅嘴，我估计你得费些劲儿哩。"

老陈走了，娘就把老陈送给她的干粉条提着，摸黑到俊兰婶家里去了。大约过了一个多钟头，娘回来了说："翠玲的情况给你俊

马齿菜

342

兰婶和小龙说了，他们都愿意。明个晚上我去南街见见老陈和翠玲。"

次日晚上，娘从南街回来后说："翠玲说要先跟小龙见个面哩。明天还要给你俊兰婶说见面的事儿呢！"

很快，小龙和翠玲见面了。翠玲对小龙的人还算满意，但她提出一点不满意和一个要求。前者是见面时小龙没有给她像样的见面礼，只给了她一个花手绢，太抠门；后者是小龙家里要赶紧给他盖一间新房，并明确这就是小龙的房子。娘把这些都委婉地转达给了俊兰婶。俊兰婶要娘去见老陈，就说新房一时半会儿也盖不起，如果两人结婚，就想法给小龙腾出一间房子来。

就因为这一间房，我娘往南街跑了六七趟，往小龙家里跑的回数更多。后来房子问题总算说好了，又发生了"少扯一身衣服"的风波。翠玲要小龙给她扯上三块布料做三身衣服，而小龙只给她扯了两身衣服就说没有钱了。翠玲把两身衣服的布料送给我娘说她连这两身布料也不要了，请我娘送还给他。我娘苦口婆心地劝了翠玲好几天，还叫她在我家吃了一顿酸汤面。后来俊兰婶答应再给翠玲织一套毛衣毛裤，风波才算平息。快到订婚的时候，翠玲又提出要一块手表，而小龙家不同意，说他的两个哥哥结婚都没有买过。我娘找见翠玲说："结了婚不是上地干活就是给孩子洗尿布，手上戴它有啥用？再说啦，白天有太阳哩，夜里有月亮哩，看看天上不就知道时间啦？非要戴一块铁疙瘩干啥！"她一再劝导，为此又跑了好几回南街，事情才罢了。结婚日子确定后，翠玲又提出要一个大立柜。娘劝她说："你和小龙就一间房子，弄个大立柜搁在屋里夯不夯？你俩好好劳动，今后要啥没有？"这事儿又斡旋了很长时间，临到结婚的前两天才解决好。

小龙和翠玲结婚那天很热闹。可是我娘没有去，她照常去菜地干活了。有人问娘说："你不是小龙的媒人吗？今天媒人应该坐他的上桌席、吃他的尖尖菜哩！"娘笑笑说："只要两人能顺顺利利成为一家人，我还坐啥上桌席哩！"

爹给娘做了个总结说："说成了一桩婚姻，磨破了三双鞋底，多说了十万句话。哎呀，你娘跑了这一年多，连人家一个糖蛋儿也没吃过。老陈的 2 斤粉条，她还送给你俊兰婶了。到底图个啥？"

多年以后，有一回说起了这件事儿，我娘笑呵呵地说："你爹老问我图个啥，我图个啥？这些年你们弟兄 4 个都自己恋爱找到了对象成了家。我就想啊，这不是老天爷在填还我是啥？我给人家费心了跑腿了，我的儿子可不需要我费心跑腿了——这不是一还一报吗？"

马齿菜

# 娘语择录

▲不忠不孝不算人。

▲能顶天立地背日月，才算个人。

▲老天爷给咱一身人皮，咱就要把人皮披好。

▲天底下只有人皮最沉，要鼓劲披才能披起来。

▲人皮难披，人头难顶。

▲说话要响当当，做人要硬梆梆。

▲人活就是活一口气，所以活人一定要争气。

▲吃不吃蒸馍，都得争口气！

▲能吃苦中苦，才算人上人。

▲人活啥哩？就是活良心哩。

▲人说一句话，就要算一句话。

▲嘴里说句话，板上钉个钉。

▲人要活得有囊有气，不能活得像牛屎坨。

▲人要有眼窝头。

▲世上人最要紧，有了人啥都能有。

▲日子比树叶还要稠哩，因此人活着要有耐性。

▲活的敢捉，死的敢摸，这才是人。

▲头没油，脚没汗，枉来世上转一圈。

▲天塌下来也没有啥了不起，天塌下来有王刚顶呢。

▲遍地有黄金，只缺刨金人。

▲人要有心，人要用心。

▲前头的路是黑的，你心里要点一盏灯。

▲心要放在肚子里头，不要吊在嗓子眼上。

▲唉声叹气，最没出息。

▲叹一声，三年穷。

▲人要直起腰杆，不能低三下四。

▲我不欺负人，人也不能欺负我。

▲人活脸面，树活皮。

▲宁可受罪，也不受话。

▲干帮硬掌。

▲能扛上去，还要能放下来。

▲黄河没底，人心没尽。

▲不好的事情我就不去做，所以我也不叫你说。

▲不要叫人把难听话说到你脸面上。

▲宁可吃苦受穷，也不能叫人家看不起。

▲宁叫心宽，不叫屋宽。

▲穷没根儿，富没稍儿。

▲富能变穷，穷能变富。

▲贪图小便宜，做不了大生意。

▲见小利的人，大事做不成。

▲要叫人有想头，有干头，有活头。

▲人怕干活，活怕人干。

▲人要有眼窍，要自己找活干。

▲要做勤快人，不做懒干手。

▲不管到哪儿，都要眼里有活，手脚勤快。

▲干活要自己主动干。不要人家拨一拨，你转一转，人家不拨，你不动弹。

马齿菜

▲不管干啥，都要活套，不能死一式。

▲要见势行事。

▲你不嫌苦就不苦，你不嫌累就不累。

▲你不说这难，谁知道这难？

▲活不干，永远是活。

▲再难干的事情，只要你用心去干，它就不难。

▲人生下就是来做事情的，因此不要怕做事情。

▲谁生下来就啥都会干？都还不是慢慢学会的？不管啥事情，揣摩得多了就会干了。

▲不管干啥事儿，都要趁早不趁晚。

▲能早到一步，不要迟来半步。

▲事情不做就不做，做就把它做好。

▲敢端起这碗饭，就能干好这个活。

▲人是活的，事儿是死的，因此人不能叫事儿给滞住。

▲不管做啥事儿都要一做到底，不能留尾巴。

▲做事情不能只有前头、没有后头。

▲世上哪有那么多好事找你？不好的事儿找你也是正常的。

▲哪有天上掉金元宝的好事儿！

▲不管啥事都有办法，活人还能叫尿憋死？

▲你哄地，地哄你。

▲你不撒籽，它不出苗；你不锄地，它长荒草。

▲你不给猪喂料，猪不给你长膘。人连畜生都哄不了，更哄不了人。

▲公鸡头，母鸡头，不在这头在那头，人再能也不能图两头。

▲绳子能绑成疙瘩，疙瘩就能解开。

▲有针也有线，为啥不缝好补好？

▲衣裳有补丁没人说啥，烂窟窿、吊絮絮叫人笑话。

▲不怕衣裳旧，单怕衣裳脏。绫罗绸缎，脏了也不中看。

▲使唤东西就是使唤人呢，你能爱惜它，它就能多用些时候；你不爱惜它，它很快就用坏了。

▲是个东西都有用处，烂套子还能塞墙缝呢。

▲世上没有没用的东西，就看你会用不会用。

▲人还不顶一个物件耐久。一个物件，人老几辈辈使唤哩。

▲不管谁家的树，长到你家就是你的树。

▲拾个东西总比掉个东西强。

▲不管是什么草，拾到家里都能当柴烧。

▲不要一坐那儿就坐个坑，一站那儿就站堵墙。

▲干啥要谋啥，做啥要务啥。

▲干啥就要像个干啥的样儿。

▲干啥操啥心。不能干着这个、想着那个。

▲心无二用。

▲人在哪儿心在哪儿。

▲人不管干啥都要拿起精神，不能跟洋烟鬼似的无精打采。

▲闲饥难忍。

▲人忙起来就啥也不顾了。

▲这儿疼，那儿痒，忙活起来就啥都忘了。

▲七十二行，只有种庄稼利最长。

▲眼热人家的庄稼好，不如赶紧去薅自家地里的草。

▲地里活，不用学，人家咋着你咋着。

▲不会干还不会学？

▲没吃过猪肉，还没见过猪跑？

▲活都是人干的，有啥会不会？你只要想干就会干。

马齿菜

▲这干不了，那干不了。能不能吃了？能吃了就应该能干了。

▲有一回就会有两回。所以不好的事情一回都不能做，做了就收不住了。

▲只有再一再二，没有再三再四。

▲人要有记性。

▲猪是光记吃，不记打。

▲人要将心比心。

▲人心要实，火心要虚。

▲宁愿自己吃亏，也不能叫别人吃亏。

▲宁可自己作难，也不叫别人作难。

▲要想公道，打个颠倒。要是换了你，你咋样做？

▲人要会来回想，来回一想就想通啦。

▲不能光想自己不想别人。

▲人长天长。人有多长，天有多长。

▲人要睁眼往远处看，不能只看鼻疙瘩尖尖。

▲人穷志不能短。没有钱不要紧，没有志气就是死娃灌米汤——没救啦。

▲力气没有白出的，功夫没有白费的。

▲武艺学多不压身。

▲只要有决心，铁杵磨成绣花针。

▲猛劲不长久，慢慢出气匀。

▲不怕慢，光怕站。

▲扑腾几下谁都行，坚持一辈子是难事情。

▲世上的事情都是一还一报的，谁也别想沾谁的光。

▲别人的光不是好沾的。啥时候都不要随便沾别人的光。

▲有好处要叫别人得，自己不要得。

▲如果老是谋着叫自己沾光，那叫谁吃亏呀？

▲吃亏是便宜，便宜是祸害。

▲光想沾光，不想吃一点儿亏，这个伙计就没办法处。

▲人活着不能光给自己想好事，也要给人家想好事。

▲世上还是好人多。要把人往好处想，不要把人都往坏处想。

▲看人要看人家的长处，不能老看人家的短处。

▲你不生气，谁能气你？

▲能把恶气变好气，你这人就了不起。

▲气不是好生的。不气个这个病，就气个那个病。

▲吃了人家嘴短，拿了人家手短。

▲打人不打脸，吵架不揭短。

▲恶语能伤人，话到嘴边留三分。

▲钱到了手，等于饭到了口。

▲嫌饭吃，没饭吃；嫌活干，没活干。

▲啥事情都不能光看表皮，当心绸缎被子里装的是烂套子。

▲地里的庄稼再好都不算，粮食收到你家里才能算。

▲不要以为自己就能得不行，天底下的能人多的是。

▲永远不要以为自己比别人强。

▲别人说了不可信，自己见了才是真。

▲耳听是虚，眼见为实。

▲人们说的常常比实际的好。

▲看景不如听景。

▲吃着不香闻着香，看着好用着不好。

▲都是一个天下，你这儿是啥，他那儿也是啥。

▲你觉着你难，其实他比你更难。

▲鸡儿蛋，食儿换，你没食儿，它没蛋。

马齿菜

▲鸡儿吃了食儿都知道下蛋，何况人？

▲天底下哪有白得的好处？

▲天下的好事不会让一个人占全了。

▲好事越是想摊得多，就越是摊不上。

▲人心都是肉长的，你对他好，他也会对你好。

▲人心换人心，四两换半斤。

▲世上没有打不动的心，就是石头疙瘩，揣在怀里时候长了，也能把它暖热。

▲人敬我一尺，我敬人一丈。你给我一碗米，我给你一锅饭。

▲是鸡是狗，都是家里一口。

▲不管是骡马畜生，不管是猪羊鸡狗，都是性命。

▲只要是个命，就要爱惜。

▲填坑不要好土。

▲人家吃了传名，自家吃了填坑。

▲吃到肚里，能消化了才是你的，消化不了还不是你的。

▲不要胡吃胡喝。世上的好东西多着呢，你能吃得遍？你能喝得完？

▲不管细米白面，不管粗茶淡饭，吃饱肚子就行。

▲酒呀肉呀好不好？好。可酒肉不吃它能行，馍馍饭不吃可不行。

▲凡是好吃的东西都不好消化。

▲不管是白馍黑馍，吃饱了都是一样。

▲今天吃了，明天还吃不吃？过日子要细水长流。

▲人要安，受饥寒。

▲谁有头发肯装秃子？

▲穷人的娃娃早当家，不当家也没办法。

▲宁当实在人，不当机灵鬼。

娘语择录

▲做人不能乌眼，不能财头黑。

▲你有钱我不沾你，你厉害我不惹你。

▲宁跟明白人吵一架，不跟糊涂人说句话。

▲做人莫害人。

▲害人如害己，害不了人家害自己。

▲做人千万不能坏良心。

▲若想人不知，除非己莫为。无论做啥坏事，别想人不知道。

▲为人莫做亏心事，半夜不怕鬼敲门。

▲人叫人死死不了，天叫人死活不成。

▲善恶都有报，要等时辰到。

▲人有好心，天有好报。

▲人的良心不能叫狗娃吃了。

▲好搁不如好散。

▲懒婆娘，拖长线。

▲有命在自己骨头里呢。

▲狗不嫌家贫，儿不嫌娘丑。

▲为人莫操坏心，人有了坏心就会干坏事，干了坏事就会有报应。

▲人要让人。很多事情，你让他一马，他就过去了，你不让他，他就难过去。

▲人只嫌自己的钱财少，不嫌自己的罪孽多。

▲钱挣多少才是够？有吃有花就行啦。

▲财帛动人心，儿女动人心。

▲穷算啥？富算啥？平平安安比啥都强。

▲自己种的麦子磨面香。

▲自己铺的床平整。

▲做人要有忍性。

马齿菜

▲做人要大大方方，不要小气抠门。

▲抠抠屁股，舔舔指头，这种人是小气鬼。

▲走一步摸摸耳，小心过头。

▲谁都不是憨憨，所以不要在人跟前耍奸猾。

▲勤有功，戏无益。

▲干的精神坐的痨。

▲人是越干越有精神，越不干身上越没劲。

▲越干越想干，久坐成懒汉。

▲是祸躲不过，躲过不是祸。祸躲过去就是福，福背不动就是祸。

▲不要把病当病害，它就不是病了。

▲病来如山倒，病去如抽丝。

▲不管他谁说啥，我要干的我还照样干。

▲自己心里要有一杆秤，不能人家说往东你就往东，人家说往西你就往西。

▲你有千条计，我有老主意。

▲说啥的都有，所以不能听别人乱说。

▲不要管谁在背后说不说，背地里还骂皇帝呢。

▲啥事儿还能都一样？五个指头伸开还不一般齐呢。

▲人没有法儿的时候，就要生个法儿。

▲人的手难道还比猪脚笨？

▲没有他这桶稀茅粪，咱照样种莴笋。

▲缺了他这狗屎疙瘩，照样收南瓜。

▲儿女是娘的心头肉。

▲儿行千里母担忧。

▲你不孝，儿就不孝；儿不孝，孙就不孝。

▲一个娘能养十个儿，十个儿养不了一个娘。

▲夜饭少吃，官司少打。

▲再浑的水，也能洗掉手上的泥。

▲有馍要给饿汉吃，有水要给渴人喝。

▲天热够了就凉快了，天冷够了就热了。

▲跟人交往要有来有往，不能墙头上犁地，只有去、没有回。

▲做事情都要两厢情愿，不能弄那野地里烤火一面热的事儿。

▲黄河没底海没边，金银财宝山连山。

▲有钱能使鬼推磨。

▲一文钱难倒英雄汉。

▲钱难挣，屎难吃。

▲买东西你不给人家钱，只给人家笑一笑能行么？

▲家富起来慢，败起来快。

▲穷过穷光景，富过富日子。

▲吃不穷，喝不穷，胡花乱花很快穷。

▲马没夜草不肥，人无外财不富。

▲多问一句话，少跑十里路。

▲出了门，多问人。

▲鼻子底下长着嘴，不知道还不会问吗？

马齿菜

# 后记

## 柳丝长长　又见我娘

今天是 2023 年 3 月 16 日，窗外的柳树已新叶碧绿，长长的柳丝在春风细雨中轻摇曼舞，宛如我娘年轻时候油亮的黑发。柳丝长长，又见我娘。昨夜梦中，我确实又看见了我娘。她穿的是往年春季里常穿的老式棉布夹袄，那是她自个用针线缝制的。娘利落而精神，脸上洋溢着春天的神采。她目如暖阳，笑盈盈地望着我问道："群儿，你今天要写什么文章？"

群儿是我的小名。我小时候娘给我起名叫"承群"。因为我家邻居有个男孩叫"领群"，我的名字是跟着他叫的。为了简便，爹娘平时总叫我"群儿"。娘知道我爱写文章、也写了一辈子文章。可是，我今天打算写什么呢？我对娘说："娘，我要写您，从今天开始给您写许多许多文章。"

娘笑了，问："娘能写成文章么？娘是天底下最普通的人，活过了平平常常一辈子，有啥可写的呀？快不要给娘写了啊。"

我说："娘，可不是这样啊。您是个普通又不普通的人，您活过了平常又不平常的一辈子。您一生经历了那么多的艰难困苦，还遇到了那么多的惊险危急，您吃苦耐劳、坚韧顽强、勤快节俭、厚道善良……一路走来，您创造了很多很多的好故事。有些故事简直都是人间传奇。难道还不能写一写吗？"

娘沉吟了一下说："哦，吃苦耐劳、坚韧顽强、勤快节俭、厚道善良……像我们这一辈的人，尤其是这一辈做母亲的人，大致都是这样的呀。我们经过的年代，是神惊鬼怕的；我们过活的人生，是一言难尽的。哪个母亲身上没有一嘟噜故事呀？只是娘的故事你知道，而别人的娘的故事你不知道罢了。"

我说："娘，您说得很对。我看过的书里，也有人写他的娘亲，写得也生动感人。有很多故事，跟娘的故事都有些相似，因为你们的经历和人品都很相似。可是，我还是觉得她们的故事就是她们的故事，您的故事就是您的故事，你们的故事既相同也相异。而我以为您的故事更具个性。有不少的事情啊，也许世界上仅仅发生过这么一例，却发生在您身上了。"

"亲儿子夸亲娘哩！"娘说，"娘哪有你说的这么好！不过，你说的有一点我赞成，那就是娘这辈子经过的很多事情啊，也就是只有娘一人才经过。别人家的娘也经过这样的事情没有，我就不清楚了。反正是娘活了快100岁了，还没听人说过跟娘一模一样的故事呢。"

"看看看，我说对了吧？娘啊，前些年我挖空心思搜寻素材搞创作，总想着哪一天能一镢头刨出个金疙瘩，写一本能在全国擂响的好书。可是心思都挖空了，手都搓得冒蓝烟，也没有找下适合我写的题材。常听您说'不知真佛在眼前，对脸还问佛在哪''坐在粮囤上，还在找粮仓'。嘿，我就成了您说的这号人啦！好在几年前有一天我突然脑洞大开：找金山，找银山，金山银山原来都在我跟前——娘的故事其实就是我心里头要找的素材啊！"

娘轻轻地笑了。她说："你都戴了几十年的近视眼镜了，视力也没有见得提高，我看你现在是越来越近视了——你只能看近不能看远——看着娘样样都好，看不见人家的娘比娘更好。也罢，你的脾性娘知道，你要干啥就非干啥不行。娘就答应你写吧。不过，娘

马齿菜

娘：群儿，今
天写哐文章
光了？

群儿：娘，我要写
你的故事哐。

好奇的是你都写了几十年了，你还不嫌累、不嫌够么？"

"娘，您常说吃啥东西知啥味儿。写文章苦、写文章累，群儿还能不知道吗？只是群儿给娘写文章不嫌累、也不嫌够！"我对娘说，"写文章就是我的命啊。命管着人、人不能违命是不是？娘这么好的故事，如果我不知道也就罢了，可是我明明知道，却不把它写出来呈现给人世，那不是违天命、违良心和违道德吗？"

"我知道你有你的主意和道理。娘只是担心人家说：哦，这个人有私心，写书写的是他娘亲。这样，对你、对娘都不好呢。"

我说："娘呐，您如果没有好故事，那我一准不会写您；您如果不能作为你们那一代中国普通民众的典型人物，那我也一准不会写您。可妙的是这两样您老人家都占全了。我如果不写您的话，我觉得我无法给我自个和世人交代！"

娘说："群儿啊，你把它说得太严重啦。你真要写娘的话，那就真真实实地写、朴朴实实地写吧。写真写实写好。娘送你这几个字，是担心你把娘写的不是娘了，还害怕你写出的故事不中看……"

我说："娘，写真写实写好，群儿向您保证，我会用最大的努力去写的，还保证我写出的故事一定中看！"

娘微微笑着，眨眼间化作一团彩云飘扬而去，直上九天云霄……

我追望着彩云大声喊了几声娘，却一睁眼醒来了。原来，刚才我们母子的相会是又一次幸福的"梦见"！

人们说，老人身死之后就无法跟她再相见了。可是，自我娘2014年辞世之后，我已经记不清跟她见面多少回了。其实，这样表达也不准确——确切地说，我觉得我娘压根儿就没有离世，她还像以前一样活着，在她的老宅，在我的面前，甚至我随时随地都能看见我娘，她像神一样无处不在，如影随形，与我相处相伴。看见花开，那是母亲亲切的笑容；听见风声，那是母亲轻捷的足音……也许，

马齿菜

这就是科学家所说的量子纠缠吧？

也记不清多少回数了，我和娘在梦里或叙话，或吃饭，或做事，就跟她在世时没有二样。每一次的梦都很圆满完美，没有一丝丝破绽，每一次都让我相信：我是真的，我娘也是真的，我们是真真切切地在一起呢！

而最神奇的是：每一次梦见我娘之后，我都能够清晰地记得梦里的场景和说过的话语，甚至还能感受到当时的温度和气氛。

比如上面所说的这一次梦见，我和我娘所说的话我全都能复述下来，就像是亲耳听到的一样；我所见到的我娘的神情仪态历历在目，就像是亲眼见到的一样。

活者见逝者，儿子见母亲，虽是梦见，却是心见；虽是梦话，却是心语。这回的梦见，除了我娘的真身没有到场之外，我想，我们母子俩的灵魂应该是真真切切地进行了接触。我们娘俩的每一句话都应该是真的。因为，我相信我娘如果还活着的话，她也是这么说；而我现在已是梦醒时刻，如果让我重新表述我在梦中曾说过的话，那也会是一字不差的。

"我要给娘写故事"，亲爱的朋友，我给您讲述了一个梦，这个梦可以概括为这 7 个字。梦虽然絮叨了些，然而，您可千万不要认为这只是一个梦啊——有此书为证。

管喻于家玉书房

2023 年 3 月 16 日